追光十万里

追寻中国最宝贵精神手记

夏宗长 著

济南出版社

图书在版编目（CIP）数据

追光十万里 / 夏宗长著. -- 济南：济南出版社，
2024.9. -- ISBN 978-7-5488-6677-0

Ⅰ. I267

中国国家版本馆 CIP 数据核字第 2024E777E3 号

追光十万里
ZHUIGUANG SHIWANLI

夏宗长　著

出 版 人　谢金岭
出版统筹　秦　天
责任编辑　秦　天　杜昀书　惠汝意
装帧设计　胡大伟

出版发行　济南出版社
地　　址　山东省济南市二环南路1号（250002）
总 编 室　0531-86131715
印　　刷　济南新科印务有限公司
版　　次　2024年9月第1版
印　　次　2024年9月第1次印刷
开　　本　170mm×240mm　16开
印　　张　19.25
字　　数　256千字
书　　号　ISBN 978-7-5488-6677-0
定　　价　68.00元

如有印装质量问题 请与出版社出版部联系调换
电话：0531-86131736

版权所有　盗版必究

今天的中国，是赓续民族精神的中国。

追 光

有一束光,
伴随着我行走在追寻真理的路上,
南湖碧波、井冈星火、红岩忠魂、窑洞灯光……
穿越时空抵达矢志不变的红色。

有一束光,
伴随着我行走在追寻信仰的路上,
南昌枪声、古田出发、血染湘江、遵义转折……
漫山红遍引领航向的思想魂脉。

有一束光,
伴随着我行走在追寻精神的路上,
雷锋、王杰、焦裕禄、孔繁森……
时代楷模点燃代代相传的伟大理想。

有一束光,
伴随着我行走在追寻梦想的路上,
精准脱贫、逐梦太空、湾区跨越、中国速度……
复兴伟业汇聚砥砺前行的磅礴力量。

新时代新征程,
不管狂风还是巨浪,
让我们追随思想的光芒,
朝着中国式现代化道路勇毅前行。

2022年6月7日,作者在精准扶贫首倡地湖南省湘西土家族苗族自治州花垣县十八洞村同党员群众座谈交流

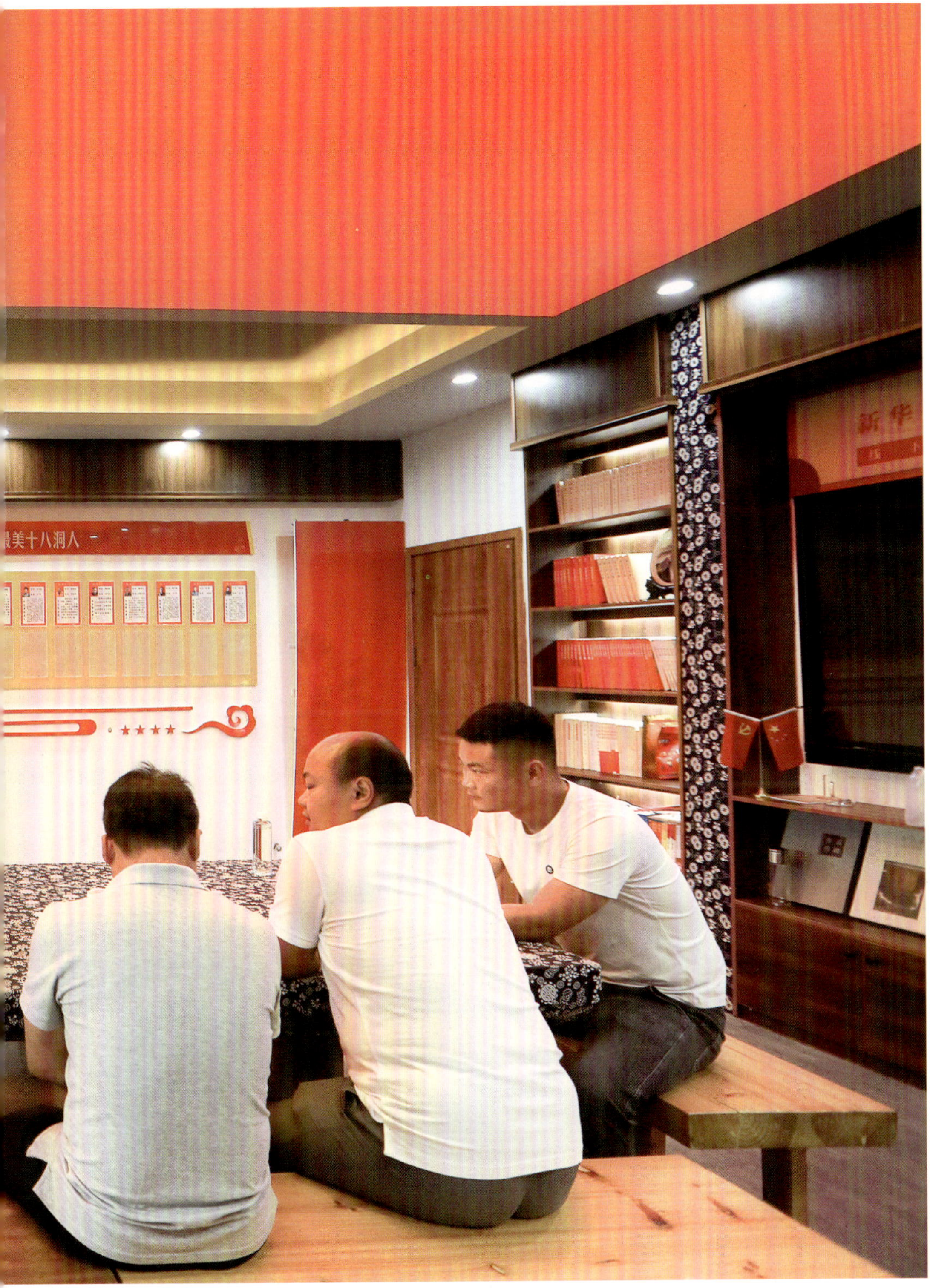
美十八洞人
新华

2022年9月6日，作者在江西省瑞金市沙洲坝镇品尝红井水

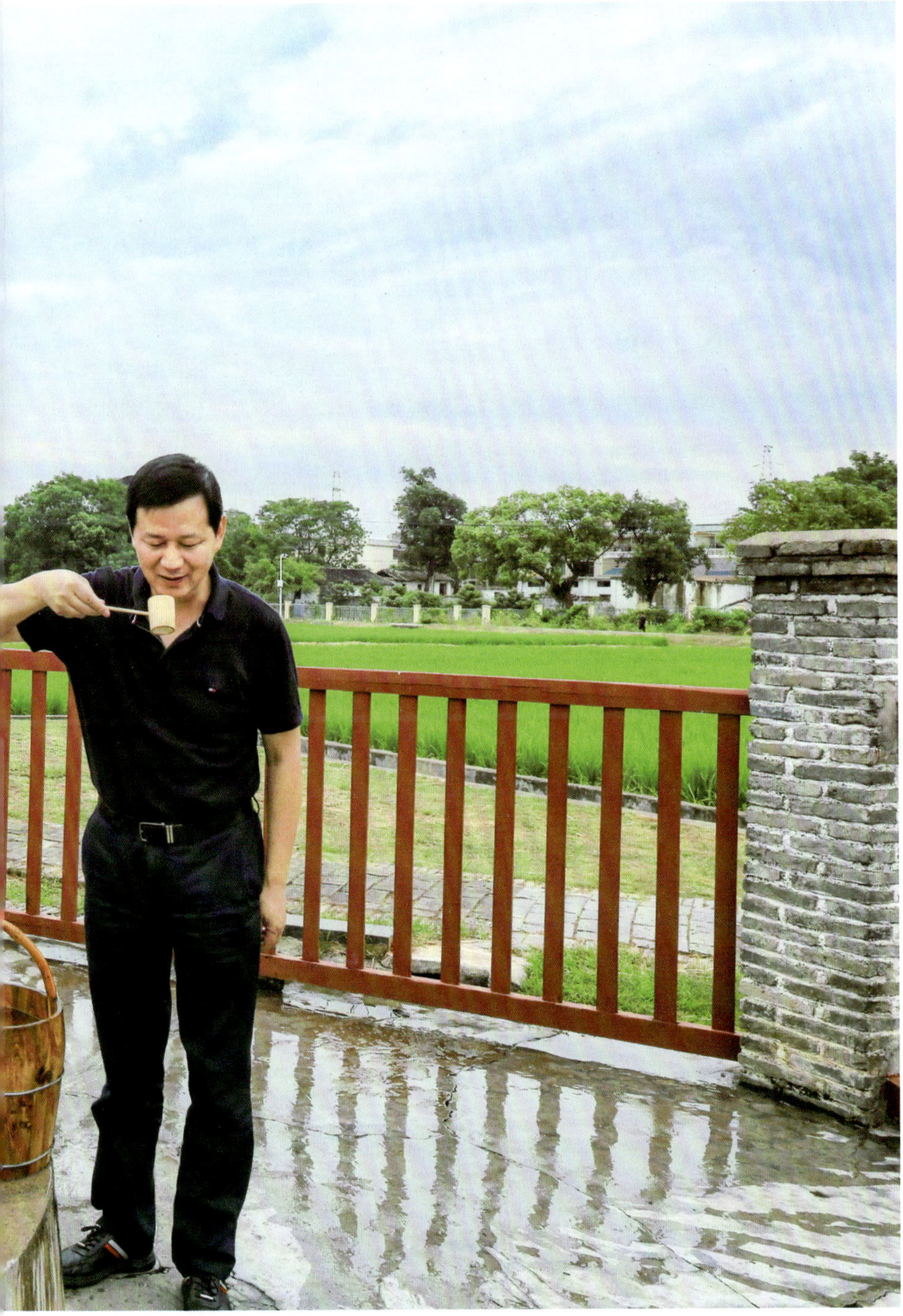

2022年9月8日,作者在中央红军长征集结出发地江西省于都县听解说员讲解长征路线图

2022年9月12日，作者看望湖南省汝城县沙洲村"半条被子"故事主人公徐解秀85岁的儿子朱忠雄

2024年3月26日，作者在云南省文山州麻栗坡老山主峰同当年参战老兵代表一起参加主题党日活动

2024年3月19日，作者在广东省广州市某军人之家为党员代表上党课，并同她们座谈交流

2024年3月27日，作者"重走长征路"行程结束时应邀为贵州省遵义市四渡赤水纪念馆工作人员作专题宣讲

2023年9月1日，作者受邀到山东省济南第五中学讲授"开学第一课"

2022年9月28日，作者来到四川省甘孜藏族自治州泸定县泸定桥

2023年4月3日,作者来到河南省兰考县"东坝头故事"现场参观学习

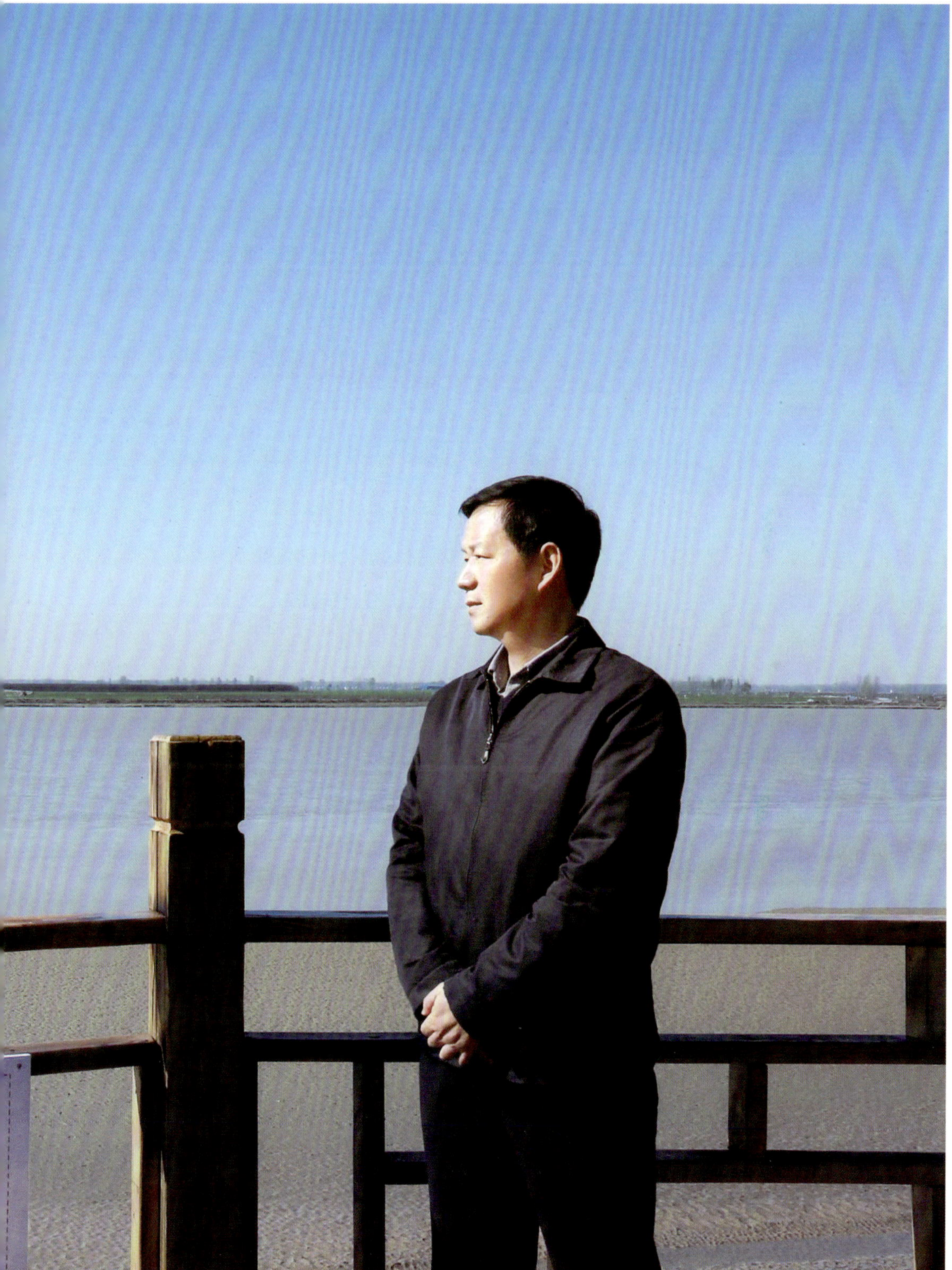

目 录

序 章
追光十万里 ·· 1

第一章 开天辟地
从上海石库门到南湖红船 ··· 24
军旗升起的地方 ·· 29
井冈山之路 ·· 35
两百个将军同一个故乡 ·· 43
成功从古田开始 ·· 48
人民共和国从这里走来 ·· 54
中央红军长征从于都出发 ··· 60
"半条被子"的温暖 ·· 65
长征最为惨烈的战役 ·· 70
遵义会议伟大转折 ··· 74
红军飞夺泸定桥 ·· 79
四渡赤水出奇兵 ·· 84
林海雪原写春秋 ·· 89
走进革命圣地延安 ··· 94
回望南泥湾 ··· 100

忠心赤胆映照金 ……………………………………… 105
吕梁英雄万代传 ……………………………………… 110
把我们的血肉，筑成我们新的长城 ………………… 115
巍巍大别山 …………………………………………… 120
镌刻在红岩上的忠诚与信仰 ………………………… 125
大爱沂蒙 ……………………………………………… 129
新中国从这里走来 …………………………………… 135

第二章　改天换地

跨过鸭绿江 …………………………………………… 144
学习雷锋好榜样 ……………………………………… 150
"人民公仆"焦裕禄 …………………………………… 156
走进大庆忆铁人 ……………………………………… 162
黑土地上铸丰碑 ……………………………………… 168
问渠那得清如许 ……………………………………… 173
一腔热血洒高原 ……………………………………… 178
跨越世界屋脊的高原天路 …………………………… 183
塞罕坝的绿色发展之路 ……………………………… 188
从大上海到大西北 …………………………………… 193
干惊天动地事，做隐姓埋名人 ……………………… 198
英雄王杰 ……………………………………………… 203

第三章　翻天覆地

从"小平小道"到改革开放康庄大道 ………………… 210
中国农村改革第一村 ………………………………… 214

女排留给我们的国家记忆 ······ 218
沧海横流显本色 ······ 222
遍地是英雄 ······ 228
筑梦太空 ······ 234

第四章　惊天动地

"洞见"十八洞村 ······ 244
英雄的城市　英雄的人民 ······ 248
绿水青山就是金山银山 ······ 253
劳动者是美丽的 ······ 259
海上丝绸之路从这里出发 ······ 265
"大国重器"竞风流 ······ 269

附　篇

精神的力量 ······ 277
追光播火，一路向前 ······ 291
新征程上的播火老兵 ······ 294
夏宗长：矢志追光和播火 ······ 297

后　记 ······ 303

序　章

追光十万里

2021年底的一个清晨，冬季的晴空深远而辽阔。豫东古城商丘和往常一样，安宁、古朴。

这一天，我在军分区副司令员岗位上的最后一个公务活动，是带队走访慰问县（区）祖孙三代从军报国的三个老兵家庭。我同市退役军人事务局、妇联及媒体的同志一起，为他们送去了"情系国防最美家庭"光荣牌，感受他们三代从军的荣光，并和地方同志一起研究如何更好地弘扬红色文化，引导广大人民群众特别是青少年走好新时代的长征路。

华灯初上，夜幕拂去一天的喧哗和浮躁，古城的夜空也愈显静谧。我陷入了深深的思考。

回望36载军旅生涯，体悟最多的是奋斗和成长；回想多年来从事的政治工作，始终牢记的是责任和使命。我每次走访从军报国的家庭，聆听红色故事、目睹红色物品，总会激情澎湃、热血沸腾。我从红色资源中汲取奋进力量，也想让红色资源绽放出新的时代光芒。

那一年，电视剧《觉醒年代》热播，国内许多红色景区成为热门"打卡地"，游客们在一处处红色地标前回望革命岁月，感悟初心使命。还是那一年，中共中央正式发布中国共产党人精神谱系第一批伟大精神，波澜壮阔的历史、伟大的革命精神一次次触动我的心弦。

2022年新年的第一天，我回到曾工作生活了21年的原大军区驻地山东省济南市。那一刻，我做了一个决定——开启一个人的"追光之旅"，沿着"红色足迹"，追寻中国最宝贵精神的初心之源，追光播火，一路前行……

有一股信念浸润心田

追光之旅，是寻找生命之美的旅程。我的心灵也在一个个晨曦和暮霭中得到升华。

从春暖花开到七月流火，我驱车从中国共产党第一次全国代表大会会址出发，一路走过嘉兴南湖、井冈山革命根据地和红军长征出发地，来到革命圣地延安。

这是我第5次来到延安，内心依然激动不已。那天晚上，我在宝塔山下即兴写下了一首短诗："红色是党的颜色，是心中的信仰，是前行的力量。走得再远，都不曾忘记从哪里出发；走到哪里，都能感受到那温暖的目光。坚守初心，追梦不止，只为忠诚永在……"

作者在延安革命纪念馆利用新媒体宣讲红色故事

心有多大,梦想的画卷就有多长。我用脚丈量中国红色大地,走遍万水千山,看过万山红遍,在数以百计的红色地标下坚定信仰,解读红色基因的精神密码。作为一名老兵、老党员,我真的感到无比自豪。

精神地标的意义,往往是历史赋予的。在江西省南昌市八一广场,我站在八一南昌起义纪念塔前,深情凝望塔顶经久飘扬的八一军旗,用心感受人民军队不断从胜利走向胜利的荣光,久久不愿离去。

在重庆市红岩魂陈列馆,我看到在新中国成立后仍被黑暗笼罩的白公馆,革命先烈用一床红色的被面、几张纸剪成的五角星制作的一面红旗;看到中国最小烈士"小萝卜头"的雕像和遗物。他们虽然没有看到新中国的诞生,但他们用鲜血染红的旗帜,永远融进了中国共产党和中华民族的血脉里。

在贵州省遵义市红军烈士陵园,我遇到了两位刚刚参加完高考就来向烈士献花的女学生。她们青春洋溢的脸庞上,写满了对先烈的敬仰。

在云南省文山州麻栗坡烈士陵园,我以原济南军区一名老兵的身份向烈士纪念碑敬献了花圈。20世纪七八十年代,数十万热血军人奔赴南疆,无数人在这里献出了年轻的生命。麻栗坡烈士陵园被称为中国最悲壮的烈士陵园,这里长眠着960多位烈士。他们中年龄最大的35岁,最小的16岁,平均年龄22岁,绝大多数没有结婚成家。我的老班长、战斗英雄余斌烈士就被安葬在这里。血洒南疆,他们的精神直指苍穹。

两次参战的老兵崔乐全,带我走进当年各个主要战场的旧址。他边走边讲,仿佛回到了当年的阵地。特别是在老山主峰,他动情地为我讲述了人民军队攻打老山的壮举,我的心灵又一次被震撼。

在老山主峰,我和老山宣传队的民兵一起,激动地唱起了《望星空》《十五的月亮》《热血颂》《我爱你老山兰》等当年的战地歌曲,激扬的歌声在老山上空回荡。这是新中国成立后的最后一场战争，为改革开放事业和我们如今的幸福生活奠定了坚实的基础。我们不能忘记这场战争，更不能忘记牺牲的烈士。老山精神永存！

作者在云南边境老山主峰和宣传队员一起唱经典战地歌曲

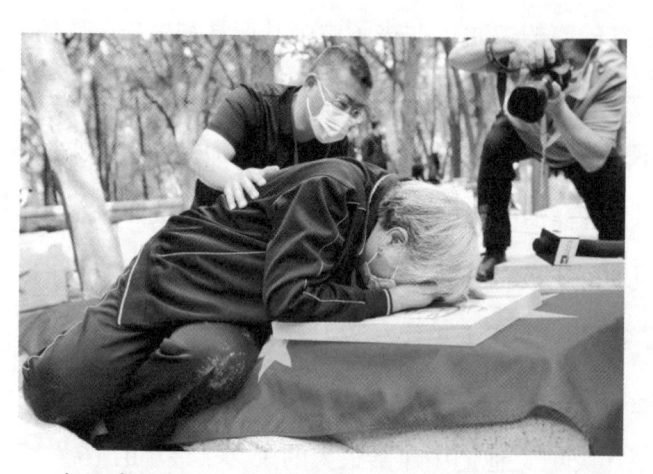

在山东省济南革命烈士陵园，我见证了济南市为无名烈士树名立碑活动，烈士的墓碑上覆盖着鲜红的国旗。在这次活动中，74岁的李庆英老人终于在古稀之年圆了寻父梦。李庆英几个月大时，父亲就在解放战争中英勇牺牲，但不知道是在哪次战斗中去世，尸骨又埋在何处。几十年来，她和家人苦苦寻遍齐鲁大地，终于通过基因鉴定技术找到了父亲。当李庆英拿着父亲的画像，呼喊"爸爸，爸爸"的那一时刻，在场的人无一不为之动容。

74岁的李庆英老人在古稀之年圆了寻父梦

济南战役是解放战争时期，我军全面进入战略进攻，由华东野战军发起的第一次对坚固设防和重兵守备大城市的攻坚战役，是我军解放山东全境的最后一次重大战役。1948年9月16日至24日，华东野战军经过8个昼夜的浴血奋战，全歼济南守敌10万余人，活捉国民党将领23名，缴获各种炮800多门、坦克和装甲车20辆、汽车238辆，取得了辉煌的胜利。在这次战役中，广大官兵也付出了鲜血和生命的代价，华野攻城兵团三纵八师师长王吉文、十三纵三十七师政委徐海珊等5000多人壮烈牺牲。

青山处处埋忠骨，何须马革裹尸还。英雄为国而战，壮烈牺牲，我们应该记住那一个个闪亮的名字，记住他们冲锋陷阵的样子，记住他们的光荣事迹。

习近平总书记强调，新时代的中国青年要以实现中华民族伟大复兴为己任，增强做中国人的志气、骨气、底气，不负时代，不负韶华，不负党和人民的殷切希望。2023年9月1日，在新学期开学的第一天，我受邀到山东省济南第五中学为千余名新生讲授爱国主义主题的"开学第一课"。济南五中是所百年名校，在它所获的众多荣誉中，一面闪光的"全国国防教育特色学校"的牌子深深打动了我。我以"3万公里追寻中国最宝贵精神"为题，用生动感人的事例诠释了人民军队从无到有、由弱变强的伟大光辉历程，和学子们一起探寻红色基因的胜利密码。

在宣讲现场，我和师生们一起以青春的名义宣誓："请党放心，强国有我！振兴有我！未来有我！中国有我！"

在这次追光播火的远征中，我一方面依托传统媒体，在面向青少年的杂志上连载"追光故事"；另一方面依托互联网新媒体平台讲好红色故事。我持续在短视频平台上发布视频，以小切口讲大事件，受到越来越多网友的关注。虽然目前我的粉丝量还没有过万，但单条视频最高播放量达100多万，点赞量达1万。这让我心潮澎湃，我想，这些新时代的中国故事，正在如燎原星火，点燃一代人的激情。

有一道光芒映照远方

心有光芒，必向远方。

我很喜欢著名诗人汪国真《热爱生命》中的诗句："我不去想是否能够成功，既然选择了远方，便只顾风雨兼程……"在越走越远的日子里，每一个远方都蕴含着一份期待、一种力量。

走进黑龙江省大庆市铁人王进喜纪念馆，"有条件要上，没有条件创造条件也要上""宁肯少活20年，拼命也要拿下大油田"的英雄气概，依然强烈冲击和震撼着我的灵魂。"天不怕，地不怕，风雪雷电任随它，我为祖国献石油，哪里有石油哪里就是我的家……"王进喜用生命诠释了石油工人的豪迈和生命的壮丽。走出铁人王进喜纪念馆时，我转身默默凝视门口象征着铁人47年短暂人生的47级台阶，久久不愿离去。铁人已逝，但以他为代表的4万余名"老会战"创造的大庆精神（铁人精神），早已熔铸进石油人的血脉深处，为今天国家各行各业高质量发展奠定了坚实的基础。

走进福建省漳州体育训练基地，我学习中国女排五连冠背后"祖国至上、团结协作、顽强拼搏、永不言败"的精神，回味中国女排"冲出亚洲，走向世界""人生能有几回搏"的中国记忆，寻找女排精神影响下激动人心的平凡故事。在市区坐出租车时，我和当地的出租车司机郭师傅拉起了家常。郭师傅是豫北太行山区人，30多年前，他受女排精神激励，只身来漳州打拼，并在这里成家立业。他的女儿毕业后在漳州体育训练基地工作，郭师傅对此很是欣慰，因为他希望女儿能学习女排精神，做生活的强者。郭师傅告诉我，在漳州，像他这样因女排精神而来的外地人还有很多。

当我到达中国女排精神展示馆时，已经到了闭馆时间。正在关门的工作人员得知我不远千里而来，专门为我一个人开启了参观模式，并义务为我做了讲解。这让我至今想来仍然备受感动。

油菜花开的时节，我来到福建省龙岩市上杭县古田镇古田会议会址。高高耸立的笔架山下，"古田会议永放光芒"八个大字熠熠生辉。

在这个红色圣地，我认识了来自江西省婺源老区的游客老陈。他四十出头，英俊洒脱，是退役军人。他的爷爷、父亲和他，一家三代从军报国，被军地联合表彰为"情系国防最美家庭"。老陈创业10余年，开了多家餐饮连锁店，但受外部环境影响，企业面临巨大压力。

古田会议会址

这个春天，他只身来到古田，寻找老兵初心，感悟精神力量。他说："这次古田之行，党和人民军队筚路蓝缕、栉风沐雨、起死回生的辉煌历史，给我增添了一份力量。"

这位在部队摔打了多年的汉子，面对困难毫不气馁。即使前路坎坷，他也定能突出重围，再写辉煌。

梅雨季节，我驱车行驶在川藏公路上，心情也是湿漉漉的。天空中乌云密布，难见天日。经过几个小时的奔波，我终于到达四川省甘孜藏族自治州泸定县。那一天，正好是中秋节。

每逢佳节倍思亲。面对奔腾不息的大渡河，我心潮澎湃，忍不住同妻子和女儿进行视频连线，激动地给她们讲述当年红军22名勇士顶着枪林弹雨飞夺泸定桥的故事。上大学的女儿告诉我，红军长征精神让她深受感动，作为新时代的大学生，她要走好新的长征路。细心的妻子则说："你离开家半个多月了，驾车行驶了近4000公里，一个人在外千万要注意安全。"

一位作家说过，光芒是一种温暖，是一切正能量的来源。在泸定县城，我认识了一对王姓夫妇，见证了一段温暖情缘。

有的时候，事情总是那么巧。那天，我驱车从重庆出发，再次踏上追光的征程。一路上车很少，我在中途两个服务区休息时，都与一辆天津牌照的汽车比邻而停，之后，我又与车上的这对夫妻在同一家宾馆的餐厅相遇。

或许是因为长途驾驶疲劳，我们就餐时都点了酒。细心的女人似乎察觉到了什么，我们自然而然地聊了起来。

人在旅途，自然也少了些客套。这一刻，共同举杯就是最好的默契。但聊着聊着，我大吃一惊，原来，他们这次西藏之旅，是女儿考上大学后他们约定的婚姻告别之旅。

婚姻里的"中年危机"每天都在发生，但如此浪漫的告别，却并不多见。我不是心理专家，不善谈家长里短，也没有什么调解高招。我只是告诉他们，你们能一起自驾去西藏，说明你们都是有情怀、有担当的人，哪有什么过不去的沟坎呢？

大约两个月后，我收到了他们从天津发来的微信，他们告诉我，西藏之旅，掀开了他们生活新的一页。

其实，人生就是一次次相遇，开始和结局都难以预料，但在每一次偶然相遇的瞬间，生命都会闪烁出个性绚烂的光芒。

一年以后，我把这个故事分享给了济南一位知名媒体人，她听后热泪盈眶。据说，她后来把这个故事写成散文发在媒体上，还收获了不少粉丝。

远方到底有多远？在那段日子里，我似乎不太在意这个概念，我在意的是远方留下的时代印记和历久弥坚的故事。

在一个秋雨绵绵的日子里，我驱车从济南出发，前往中国农村改革的发源地安徽省滁州市凤阳县小岗村。将目光再一次投向农村，是因为农村和农民的现状依然与当代中国人，特别是年轻人的眼界、智识、成长和情志密切相关。而小岗村的改革，拉开了中国农村改革的大幕。

从济南上高速公路后，雨越下越大。因为视线不好，车始终没有跑起来。到达小岗村时，已经天黑，我在老村民居住的友谊路找了家民宿住了下来。老板很热情，他告诉我，这些年来参观学习的人很多，特别是旅游旺季时，这里一房难求。一会儿工夫，老板娘就利索地做了几个地道的安徽农家菜。

谈到当年按手印的18位带头人，老板娘一脸自豪地告诉我，"改革先锋"关友江是她的姑父，并答应第二天带我去他家采访。这家人的善良好客，无疑是小岗村人品质的缩影，让我这个外地人在小岗村度过了一个愉快的夜晚。

窗外的雨滴滴答答地下个不停，我没有丝毫睡意。我的思绪随着雨声回到了童年时代，回到了江南水乡的小山村。

那个年代，我们一大家人一年到头也挣不到几个工分，年景不好时，只能靠父母的勤俭节约和姐姐帮人做点手工勉强度日。因为家里穷，大哥过早辍学，两个姐姐没有读过一天书。

俗话说："小孩盼过年，大人愁腊月。"小时候对年的盼，承载着太多希望，但最直接的还是盼着能吃上肉、穿上新衣服，但当年这些对我们而言都是遥不可及的奢望。有一年除夕，我们一家人围坐在火炉前，父亲给我们讲起一个穷人的故事：过年时，穷人没钱买猪肉，只得硬着头皮向人赊了一个猪头，回家刚煮熟，债主就上门，讨债不成，就把煮熟的猪头拿走了。但人穷志不穷，穷人当场作了首打油诗："可怜可怜真可怜，煮熟猪头要现钱。有朝一日时运转，日日天天都过年。"

后来，我才知道这是《破窑赋》中的故事。父亲以他的方式讲这个故事，是希望孩子们从小立志，奋发有为，将来过上幸福生活。那时候，父亲就是我们家的精神支柱。

15岁那年，我到县城读高中，家里的条件依然没有得到太大改善。有一年放寒假，我坐火车回家，到离家还有近20公里的车站下车。因为下雨，我担心布鞋被打湿，干脆卷起裤腿、打着赤脚，踩着泥泞小路往家赶，到家时双脚冻得像刚出锅的大虾一样通红。当时父母看着我心疼得落泪，那一刻我也暗暗立下誓言：一定要走出这个穷山村。

1982年元旦，中共中央批转了《全国农村工作会议纪要》，这是第一个中央一号文件。《纪要》明确指出，"目前实行的各种责任制，包括小段包工定额计酬，专业承包联产计酬，联产到劳，包产到户、到组，包干到户、到组，等等，都是社会主义集体经济的生产责任制"，"是社会主义农业经济的组成部分"。《纪要》为包产到户正名，至此，全国农村改革更迅猛地发展起来。

在小岗村期间，我先后参观了大包干纪念馆、当年农家、小岗村文化广场、高效生态农业示范园等，拜访了"敢为天下先"的18位带头人之一关友江，与多位农村改革英雄的后代进行了交流。在小岗这片被视作中国改革地标的土地上，无论是包产到户还是

小岗村文化广场

规模经营，农民依恋土地、向往美好生活的内在追求一脉相承。这"农地之变"，是农民心声，更是时代之声。

2023年隆冬时节，在寒流席卷全国的时候，我再次踏上了追光的征程。在广西壮族自治区桂林市的兴安县和全州县，我先后参观了红军长征突破湘江纪念馆、湘江战役纪念馆，以及多个红军长征湘江渡口和烈士纪念地。

1934年11月，湘江战役在广西桂林湘江之畔打响。民间曾长期流传着这样一首歌谣："英雄血染湘江渡，江底尽埋英烈骨；三年不饮湘江水，十年不食湘江鱼。"可见湘江战役的惨烈与悲壮。

在湘江战役界首渡口，我一个人静静地坐在湘江边，看着不到200米宽的河面上卷起的层层波浪，心中也泛起了阵阵涟漪。当我看到不远处静静停放的一只挂着红旗的小游船时，突然想自己划船体验红军渡过湘江的壮举。于是，我放下背包，写下这样一张字条：借老乡的船过河，如有意外请按纸条上的电话通知我的家人，并留下200元钱作为答谢。正当我准备上船时，60多岁的船东大哥赶了过来，见面就劈头盖脸地说："你不要命了！湘江水看似风平浪静，实则暗流涌动，非常危险。"我告诉他："我上有九旬老母亲，下有读大学的女儿，还有在家等我的妻子，当然知道生命的宝贵。但想到几万红军将士为了今天我们的幸福生活，在这里献出了年轻的生命，我来追寻先烈的足迹、传承红色基因，冒点风险是值得的。"也许是被我不远万里重走长征路的执着感动，船东二话没说便亲自划船载着我渡过了曾经被鲜血染红的湘江。

当晚，在兴安县城，我特意来到一家特色小餐馆，点了一整条清炖鱼。我感叹地告诉餐馆服务人员，如今我们日子好了，更应缅怀革命先烈。90年前，老乡们用"三年不饮湘江水，十年不食湘江鱼"纪念红军烈士；如今，我追寻远征者的红色足迹，用"才饮湘江水，又食湘江鱼"铭记先烈。

湘江碧波万顷，流淌不息。如今我们站在湘江水畔，心中更多的是感恩和缅怀。在这次旅途中，我忆峥嵘岁月，听红色故事，体验绿色发展，触摸那些最坚定的灵魂，真真切切地感受到了革命老区乡村振兴的加速度。

红军长征湘江战役界首渡口遗址

2024 年初，习近平总书记在考察平津战役纪念馆时强调："对中国革命战争史要学而时习之，珍惜来之不易的红色江山，发扬革命传统，增强斗争精神，勇于战胜前进道路上的各种艰难险阻。"两年多来，在参观每一个红色地标时，我总能听到一段伟大历史的回声，内心感到特别踏实。

有一种精神跨越山海

一个人的旅途，虽然想走多远就能走多远，但遇到困难时的无助、疲惫时的难耐、寂寞时的孤独，让我意识到这次旅途并非如想象中的"诗和远方"那般美好。

初夏时节，我到井冈山时，正好遇到多年前转业到江西吉安市委工作的战友在此执行公务。见我一个人千里迢迢开车过来，他有些不解。说实话，约上两三朋友，去一两条红色线路旅游的人不少，但用两三年时间在全国范围内深入寻访党的精神发源地的人还真不多。

近三年时间，我行走在一个个革命纪念地，与革命先烈进行跨越时空的对话，仿佛全身心都融入了烽火连天的革命岁月，自己也成了一名披荆斩棘、英勇无畏的战士，跋山涉水在革命的道路上。以至于回来之后的很长一段时间，我还常常梦见一些经典的战斗场景。

2022年初夏，我路过老家湖北武汉，看望92岁高龄的母亲。老人慈爱地问我退休后在做些什么、开不开心，我哄着她说："如今我'无官一身轻'了，正在和朋友一起到小时候看过的打仗电影故事发生地旅游呢。"母亲知道我从小做事认真执着，没再多问什么，只是一再嘱咐我出门在外特别是开车时要注意安全。

6月，南方拒绝了阳光的照耀，绵绵不绝的梅雨洒下绵绵不绝的哀愁。大西南地区总有穿行不完的隧道，这让我真真切切地感觉到了"行路难"。

在前往贵州省遵义市的高速公路上，在崇山峻岭中，我突然发现车的前方涌出一团云雾。我的视线出现了短暂的盲区，差点发生意外。回过神来，我的心情非常复杂，也后怕不已。我摇下两侧的车窗，想呼吸一下新鲜空气，嘴里却掠过一丝咸味。

第二天，在遵义会议纪念馆，我重读了毛泽东同志1934年写下的"踏遍青山人未老，风景这边独好"的光辉诗句，内心久久不能平静。

1934年，由于"左"倾错误路线的影响，毛泽东同志在苏区的正确领导被排斥。面对艰难困苦，他并不气馁，而是埋头读书，沉下心来做研究。如今，我们依然能从诗中读到领袖的家国情怀。

在用脚步丈量中国红色大地的过程中，我领悟了一个道理：人的一生就像一段旅程，要翻过一座又一座高山，走过一段又一段布满荆棘的道路。每个人都会遇到大大小小的沟沟坎坎，但我们要相信我们能跨过去。风雨之后，就是蓝天。

过去总是说："苦不苦，想想长征两万五。"腊子口是我这次追光之旅中非走不可的地方。当年红军决定突破国民党守卫的天险腊子口，北上

腊子口战役纪念碑

与刘志丹的陕甘边区红军会合。正是这一决定，使红军摆脱了国民党军队的围追堵截，建立巩固了自己的革命根据地，不断扩大力量，最终取得了解放全中国的伟大胜利。

7月中旬，我驱车行驶在腊子口的路上。两边尽是悬崖峭壁，中间可供车辆通过的宽度只有8米。这里确实是"一夫当关，万夫莫开"的战略要地。

当年国民党军在这里修建了数座碉堡，居高临下，这些重兵把守的碉堡成了红军前进的拦路虎。今天，人们也无法想象当年红军是如何强行突破的。

河水奔流不息，声震绵绵山谷。驾车时，我突然发现前方的路面上零星散落了一些碎片石块。那一瞬间，我仿佛置身于当年四川汶川抗震救灾的现场。追光之旅，无疑是一次艰苦的沉浸式体验之旅。我的笔触、镜头，掠过了祖国大地万山红遍的绚丽光影。自古以来，哪有什么从天而降的英雄，英雄都是苦难和坎坷铸就的。

2024年春天，我从济南一路南下来到广州。安顿下来的当晚，我时隔一年后再次发起高烧，不禁心生紧张。也许是老天的眷顾，因为我此行的一个重要任务就是寻找21年前在一线抗击"非典"的英雄，两天后我的身体明显好转了。

2003年1月，我国第一例非典型肺炎患者在广东省中医院总院急诊被发现，接诊的医护人员也被接二连三感染。在党中央、国务院的坚强领导下，全国人民奋起抗击非典型肺炎疫病，创造了"万众一心、众志成城，团结互助、和衷共济，迎难而上、敢于胜利"的伟大抗击"非典"精神。

还是在这个春天，我从广州乘飞机来到三亚，走进南海某海域的海军军港，登上我国首艘国产航空母舰山东舰，见证人民海军向海图强的宏伟画卷。在文昌航天发射场，我第一次近距离感受火箭发射时直刺苍穹的震撼。国之大器，是国家强大的重要标志，更给予我们每一个平凡的人精神力量。

在追光的日子里，我带着一颗滚烫的心，走在寻梦路上。这一路，我加深理解了"中国共产党为什么能，中国特色社会主义为什么好，归根到底是因为马克思主义行"，也读懂了一个普通党员和平凡人在新时代新征程的使命和责任。

有一份力量温暖人心

国学大师钱穆先生有句名言："所谓对其本国以往历史略有所知者，尤必附随一种对其本国以往历史之温情与敬意。"在追光之旅中，我始终怀着一颗虔诚的心，走过祖国大地上的一个个红色纪念地，感受穿越时空的感动。

在中国共产党历史展览馆，我看到这样一段文字记载。2012年11月，习近平总书记在国家博物馆参观《复兴之路》展览时，向大家讲起陈望道在翻译《共产党宣言》时误把墨汁当红糖的故事，并由此说了一句话："真理的味道非常甜。"

1920年春，29岁的陈望道为翻译《共产党宣言》，秘密回到他的家乡浙江省义乌市分水塘村。在自家的柴屋里，他夜以继日，竟把墨汁当红糖，拿粽子蘸着吃，还对母亲说："够甜，够甜。"

真理的味道为什么甜？是因为历史总是严格地挑选着那些能够把握历史脉搏的群体，同时也选择了那些始终不渝为真理而奋斗的人。我们只有深刻认识"红色政权来之不易、新中国来之不易、中国特色社会主义来之不易"，才能深刻理解"中国共产党为什么能，中国特色社会主义为什么好，归根到底是马克思主义行，是中国化时代化的马克思主义行"。

中国共产党第一次全国代表大会纪念馆展陈《信仰的力量》

2022年9月5日，我来到了中国红色故都江西省瑞金市。站在沙洲坝的红井旁，我仿佛回到了20世纪70年代村里的土坯房教室，和童年时的小伙伴一起竖起耳朵，聆听老师朗读课文："吃水不忘挖井人，时刻想念毛主席……"

几十年来，我不止一次梦见沙洲坝的红井，今天终于真正站在它的面前。身着迷彩服的民兵为我从深井里打了一桶水，我迫不及待地拿起水瓢，咕咚咕咚地喝了几口。虽然岁月的年轮已经走过90余载，但红井的水依然清冽甘甜。

任何时候，饮水思源都是一种感恩。党把我从农家子弟培养成军队师职领导干部，我的感恩之情就像红井水一样永不干涸。

瑞金历史悠久，是当年中央苏区文化的中心，也是中央苏区时期党中央驻地、中华苏维埃共和国临时中央政府诞生地、中央红军二万五千里长征出发地。在瑞金期间，我认识了瑞金市人民武装部部长魏红军。在聊天散步时，他不止一次告诉我，能从省军区机关调到瑞金这样的精神高地工作，他感到很幸运。

像他的名字一样，魏部长是个有情怀的人。瑞金市人民武装部以"传承红色基因，担当强军重任"为己任，在新兵入伍、民兵训练和主题教育中，用足用活红色资源，成为红色江西的排头兵，而魏部长就是名副其实的"擎旗手"。

当晚，我还在瑞金认识了我的老乡、瑞金济仁骨科医院院长沈涛。我们在红军街的一家特色酒家小酌，一见如故，相谈甚欢。

沈院长是湖北襄阳人。2018年，当在深圳创业多年，已小有成就之时，他和爱人决定到其他城市发展。他们之所以把瑞金作为首选地，把医院开在沙洲坝的红井旁，就是想传承红色基因，回报老区人民。到瑞金创业以来，沈涛积极融入当地医疗卫生事业，救死扶伤显大爱，赢得了良好的口碑。而在瑞金，还有许多像沈涛一样有情怀的人，他们在不同的岗位上，把感恩之情融入血脉之中。

2019年，习近平总书记在河南考察时指出，鄂豫皖苏区根据地是我们党的重要建党基地，焦裕禄精神、红旗渠精神、大别山精神等都是我们党的宝贵精神财富。"若要盼得哟红军来，岭上开遍哟映山红。"在河南省新县英雄山畔，我抬眼望见山坡上有一群身着红军服的研学人员正举着红旗、挥着鲜花向我们走来。这是革命老区大别山的"映山红"，革命先辈用鲜血和生命在大别山筑起了一座座丰碑、书写了一段段传奇，也为后来人创造了历久弥新的宝贵精神财富，成为一代又一代人奋斗向前的不竭动力。

2023年，是毛泽东等老一辈革命家为雷锋同志题词60周年。习近平总书记对深入开展学雷锋活动作出重要指示："让学雷锋活动融入日常、化作经常，让雷锋精神在新时代绽放更加璀璨的光芒，为全面建设社会主义现代化国家、全面推进中华民族伟大复兴凝聚强大力量。"

我先后来到雷锋的家乡湖南省长沙市望城区参观湖南雷锋纪念馆、雷锋学校，走进辽宁省抚顺市北部战区陆军某部雷锋连进行采访，见证新时代雷锋部队官兵的风采。

"如果你是一滴水，你是否滋润了一寸土地？如果你是一线阳光，你是否照亮了一分黑暗？如果你是一颗粮食，你是否哺育了有用的生命？如果你是一颗最小的螺丝钉，你是否永远坚守在你生活的岗位上？……"重读雷锋日记，我的灵魂再一次受到深刻的洗礼。雷锋在"无限的为人民服务"中实现了"平凡的伟大"，矗立起人生价值选择的最佳坐标。我常常想，一滴水只有放进大海里才永远不会干涸，一个人也只有把自己的理想抱负和集体的事业融合在一起的时候，才最有力量。我们做好自己的本职工作，为单位建设作出贡献，同样是对雷锋精神的弘扬。

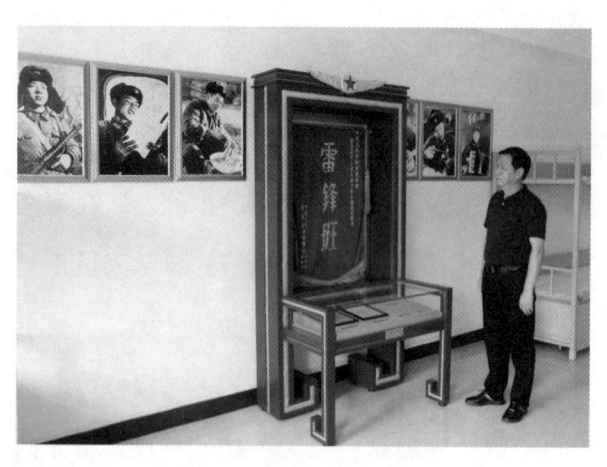

作者参观北部战区陆军某旅雷锋班

从毛泽东同志号召"向雷锋同志学习"，到习近平总书记强调"把雷锋精神代代传承下去"，60多年经久不衰的学雷锋活动，是百年党史的精彩篇章。

改革开放40多年来，经济社会建设飞速

发展，新生事物层出不穷，极大提升了老百姓的幸福感。有数据显示，到2022年，我国农家乐数量约为30万家，年营业收入超7000亿元。农家乐的快速发展，打开了城乡之间的快乐之门和乡村的致富之门。

2022年6月19日，我来到了被称为"中国农家乐第一家"的四川省成都市郫都区友爱镇农科村徐家大院，与当地农民一起感受他们在农村改革中敢为人先的创新精神，品味新时代乡村振兴的丰厚成果。

这是一座普通的农家小院，三间卧室、一个客厅、一个厨房。屋内至今还保留着20世纪80年代初创农家乐时的摆设，客厅内挂着写有"农家乐"三个大字的书法作品。

在徐家大院，第一代农家乐创始人徐纪元的儿子徐世勇介绍说，最开始父亲利用自留地和房前屋后的空地种植花木，后来又利用包产地和租用地大面积发展花木种植。花木园林形成基地后，吸引了不少人前来观光游览。后来，他们开始尝试在农家小院里开启餐饮服务，当时接待最多的一次是4桌人，接待对象不仅按成本付了费，还按每桌200元的标准付了800元劳务费。不离家，一天就可以挣800块，这极大增添了家人的信心。

昔日的偏僻乡村，如今已变成繁华的闹市。30多年来，徐家大院先后升级了5次，如今已有6家公司，年收入近3亿元。徐家大院赶上了改革开放的好时代，他

"中国农家乐第一家"徐家大院

们正乘着乡村振兴的东风，依托花木和农家乐进一步完成全产业链布局。

"小康不小康，关键看老乡"，"脱贫摘帽不是终点，而是新生活、新奋斗的起点"，"乡村振兴路上，一个也不能少"……在这次追光之旅中，我还特意走进党的十八大以来习近平总书记考察调研过的遍及6个省的10个贫困村。在总书记的亲切关怀和悉心指导下，这些贫困村实现了脱贫攻坚的历史跨越，谱写了一曲曲领袖与人民心连心的时代壮歌。

地处平原浅丘的河南省开封市兰考县张庄村，大力发展规模化集约化种植养殖；水土富含矿物质的湖南省湘西土家族苗族自治州花垣县十八洞村、江西省赣州市于都县潭头村，着力打造生态农业新增长点；有红色资源的安徽省六安市金寨县大湾村，积极发展农家乐旅游……这些昔日的贫困村形成了各具特色的脱贫模式，走出了务实管用的脱贫路子。在这些地方，我一次次看到听到了百姓的命运、国家的前途，党的作用、人民的力量。

在参观学习的过程中，我以一名老兵、老党员的身份同乡亲们拉家常话、说暖心事，把党"想说的"和老百姓"想听的"结合起来，让党的创新理论和老百姓的现实生活同频共振。那一刻，我感到前所未有的成就感。

真理之光照亮前行之路。我用两年多时间，行程5万多公里，走过了全国30个省（自治区、直辖市）的100多个红色坐标，追寻中国最宝贵的精神印记。一个个爱国主义精神构筑的民族脊梁，一段段爱国主

作者在江西省赣州市于都县看望73岁的红军后代孙观发

义情感涌动的故事，让我一次次热泪盈眶。面对波澜壮阔、气势恢宏的新时代，重温党的经典，学习党的精神，我进一步增进了对习近平新时代中国特色社会主义思想的政治认同、思想认同、理论认同、情感认同。在思想火炬照进新时代美好生活的体悟中，我真的感觉真理的味道非常甜。

2024年3月，细雨霏霏，莽莽群山笼罩在烟雨中。我再一次来到位于贵州省遵义市的四渡赤水纪念馆，重温毛泽东同志的"得意之笔"：四渡赤水出奇兵。这也是我此次"重走长征路"的回望之旅。在纪念馆，我为工作人员讲了一堂专题党课《弘扬长征精神　走好新时代的长征路》。追光之旅，我将永远在路上……

第一章　开天辟地

历史从哪里开始，精神就从哪里产生。触摸精神背后的峥嵘岁月，就能知道绝处逢生因为什么、革命胜利依靠什么、继续前进还需要什么。井冈山精神、延安精神、抗战精神等一系列伟大精神，是砥砺我们不忘初心、牢记使命的不竭精神动力。

从上海石库门到南湖红船

2023年3月的北方，春寒料峭，乍暖还寒。

我独自驾车从泉城济南出发，踏上了追寻中国最宝贵红色精神的漫漫征程。

初春的上海，烟火回归，春意盎然。黄埔江畔，波涛拍岸；滔滔江水，奔涌东流。

我来到中国共产党第一次全国代表大会会址和纪念馆参观学习。在纪念馆中，我看到许多游人在陈望道翻译的《共产党宣言》首个中译本及陈望道的事迹陈列前驻足。

早期的中国共产党人，大多是通过阅读这本书确立了自己的信仰。毛泽东同志曾说，读了《共产党宣言》这本书，他才知道人类自有史以来就有阶级斗争，阶级斗争是社会发展的原动力。周恩来、邓小平、刘少奇等老一辈革命家，都把《共产党宣言》当作他们参加革命斗争的指路明灯。

中国共产党第一次全国代表大会纪念馆

自古英雄出少年。在漫漫的历史长河中，青年英雄辈出：《共产党宣言》发表时马克思30岁、恩格斯28岁，列宁开始参加革命活动时只有17岁。

在我们党的伟大历史进程中，更是青年英雄辈出：党的一大代表年龄最小的只有19岁，平均年龄28岁，而28岁也正是毛泽东当时的年龄。周恩来入党时23岁，邓小平参加旅欧中国少年共产党时18岁，长征路上年龄最小的红军战士才9岁……

杨靖宇牺牲时35岁，赵一曼牺牲时31岁，江姐牺牲时29岁，邱少云牺牲时26岁，雷锋牺牲时22岁，黄继光牺牲时21岁，刘胡兰牺牲时只有15岁……

航天报国的嫦娥团队、神舟团队平均年龄33岁，北斗团队平均年龄35岁……

中国共产党成立100多年来，成千上万的有志青年，满怀对祖国和人民的赤子之心，为人民战斗、为祖国牺牲，历经磨难，最终铸就党的辉煌。

2017年10月31日，习近平总书记带领中共中央政治局常委来到上海，瞻仰中共一大会址。习近平总书记说："毛泽东同志称这里是中国共产党的'产床'，这个比喻很形象，我看这里也是我们中国共产党人的精神家园。"总书记强调，我们党的全部历史都是从中共一大开启的，我们走得再远都不能忘记来时的路。

上海兴业路和浙江嘉兴南湖，是我追寻中国共产党人精神谱系发源地的第一站，这里是我们党梦想启航的地方。1921年7月23日，13名代表来到上海兴业路76号，召开中国共产党第一次全国代表大会。7月30日晚，代表们正在开会，一位陌生中年男子突然闯入会场，窥探一番后又匆忙离去。为防万一，会议立即终止，代表们转移到浙江嘉兴，在南湖红船上完成缔造中国共产党的伟大使命。

南湖革命纪念馆

20岁的邓恩铭和23岁的王尽美带着信仰从山东济南赴上海出席党的一大。邓恩铭投身革命后，家人常常为他担惊受怕，父亲出于爱子之情，曾屡劝他埋头读书，成就功名，不要干革命。但邓恩铭在回信中坚决表示："儿生性与人不同，最憎恨的是名与利，故有负双亲之期望。但所志既如此，亦无可如何。"

王尽美参加党的一大后，把第一本中译本《共产党宣言》带回了山东。1926年，山东省东营市刘集村党支部书记刘良才得到了一本《共产党宣言》，他和党员群众将其称为"大胡子的书"。他们常说："照大胡子说的做，没错！"《共产党宣言》教育了刘集村几代共产党员，这个村有190人走上了革命道路，为革命献出生命的有27人。在中华人民共和国成立前，这本书几经周折才得以保存，如今被收藏在中国共产党历史展览馆。

在中共一大纪念馆，看着当年意气风发的13位代表的雕像，我的心中百感交集。他们曾在黑夜沉沉的时刻相聚，为中国革命悄然点起了一把非同寻常的烈火，但在这之后，他们却走上了不同的道路，有着迥然不同的命运。其实，值得深思的不光是历史，还有我们的理想、信仰以及对人生之路的选择。

我曾多次来到山东省济南市英雄山王尽美、邓恩铭墓前，拥抱他们咫尺之遥的初心。如果一个人只爱自己，内心就没有格局；一个人只爱家庭，心胸就不够宽广。一个人只有爱党、爱国家、爱人民，心中才能真正闪烁光芒，这光芒如宇宙般永恒。

在嘉兴南湖，我有幸坐上了通往湖心岛的"红船水上课堂"游船，导游把10分钟的微党课时间留给了我这位有着35年党龄的老兵。我给游客们分享了"00后"烈士陈祥榕的英雄故事。2020年6月，外军蓄意制造了加勒万河谷冲突，造成人员伤亡。我军边防官兵在忍无可忍的情况下，对其暴力行径予以坚决回击。他们宁将鲜血流尽，不让国土丢失一寸。在牺牲的4名军人中，最年轻就是陈祥榕，当时他只有19岁。他"清澈的爱，只为中国"的战斗口号，成为新时代戍边英雄的精神坐标。

从嘉兴南湖归来，我应邀参加中国工商银行山东济南大观园支行的主

作者应邀参加中国工商银行山东济南大观园支行主题党日活动

题党日活动。20世纪90年代初,工商银行大观园支行"换两毛存一万"的故事闻名全国。济南西郊的刘大爷想换一张残破的两角钱,可来回跑了几家银行都被拒绝,最后在工商银行大观园支行实现了愿望。刘大爷感动之余,拿着家里仅有的一万元换乘了三次公交车,来到这里办理了五年定期存款。经媒体宣传,工商银行大观园支行成为全国的先进典型。20多年如一日,这里的职工在平凡的岗位上传递着"党始终在人民群众身边"的温暖,这无疑是新时代"红船精神"的生动实践。

军旗升起的地方

"向前,向前,向前!我们的队伍向太阳,脚踏着祖国的大地,背负着民族的希望,我们是一支不可战胜的力量……"30多年来,每当这高昂的旋律响起的时候,作为一名军人,我总是心潮澎湃、热血沸腾。

2022年金秋时节,在人民军队刚刚庆祝完95岁生日的日子里,我驱车近千公里来到英雄城江西省南昌市,追寻老兵初心,在军旗升起的地方与军旗告别,回顾英雄军队的胜利历程。

车到南昌时已是黄昏,我放下行装就直奔不远处的八一广场。站在八一南昌起义纪念塔前,我抬眼凝望着塔顶上直刺天空的巨型"汉阳造"步枪雕塑,旁边的一面八一军旗经久飘扬。在秋风与暮色交织的瞬间,我的耳边回荡起了95年前,那支由两万多名指战员组成的正义之师,以排山倒海的气势杀向敌营时的号角声。

广场的北端,是市民休闲的一方好天地,没有都市繁华背

八一广场

后的喧嚣，只有一片祥和安宁的景致。市民们三三两两，或牵娃嬉戏，或并肩漫步，可谓岁月静好、其乐融融。两侧对称安装的大屏幕，滚动播放着"红色江西、英雄南昌"的新时代精彩瞬间，特别是那组"95年95秒"的宣传片，浓墨重彩地展示了人民军队95年的光辉历程，让人心潮澎湃。

人民军队是如何跨越雄关漫道，又是如何赓续血脉的呢？次日，我迫不及待地来到南昌八一起义纪念馆，追忆革命历史，感受革命先烈"坚定信念、听党指挥，为民奋斗、百折不挠，敢为人先、勇于创新"的伟大精神。

1921年，中国共产党成立后，逐步开始了早期军事探索，为后来人民军队的创建奠定了基础。1927年春夏，国民党右派蒋介石集团、汪精卫集团相继背叛革命，血腥屠杀共产党人和革命群众。纪念馆的墙上有一组全国大屠杀统计数据：1927年3月至1928年上半年，被杀害的共产党员和革命群众达31万多，其中共产党员达2.6万多。当时共产党员的数量由大革命高潮时期的近5.8万，急剧减少到1万多。英勇的共产党人和革命群众从地上爬起来，擦干身上的血迹，埋好同伴的尸体，继续冲锋战斗。他们以革命者的英雄气概，走过了无数的腥风血雨。

展厅的一张张老照片，向我们生动展示了当时中国共产党人的艰难困苦、玉汝于成的坚强决心和意志。这时，我欣喜地看到身边有几名青年参观者，正不停地用手机拍摄那记录着一段段苦难历史的图片，表情专注而庄重。历史的洪流见证了这些"青春之我"的样子，希望他们珍惜美好时代，奋发有为，在中华民族伟大复兴的道路上作出自己的贡献。

名为"危难中奋起"的图板，记载了1926年8月，以共产党员和共青团员为骨干的叶挺独立团，在友军的配合下取得汀泗桥、贺胜桥战役大捷，赢得"铁军"称号的历史。纪念馆里贺胜桥战役遗址的照片，让我眼前一亮，这个著名战役的发生地就在我的家乡——湖北省武汉与咸宁两市交界的地方。小时候，我曾多次来这里瞻仰学习，后来我又荣幸地入伍，来到了"铁军"所在的某集团军部队。一句"铁军来了"的口号，曾在原济南军区部队长江抗

南昌八一起义纪念馆《一代英豪》主题雕塑

洪、四川汶川抗震等波澜壮阔的战场上威震四方，为人民群众津津乐道。铁军精神对我的军旅人生也产生了巨大的影响。

1927年大革命失败后，为了挽救中国革命，中共中央于1927年7月进行改组，停止了陈独秀右倾机会主义的领导。8月1日，在以周恩来为书记的中共中央前敌委员会的领导下，贺龙、叶挺、朱德、刘伯承等率领党所掌握和影响的军队两万余人，组织领导了震惊中外的南昌起义，打响了武装反抗国民党反动派的第一枪。解说员动情地向我们介绍，起义时，从主要领导人周恩来到普通战士，每人脖子上都系了一条红带子，又被称为"牺牲带"。正如粟裕将军所说："这根红带子是用来拎自己脑袋的。"起义官兵领到那鲜红的带子时，都感到无比光荣和神圣，因为它是参加革命、忠于革命、勇敢杀敌的光荣标志与象征。起义的主力国民革命军第二十军军长贺龙，手下共有7000多名士兵，早已在北伐战场上声名远扬。蒋介石、汪精卫许以高官厚禄，但均被贺龙严词拒绝。他欣然受命为起义军总指挥，成为起义的功臣。

南昌起义在全党和全国人民面前树起了一面革命武装斗争的旗帜，标

志着中国共产党独立领导革命战争、创建人民军队和武装夺取政权的开始，开辟了中国共产党历史上的一个新时期。1933年7月，以毛泽东为主席的中华苏维埃中央政府批准中革军委的提议，决定将8月1日定为中国工农红军成立纪念日。

我在参观纪念馆时了解到，正是这支党领导下的正义之师，从南昌出发挺进闽赣粤湘地区，又挥师井冈山，与毛泽东领导的秋收起义部队胜利会师，让革命的火种燃起了燎原之势，使中国革命走上"枪杆子里面出政权"的正确道路。然后，雄师向北，抗击倭寇，赶走了日本侵略者，接着又挥师南下，结束了国民党在大陆的统治，建立了新中国。

驻足"强军新程"展区，我仿佛听到奋进新时代的强军足音。历经硝烟战火，付出巨大牺牲，走过95载峥嵘岁月的人民军队取得了一个又一个辉煌胜利，为党和人民立下了不朽功勋。特别是党的十八大以来，以习近平同志为核心的党中央着眼于实现中国梦强军梦，立足于国家安全和发展战略全局，深入贯彻新形势下军事战略方针，拓展和深化军事斗争准备，全面实施政治建军、改革强军、科技强军、人才强军、依法治军等战略举措，加速推进国防和军队现代化的步伐，在中国特色强军新征程上阔步前进。在记录着国庆70周年阅兵的巨幅图片上，党旗、国旗、军旗引导浩荡铁流，向世界庄严宣告：中国人民解放军是一支"不信邪、不怕鬼"的军队，也是一支"敢硬碰、敢亮剑"的军队。"任何人都不要低估中国军队的决心意志和强大能力。"

参观结束后，我再一次来到纪念馆大厅的《石破天惊》雕塑前，一只强劲有力的大手从崩裂的石块中伸出，紧紧扣着"汉阳造"步枪的扳机，寓意着共产党人打响了石破天惊的第一枪。这一刻，我想起了深藏功名、淡泊名利的"时代楷模""共和国勋章"获得者张富清。他1948年

3月参军入伍,曾是原西北野战军三五九旅七一八团二营六连的战士,在解放战争的枪林弹雨中九死一生,先后荣立一等功三次、二等功一次,被西北野战军记"特等功",两次获得"战斗英雄"荣誉称号。直到2018年底,国家开展退役军人信息登记时,张富清隐藏了半个多世纪的战功才得以被发现。他说:"我要在有生之年,坚决听党的话,党指到哪里,我就做到哪里,党叫我做啥,我就做啥。我要为党、为人民奋斗一生。"我又想起了我还是新兵时的老师长、电影《高山下的花环》中雷军长的原型张志信,他唯一的儿子"小北京"在南疆保卫战中英勇牺牲。老师长为军队奉献了青春、奉献了亲人,离休后一直为部队和社会发挥余热,不断续写一个共产党员的永恒初心。我曾和新华社的一位记者一起对他进行了深度采访,当年他的事迹在全国产生巨大反响。我还想起2022年八一建军节前受到习近平总书记接见的"八一勋章"获得者杜富国。2018年10月11日,他在执行边境扫雷任务时,命令战友"你退后,让我来"。排查过程中突遇爆炸,瞬间,他用身体保护战友,自己却失去了双手和双眼。负伤后,杜富国自强不息,他展现出的阳光、乐观、自信、自强感动了全中国。他们都是不同时代中国军人的优秀代表,更是八一精神的坚定传承者。何以让一名军人从容赴死?何以让一支军队战无不胜?我相信,从他们身上我们已经找到了答案。

南昌八一起义纪念馆《石破天惊》雕塑

这是一幅幅镌刻在亿万人民记忆深处的温暖画面:"绝不把领土守小,绝不把主权守丢"生动诠释了卫国戍边英雄"清澈的爱,只为中国"的伟大情怀;抗洪一线,人民子弟兵用血肉之躯筑起了一道道"迷彩大地";抗震一线,一个个冲向灾难现场的身影,定格为人们眼中"最美的逆行";海军护航编队奉命奔赴也门执行撤侨任务,海军女兵手牵一名中国小女孩走向军舰的照片刷屏网络,网友将照片绘成漫画,并配上"在世界的任何地方,都有解放军像这样牵你,踏上回家的路"的解说词……哪有什么岁月静好,不过是有人在替你负重前行。

从军旗升起的地方一路走来,人民军队从无到有,从小到大,从弱变强,不断从胜利走向胜利。人民军队一定会在奋进新征程、建功新时代中续写更大的荣光。

井冈山之路

位于江西省的井冈山是"中国革命的摇篮",是一块"浸透着烈士鲜血的圣地"。

我曾三次到井冈山参观学习。第一次是20世纪90年代初,我在南京政治学院新闻系读书时,参加学院组织的社会实践活动,那时传承红色基因的种子就在我心中深深埋下。第二次是2016年春天,我在国防科技大学学习期间,和三位同学一起利用假期时间重上井冈山,感悟人民军队吹响强军号角再出发的初心使命。而这一次再上井冈山,完全是一个老兵回望初心的红色之旅。

车到湘赣边界罗霄山脉中段的井冈山,一场大雨刚刚过去。黄洋界山头云雾弥漫,一道霞光破云而出,群山起伏,层峦叠嶂,宛如一幅绝美的画卷。

下了高速,映入眼帘的是雄伟壮美的《井冈红旗》雕塑。它像一团刺向苍穹的熊熊烈火,矗立在四面环山的平畴

《井冈红旗》雕塑

之上，述往思来，向史而新，昭示着中国革命从这里走向胜利。

当晚，我入住位于井冈山核心景区茨坪的宾馆。在这里，我荣幸地认识了几位"老井冈"，他们虽然身份不同，但都是传播井冈山精神的专家。在夜幕下的天街，我们一起吃红米饭、喝南瓜汤、品老区茶，颇有相见恨晚、一见如故之感。

永安县人民武装部原部长、现任吉安市委巡视专员的老周，对井冈山的历史文化可谓如数家珍，他执意要用半天的时间做我的参观向导。当天上午9时许，我们冒着小雨，来到井冈山革命烈士陵园，以老兵的名义向革命先烈敬献花篮，深切缅怀英雄。

井冈山革命烈士纪念堂内设有瞻仰大厅、陈列室、吊唁大厅、忠魂堂。陈列室陈列了参加过井冈山斗争的革命先烈的生平和挂像，吊唁大厅四周还镌刻着井冈烈士的英名。老周动情地向我介绍，在井冈山革命斗争时期，有4.8万余名烈士长眠于这块红色土地，其中有名字的烈士只有15744名，还有3万余名是无名烈士。

我们驻足凝视陈毅安烈士的照片，他是那么英俊和年轻。1928年，时任红四军第三十一团副团长兼一营营长的陈毅安率部"以一敌十"，保卫了井冈山大本营。1930年8月7日，在长沙战役中，陈毅安担任前敌

作者参观井冈山革命博物馆

总指挥，为掩护军团机关转移不幸牺牲，年仅 25 岁。陈毅安跟妻子分别时曾约定，如果哪天自己牺牲了，就会托人寄一封无字信，意思是"不要再等我了"。这是何等的深情啊！

在井冈山革命博物馆中红军女战士伍若兰的油画前，我的心情久久不能平静。伍若兰 1928 年和朱德结为夫妻，同年 3 月参加红军。第二年，她在一次掩护战友突围中被捕，宁死不屈，英勇就义，被敌人残忍地割下头颅，挂在城门示众。1962 年 3 月 4 日，朱德重上井冈山，下山时只带走了一盆井冈兰。这盆井冈兰寄托着朱德对伍若兰深深的思念，也代表着伍若兰光辉灿烂的革命精神。

敌人占领井冈山后，对这里实行了惨无人道的烧杀政策。在另一张非常珍贵的历史照片前，我看到了寒冬腊月里赤脚衣单、手握梭镖的英勇赤卫队员，不禁想起小时候看过多次的电影《闪闪的红星》，耳边回荡起《映山红》的动听旋律："夜半三更哟盼天明，寒冬腊月哟盼春风，若要盼得哟红军来，岭上开遍哟映山红……"熊熊烈火夺去了英雄的生命，但是夺不去英雄的气概和信仰。陪同我的友人动情地说，像电影《闪闪的红星》讲述的令人难以忘怀的革命故事，在井冈山革命斗争时期还有许多。时任中共莲花县委书记的刘仁堪在刑场上被敌人割掉了舌头，他用脚指头蘸着血在地上写下"革命成功万岁"后英勇就义。当年，红军打仗前都会系上一条红色的识别带，上面写着籍贯和名字。这条名为"牺牲带"的红带子，代表着他们随时为信仰献身的决心。

1927 年 9 月 29 日至 10 月 3 日，毛泽东在永新县三湾村领导了举世闻名的"三湾改编"，从政治上、组织上保证了党对军队的绝对领导，彰显了革命理想高于天的信仰力量，形成了勇于改革创新的优良传统，锤炼了敢打必胜的战斗精神，体现了人民军队为人民的使命担当，是我党建设新型人民军队最早的一次成功探索和实践。"三湾改编"时期，毛泽东亲自在陆军某部"红一连"建立党支部并发展了6名党员，创造性地确立了"支部建在连上"等崭新的治军方略，标志着毛泽东建设人民军队思想的形成。人民军队面貌从此焕然一新，踏上了奔赴井冈山的新征程。1935年红军长征途中，毛泽东与"红一连"官兵围坐在一起，用红菜盘吃了一顿煮南瓜，并勉励大家在党支部带领下将革命进行到底。

在茨坪毛泽东旧居前，由原解放军总政治部援建的"党指挥枪"主题雕塑非常醒目，形象生动地诠释了党对军队绝对领导这一人民军队永远不变的军魂。十多年前，我曾跟随原济南军区首长到"支部建在连上"的"红一连"蹲点。走进连史馆，里面悬挂着的200多面锦旗、500多个各式各样的奖状证书，让我心潮澎湃。这个在不同时期被全国、全军宣传过的先进典型，2021年7月27日又被中共中央宣传部授予了"时代楷模"称号。在中国，一个基层单位能够取得如此多的荣誉，实在令人震撼。媒体曾报道过国防和军队改革后"红一连"的一个细节：连队每个月要评选出6名优秀共产党员，支委会要了解这6名优秀共产党员这个月都为连队作了什么贡献。这个荣誉，必须靠实力才能取得。"党在心、枪在手，军旗永远随党走。""硬核"的力量告诉我们，所有的荣誉都是干出来的。"红一连"传人，有着他们前辈一样铁心向党的坚定信念。

在井冈山参观期间，我有幸认识了井冈山干部学院教授袁建芳，他是中国红军早期将领、为井冈山革命根据地的开创和发展作出重要贡献的革命先烈袁文才的孙子。

据袁教授介绍，毛泽东率部上井冈山前就了解到井冈山地区存在着袁文才和王佐两支重要的绿林武装。1927年10月3日，毛泽东率秋收起义部队到达井冈山后，在深入细致调查了解并听取了方方面面的意见后，确定对袁文才、王佐部队实行团结、改造的方针,并送去见面礼——100多支上好的步枪。有人担心:"万一这股土匪反过来打我们怎么办?"毛泽东却坚信,他送去的是一腔诚意、一种气度、一个真理。

10月6日,袁文才面见毛泽东后,受到了极大的震撼和教育,从此结束了绿林生涯,打开山门迎接毛泽东领导的秋收起义余部进驻茅坪。1928年2月,袁、王两部在宁冈大陇改编为工农革命军第一师第二团,袁文才为团长,王佐为副团长。至此,在中央前敌委员会的领导下,井冈山革命根据地初具规模。1928年4月,朱德、

袁文才的孙子、井冈山干部学院教授袁建芳向作者赠书

陈毅率领参加南昌起义的部队在井冈山与毛泽东胜利会师,会师大会宣布中国工农革命军第四军成立。袁教授感叹:"对袁、王的成功改造,是毛泽东把我们党统一战线的方针运用到对待农民武装的具体实践,也反映了毛泽东对农民的根本态度,反映了共产党人勤于开展调查研究,一切从实际出发、实事求是的崇高品质。"

心有所向,方能行远。在井冈山革命斗争时期,毛泽东进行了红色政权理论创新,在茅坪八角楼的昏暗油灯下完成了光辉著作《中国的红色政权为什么能够存在?》和《井冈山的斗争》,强调主观愿望与客观条件相结合、基本原理与具体实际相结合、革命理论与斗争经验相结合等,形成

了实事求是、敢闯新路的井冈山精神的核心。这些闪耀的智慧光芒，拨开了笼罩在根据地红军和群众心中的迷雾，为中国革命指明了方向。解说员告诉我们，2016年2月，习近平总书记来到井冈山，参观了八角楼革命旧址群，发出了"行程万里，不忘初心"的感慨。如今，我们在重温党的经典，学习党的创新理论时，只有用心用情用力，才能真正品尝到真理的甜味。

作者与井冈山革命博物馆馆长袁海晓互赠图书

来到井冈山革命博物馆，我和袁海晓馆长在当年朱德亲笔题写的馆标前互赠了图书作品。据她介绍，井冈山革命博物馆是国家一级博物馆，当年毛泽东亲自审阅了陈列大纲。开馆以来，这里先后接待了来自160多个国家和地区的政要、友人和国内游客共5000多万人，被中共中央列为全国爱国主义教育示范基地"一号工程"。

在解说员的陪同下，我们依次参观了博物馆的四个不同展厅。在井冈山革命斗争时期，由于敌人长达两年的经济封锁，物资极其匮乏，经济上的斗争丝毫不亚于和敌人在战场上的正面较量，形势异常残酷。博物馆里至今还陈列着90多年前红军分给老百姓的一只盐罐。1928年，村民李尚收到红军打土豪缴获分发的食盐，他舍不得吃，找来陶罐把它装起来，想着有一天红军需要时送给红军。为了防止落入敌人手中,他将陶罐藏在一棵杉树下,一藏就是31年。小小盐罐,装满信仰希望,也见证了军民鱼水情。

以毛泽东为代表的共产党人在群众的支持下,率先垂范,使井冈山革命根据地渡过了一个又一个难关。朱德经常随队伍去挑粮,大伙见劝不了他,就把他的扁担藏了起来。为防止战士们再藏自己的扁担,他就在上面刻上了"朱德扁担,不准乱拿"八个大字。毛泽东当时住在茅坪八角楼,按规定可以点三根灯芯办公,但他为了节约,始终坚持只点一根灯芯。《朱德的扁担》《一根灯芯》这两篇文章,后来都被选入统编版小学语文课本,成为中国共产党人在井冈山革命斗争时期,艰苦奋斗攻难关的历史见证。

每一次历史的回眸,都是一次精神的洗礼。在同井冈山革命博物馆专家交流的过程中,他们谈得最多的是井冈山革命斗争时期共产党人依靠群众、勇于胜利的制胜法宝。在黄洋界保卫战中,面对敌人四个团的兵力,红军两个连在当地群众的支援下顽强反击,以不足300人打退了近6000名敌人的数次进攻。永新困敌是发生在井冈山的著名战例,红军以一个团的兵力,足智多谋地将11个团的敌军围困在县城附近25天,阻击了敌人向根据地推进的企图。井冈山革命根据地之所以"敌军围困万千重,我自岿然不动",就是因为工农

作者在井冈山黄洋界炮台参观

红军与人民群众心心相连，组成了铜墙铁壁，创造了红军游击战争史上的奇迹。权为民所用，情为民所系，早在井冈山革命斗争时期，就是党和红军始终坚持的原则，更应成为今天党员干部"以人民为中心"的价值追求。

井冈山是革命的山、战斗的山、英雄的山。在这片大山中，以毛泽东为主要代表的老一辈无产阶级革命家以非凡的胆略，探索出了一条"农村包围城市、武装夺取政权"的革命道路。当年，毛泽东曾问红军战士："站在黄洋界上能看多远？"红军战士说："能看到江西和湖南。"毛泽东挥手指向远方说："在这里能看到全中国、全世界。"

井冈山从革命战争年代一路走来，早已旧貌换新颜。2017年2月，井冈山市在全国率先脱贫摘帽，成为我国贫困退出机制建立后首个脱贫摘帽的贫困县（市）。这一成就的取得，被老区人民誉为"永远不走的红军工作队"功不可没。井冈山市人民武装部赵政委向我介绍说，井冈山群众都知道人民武装部干部、职工的标志是一身迷彩服，随身携带的是民情日记、帮扶手册、挎包水壶和干粮袋这"四件宝"。这些年，他们通过干部挂点、对口帮扶，将44户贫困家庭共154名群众拽出了贫困，并与战区内经济发达地区的9个人民武装部建立横向联系，为驻地贫困乡村引来投资和产业项目，书写了新时代为民造福的新篇章。

井冈山经久飘扬的红旗，就如磅礴与壮美的东方日出，指引着我们在新时代的伟大征程上奋勇前行。

两百个将军同一个故乡

作为"中国第一将军县"的红安县，无疑是个成色十足的红色地标。

初夏的大别山区，草木郁郁葱葱，杜鹃花竞相绽放。我有幸踏进这片被誉为"两百个将军同一个故乡"的英雄土地，聆听穿越时空的英雄故事。

车到湖北省黄冈市红安县境内，一场大雨把老区的天空洗得格外清新。不远处山涧溪流潺潺，田间雾气腾腾，好一幅美妙的乡村图画。走进黄麻起义和鄂豫皖苏区纪念园，我和县退役军人事务局秦英局长、纪念园高虹主任等友人一起，首先向革命烈士纪念碑敬献了花篮。用心触摸着历史的痕迹，对革命先烈的敬意油然而生。

拾级而上，我们来到革命历史纪念馆参观，映入眼帘的是序厅中的一组雄浑博大、伟岸挺拔的大别雄风英雄群雕。军旗引导下的红军指战员和在铜锣声中从四面八方汇集而来的武装农民，形成了前赴后继、滚滚向前的革命洪流，构成了鄂豫皖根据地波澜壮阔革命斗争的生动缩影，再现了大别山区硝烟弥漫、号角争鸣的峥嵘岁月。

据纪念园讲解员姚海燕介绍，红安本名黄安，大革命时期，这里打响了黄麻起义的第一枪，诞生壮大了红四方面军、红二十五军、红二十八军三支红军主力。在中国工农红军的队列中，曾经每三个人中就有一个红安人，每四名英烈中就有一名属红安籍。红安县内登记在册的烈士就有22552人。从红安走出了223名将军，诞生了董必武、李先念两任国家主席，

作者参观鄂豫皖苏区纪念园

这是中国历史上的奇迹,也是世界历史上的奇迹。

1927年11月13日,在"八七会议"精神的指引下,黄安、麻城两县数万农民武装,在潘忠汝、吴光浩等人的指挥下,发动了著名的黄麻起义,一举攻克了黄安城,成立了黄安县农民政府和中国工农革命军鄂东军,建立了鄂豫皖根据地,对推动鄂豫皖边界地区革命运动发挥了重要的作用。

"县城一条将军道,寸寸浸透英烈血。"战火曾把黄安烧成一片焦土。在敌人惨无人道的"抢光、杀光、烧光"政策下,"无人区"从县北一直延伸到县南。12月5日,敌人向黄安城发起突然袭击,鄂东军奋力突围,黄安县委书记王志仁,鄂东军总指挥潘忠汝、副总指挥刘光烈等200多名将士不幸牺牲,解放21天的黄安城又落入敌手。为保存革命力量,鄂东军余部72人在副总指挥吴光浩、戴克敏、曹学楷和黄安县负责人的率领下,转移到黄陂境内木兰山区坚持游击斗争。他们被称为"木兰山七十二英雄",谱写了鄂豫皖革命史上的不朽篇章。

"小小黄安,人人好汉。铜锣一响,四十八万。男将打仗,女将送饭。"这首战争年代在大别山区广为流行的民谣,也是对"中国第一将军县"这个名称的最好诠释。当时的黄安人民,为了保卫革命和根据地,踊跃参军支前,他们把最后的一尺布送去做军装,最后的一碗米送去当军粮,最后的一个儿子送去上战场。革命母亲兰桂珍就是杰出的代表,她不仅自己积极参加农协会革命活动,还动员丈夫带头参军。在她的带动下,黄安迅速掀起了妻送夫、母送子、妹送哥的参军高潮。在残酷的战争中，兰桂珍先后失去了父亲、丈夫、4个儿子和4个兄弟共10位亲人。全家11口人，最后只剩下了她自己。1979年，4名佩戴"勇士勋章"的巴勒斯坦游击队军人来红安参观，被英雄母亲的事迹深深感动。临走时，他们不约而同地摘下胸前的勋章，献给了这位中国的英雄母亲。

在红安县城，一些战争年代的遗址以及革命遗迹被完好地保存了下来。董必武的旧居就位于老街中心地带，这位秀才革命家将中共一大的火种带回故乡，点燃了贫苦农民心中的希望。以他的名义发出的公告和传单，鼓舞黄安和麻城两县农民揭竿而起，发动了名垂青史的黄麻起义，建立了鄂豫皖边区第一个红色政权和第一支革命军队。为革命奉献一生的董老，如今安息在红安烈士陵园。被毛泽东称为"不下马的将军"的李先念也是从红安走出的革命家，黄麻起义和鄂豫皖苏区革命烈士纪念馆内还修建了李先念纪念馆。从这块红色土地中还走出了陈锡联、秦基伟、韩先楚等我军高级将领。县城中心由徐向前元帅题词的"两百个将军同一个故乡"的巨幅牌匾，无疑是对红土神韵最好的概括。

距红安县城20多公里的七里坪镇，是黄麻起义的策源地，是红四方面军的创建地，也是仅次于井冈山革命根据地的全国第二大根据地——鄂豫皖革命根据地的中心。纪念馆的红四方面军将帅表显示：从红四方面军走出了元帅徐向前，大将王树生、陈赓、徐海东和18位上将、47位中将，其中中将以上就有18位是红安人。

英雄是一个民族的精神坐标，在革命战争年代，红安14万英雄儿女献出了宝贵的生命，可谓遍地是英雄，家家有英烈。中华人民共和国成立后，红安也因为是"两百个将军的故乡"而名扬天下，先后有70多个国家和地区的代表，怀着崇敬的心情来到红安，拜访这片伟大的红土地。如今，每年前来拜谒红安烈士陵园的群众达 100 多万。参观结束后，我以一名老兵的身份，为县退役军人事务局和纪念园近百名职工上了一堂以"学习老区精神，致敬革命先烈"为主题的党课，以表达对这片红色土地的深情和敬意。

作者为红安县退役军人事务局和鄂豫皖苏区纪念园工作人员上党课

"月亮并不像太阳，但它确实是太阳光芒的返照。"被称为强种后代的红安人，有着自己的高傲，但他们懂得什么时候拿出他们的高傲，什么时候放下他们的高傲。改革开放初期，红安人民没有躺在前辈的功劳簿上，而是像缓缓流淌的倒水河一样，一场大雨之后就会汹涌奔腾起来。他们敢为人先地持续推动老区面貌的改变，脱贫攻坚就是红安人弘扬"大别山精神"打赢的一场硬仗，2018 年他们在革命老区序列中率先实现脱贫摘帽。城关镇铁山村大学生村官陈洋，曾祖父是革命烈士，祖父和父亲都是军人出身，他以前辈为榜样，大学毕业后毅然回乡创业，成功探索了"互联网＋农业"的扶贫工作新路子，将家乡特产"红安苕"精细加工，通过电商推向全国，乡亲们的收入水平大幅度提升。陈洋只是红安本土新生代的代表,他和众多活跃在天南地北的红安人一样,无愧于"两百个将军同一个故乡"后代的身份,是当今红安的大将之才。

如同新芽破枝、枝干伸展,红色精神跨越历史时空,在几代红安人的赓续奋斗中茁壮成长,终成参天大树。湿热的夏风越过大别山脉,拂过牡丹花海,预告着丰收的喜悦,也带来深情的期许——这片土地在诉说历史,这片土地将迎来又一个新生……

成功从古田开始

"成功从古田开始",这是镌刻在福建省龙岩市上杭县古田会址动车站站前广场主题雕塑下的一句话。成功,是那段历史赋予古田的一个鲜明注脚,穿越时空90余载,读来依然余音袅袅。

2022年早春时节,古田百亩油菜花娇艳盛开,我随着一群探寻初心的游人来到这个魂牵梦绕的革命圣地。放眼远望,白墙青瓦的古田会议会址庄重古朴,与山峦叠翠中迎风招展的红旗交相辉映,宛如一幅壮美的画卷。

走进古田会议纪念馆,一幅再现古田会议场景的巨型油画映入眼帘,述说着那段艰苦卓绝的光辉岁月。

从南昌起义、湘赣边境秋收起义到井冈山红四军的创建,再从井冈山到古田,千里闽赣路,一步一艰辛。1929年,红四军在离开井冈山转战赣南、进军闽西的过程中,由于领导人之间在军队建设问题上产生不同看法,军内存在的一些单纯军事观点、流寇思想和军阀主义残余等非无产阶级思想滋生发展。红四军第八次党代会后,红四军出击东江失败,部队思想混乱、士气低迷,面临严峻考验。

初创时期的红军成员虽然具有献身革命的热情和勇气,但农民阶级的烙印和旧军队的习气比较鲜明。当时有的贫农一当选为苏维埃执委,就千方百计地去找一件长衫和马褂穿上,要当地主、富人。这种思想行为与革命者的信仰理念相去甚远。

毛泽东对此十分忧虑，他尖锐地指出："若不彻底纠正，则中国伟大革命斗争给予红军第四军的任务，是必然担负不起来的。"在此后红四军成立的一年多时间里，以毛泽东为代表的领导者以大无畏精神勇毅前行，纠正了党内存在的各种错误思想。他们深入群众、深入实际，引领年轻的红军指战员有了更加坚定的政治理想和奋斗目标。解说员动情地给我们讲述，当年毛泽东办平民小学时，他的学生都不知道老师是毛主席，只知道是知冷知热、风趣幽默的杨先生，对乡亲们特别好。当年领袖在人民心中的地位，也为古田会议的召开打下了良好的群众基础。这与党的二十大报告提出的"江山就是人民，人民就是江山。中国共产党领导人民打江山、守江山，守的是人民的心"是多么契合啊！

青山傲岸威严耸立，苍松翠柏郁郁葱葱，那一山碧绿拥抱下的万源祠，仿佛在向我们诉说着久远的故事。怀着对毛泽东等革命先辈的敬仰之情，我走进了古田会议会址，去实地了解当年那段建军历程。我很自然地融入了一家企业青年党员培训班的参观队伍，和他们一起身临其境地感受先辈们曾经走过的路。据介绍，古田会议会址原为"廖氏宗祠"，又名"万源祠"，位于福建省龙岩市上杭县古田镇采眉岭笔架山下。会址坐东朝西，始建于清宣宗道光二十八年（1848年），是一座单层歇山四合院式砖木结构宗祠建筑。1929年5月，红军进驻古田后，将其改名为"曙光小学"。

1929年12月28日至29日，中共红四军第九次代表大会在这里召开。解说员指着这个陈设简单的会场向我们介绍，毛泽东在会上作政治报告，朱德作军事报告，陈毅传达中央"九月来信"精神。会议选举产生了新的中共红四军前敌委员会，毛泽东当选为书记。120多位会议代表经讨论一致通过了毛泽东起草的《中国共产党红军第四军第九次代表大会决议案》，即彪炳史册的《古田会议决议》。这份两万余字的决议，可谓浓缩了中国共产党思想建党、政治建军的精华,是新型人民军队定型的成功之笔。

古田会议从肃清八种错误思想破题,加强思想建党,人民军队从此浴火重生,走向红旗漫卷。"军队必须绝对服从党的领导,必须全心全意为党的纲领、路线和政策而奋斗。""红军的打仗,不是单纯地为了打仗而打仗,而是为了宣传群众、组织群众、武装群众,并帮助群众建设革命政权才去打仗的。"古田会议确立的政治建军的原则,实现了党对军队的绝对领导,人民军队的军魂也在这里铸就。

"时代是思想之母,实践是理论之源。"在中央"九月来信"的指引下,以毛泽东为代表的领导人连续召开各种调查会、座谈会、联系会,详细调查红四军存在的各种问题,研究剖析其产生的根源、危害及解决办法。通过排查问题、寻找症结、集思广益,最后统一了思想,纠正了错误。古田会议所体现出来的求真务实、开拓进取的精神,是中国共产党寻找到党的建设和中国革命道路的一大法宝,对党的群众路线的形成产生了重要影响。古田会议召开后,1930年1月5日,毛泽东写下了光辉著作《星星之火,可以燎原》,分析了中国革命的实际情况,标志着农村包围城市、武装夺取政权的中国革命道路理论初步形成,为中国革命的胜利指明了方向。对于一个政党、一个国家来说,关键时刻走对路、做对选择,对历史的影

《星星之火,可以燎原》主题雕塑

响是深远的。在无数关键的抉择时期,正因为我们党选择了正确的方向,才有了光明美好的今天和未来。其实,人生何尝不是如此,就像《平凡的世界》中所说的:"人的一生中关键的就那么几步,特别是年轻的时候。"

在参观会址的过程中,企业单位把思政教育的课堂搬到现场,把素材变成教材的情景式沉浸式教育,让我这个干了半辈子思想政治工作的"老政工"大开眼界。我与一位戴眼镜的年轻人进行了短暂交流,他说自己是个"90后"党员,来古田参观见学后,更加懂得了历史不只是书本里的文字,而是生动立体、有温度、有灵魂的。这种形式的学习教育,能使人真正感悟到古田会议的精神。这群身着红军军服的年轻人,是那天古田会议会址最美的风景。青年的动人之处,就在于激情和他们的远大前程。

精神火炬,穿越时空。2014年10月,全军政治工作会议在古田召开,这是人民军队强军之路的重要里程碑。如果说古田会议要解决的是一支迷茫的军队朝哪里走的问题,那么古田全军政治工作会议要解决的就是处于历史关头的人民军队怎样"再出发"的问题。习近平主席在古田全军政治工作会议上指出,坚持党对军队绝对领导是强军之魂,铸牢军魂是我军政治工作的核心任务,任何时候都不能动摇。党的十八大以来,习近平主席对如何从政治上建设和掌握军队深谋远虑,始终把党对军队绝对领导作为我军命根子紧抓

中国共产党历史展览馆介绍古田会议

不放，大力推进国防和军队现代化建设，引领开辟中国特色强军之路，人民军队体制一新、结构一新、格局一新、面貌一新。

从古田再出发，政治整训的烈焰迅速燃遍全军，持续熔铸人民军队的军魂。站在古田全军政治工作会议会场前，我不禁思绪万千。在这个历史性的会议召开时，我刚从大军区机关调任军分区任政治部主任不久。政治干部如何在历史性的抵达中有所作为，切实做好古田全军政治工作会议的"下篇文章"，是我在那些日子里思考最多的问题。我作为军分区政治机关工作的领军人，积极推动党委以"两个服务"（服务部队战斗力、服务地方生产力）为抓手，全面提升政治工作质效，精心打造"双拥"工作向战斗力聚集的"三前""三后"品牌。这一举措分别被原济南军区和全国双拥工作领导小组以文件和简报的形式转发，中央主要新闻媒体也对其进行了集中宣传。半年后，解决全军官兵关注的"三后"问题，被写进了全国两会的《政府工作报告》。如今想来，我仍为自己见证参与了这段军旅荣光而自豪。

在古田会议寻访之旅中，我认识了一位来自江西省婺源老区的兄弟老陈。老陈并不老，他40岁出头，英俊洒脱，是退役军人。爷爷、父亲和他，一家三代从军报国，曾被当地评为"情系国防最美家庭"。老陈创业10余年，开了多家餐饮连锁店，但受外部环境影响，企业面临巨大压力。这个春天，他只身来到古田，以老兵的名义寻找初心，感悟党的精神。他说，这次古田之行，党和人民军队筚路蓝缕、栉风沐雨、起死回生的苦难历程在他的心中又深扎了一层。在百年未有之大变局加速演变的背景下，每一个人都不能独善其身，只有敢于披荆斩棘、不懈奋斗，才能化危为机。精神也是一种成果，境界也是一种成功。这位曾在部队摔打多年的汉子让我感慨，他面对困难的态度和未雨绸缪的做法，注定了他将突出重围、再创辉煌。

寰宇苍茫，党旗似火。在古田会议会址前的广场上，有一群来自外地的青年学生，正在用快闪的方式传唱革命经典歌曲，歌声悠扬、余音绕梁，融进了最美的春天。另一侧，驻军某部"红军连"正组织官兵在这里重温入党誓词，一张张青春的面孔，在这片人民军队浴火重生的热土上，彰显着信仰的力量。

春风拂过我的脸庞，油菜花的香气扑面而来。凝望着参天古木下"古田会议永放光芒"八个大字，我久久不愿离去。

> 成功从古田开始，
> 成功又不止从古田开始。
> 让我们追随精神的光芒，
> 凝聚复兴的力量。
> 不管前方的路有多坎坷，
> 都会始终把我们照亮。
> 召唤我们向着新的伟大征程，
> 重整行装再出发……

人民共和国从这里走来

江西省瑞金市，是享誉中外的红色故都。当你走进瑞金的时候，会惊喜地发现，红色是这片土地最炫目的符号。它目睹了"红色中国"的建政传奇，见证了鲜血凝固的精神之塔，孕育了新中国的美好未来。

秋日的微风悄然拂过，我驱车从南昌来到瑞金，探寻"共和国摇篮"的历史荣光，感受历久弥新的苏区精神。

走进瑞金中央革命根据地纪念馆，"人民共和国从这里走来"十个手书大字熠熠生辉，格外夺目。瑞金市委常委、人民武装部政委汪兴福介绍说，从1931年9月至1934年10月，瑞金一直是中央苏区和中华苏维埃共和

作者在瑞金中央革命根据地纪念馆留影

国的政治、军事活动中心，中央党、政、军、群机构均驻在瑞金，毛泽东、刘少奇、周恩来、朱德、陈云、邓小平等老一辈无产阶级革命家都曾在瑞金从事过伟大的革命实践活动。

在纪念馆展厅，听着解说员讲解那段波澜壮阔的峥嵘岁月，我的心始终紧贴着那一张张承载着厚重历史的图片。参观大柏地战役板块时，我们首先观看了一段视频：1929年1月，为了打破困局，毛泽东主持召开柏露会议，作出红四军主力下山，红五军和红四军余部留守井冈山的决定。同年1月14日，毛泽东、朱德、陈毅等率领红四军主力3600多人离开了井冈山革命根据地，踏上了转战赣南的艰苦行程。红四军主力下山后，连连遭到敌军的围追堵截，直到取得大柏地之战的胜利。这是红四军离开井冈山以来取得的第一次重大胜利，彻底打垮了敌军的围追堵截，极大鼓舞了红军的士气，并形成了以瑞金为中心的全国最大、最重要、最具有代表性的根据地——中央苏区。

历史的风云总会眷顾一些特殊的地方。参观瑞金革命旧址群时，解说员介绍，当年，中央机关先设在叶坪，后来因为敌军的狂轰滥炸，进行了几次迁移。如今，瑞金形成了叶坪、沙洲坝和云石山三个旧址群，现已成为国家5A级旅游景区，也是世人向往的神圣之地。

坐落在瑞金东北6公里处的叶坪乡叶坪村，是一处古朴的村落，有着低矮的土黄色乡间土屋和青砖白瓦赣派风格的家族祠堂。村落中央的一幢有着几百年历史的谢氏宣太宗祠，便是1931年11月7日中华苏维埃第一次全国代表大会召开的地方。来自闽西、赣东北、湘赣、湘鄂西、琼崖、中央苏区等根据地的红军部队，以及在国民党统治区的全国总工会、全国海员总工会的610名代表出席了大会。大会通过了《中华苏维埃共和国宪法大纲》等文件，组成了中央执行委员会，毛泽东当选为中央执行委员会和其下设的人民委员会主席，项英、张国焘为副主席。发表了《中华苏维埃共和国临时中央政府对外宣言》，并向全国全世界庄严宣告：中华苏维埃共和国临时中央政府正式成立，定都瑞金。从此，中国共产党开始了局部执政的伟大尝试，瑞金成为人民共和国的摇篮、毛泽东思想的重要发源地和党的群众路线的重要形成地。

毛泽东曾形象地说："尽管我们这个新生的国家还很幼稚，像一只羽毛未丰的小鸟，但麻雀虽小，肝胆俱全。"会议结束后，谢氏宗祠被木板隔成15个房间，作为各个部的办公室。从政府组建到法律颁布，从货币印发到廉政建设，从妇女解放到扫盲运动，新生的红色政权打破重重封建枷锁，让苏区贫苦百姓翻身得解放、当家做主人。

中华苏维埃共和国临时中央政府，就是在这里首次以国家政权的姿态诞生于世，与当时的"国民政府"对立并存，成为全国工农革命运动的指导者与组织者，拉开了中国新社会的序幕。

在谢氏宗祠不远处，便是毛泽东的住所。门口那棵大樟树枝繁叶茂，只是树干明显缺了一块。原来，当年敌人的轰炸机投掷的炸弹恰巧就落在这棵樟树上，没有爆炸。从此，当地人留下了"古樟伸枝接炮弹，主席树下静观书"的美谈。

继续向前，穿过红军广场，一座红军烈士纪念塔矗立眼前，这是革命烈士用鲜血凝成的精神之塔。塔前"踏着先烈血迹前进"八个大字让人肃然起敬，提醒

红军在中央苏区旧址

着人们时刻不忘今天的幸福生活源于昨天刻骨铭心的历程。回望过去，我们只有"深刻认识红色政权来之不易、新中国来之不易、中国特色社会主义来之不易"，才能加深理解"中国共产党为什么能，中国特色社会主义为什么好，归根到底是马克思主义行，是中国化时代化的马克思主义行"。

当年，瑞金叶坪村北的绵江河上有一座木板桥，由于水面宽、桥面窄，人一上去桥就摇晃，经常有人掉下河，群众对此怨声载道。1931年的冬天，毛泽东等人来到叶坪村了解情况。第二天，他就请来乡村干部研究修桥计划，并抽空亲自到工地参加劳动。很快，绵江河上建成了一座结实牢固的双板木桥，毛泽东将其命名为"红军桥"。站在红军桥边，我更加深切地理解了中国共产党人坚持以人民为中心，着力解决群众"急难愁盼"问题的为民情怀。

在沙洲坝，有一处寄托着当地老百姓对党和红军的深厚感情，被老百姓称为"一顶红军留下的八角帽"的建筑——中华苏维埃共和国临时中央政府大礼堂旧址。1933年春，临时中央政府从叶坪迁到沙洲坝后，为准备召开第二次全国苏维埃代表大会决定自己动手建造大礼堂。

1934年1月，中华苏维埃第二次全国代表大会在这里隆重召开。这次会议不仅使民主政治制度得到空前发展，选举制度更加完善，还诞生了国徽、国旗和军旗等。在这次会议上，毛泽东创造性地提出了"关心群众生活，注意工作方法""水利是农业的命脉"等重要思想。

2019年，习近平总书记在江西考察时指出："以百姓心为心，与人民同呼吸、共命运、心连心，是党的初心，也是党的恒心。"领袖情怀既一脉相承，又与时俱进。

"红井水哟，甜又清哎，水捧（里格）清泉想亲人。喝上一口哟红井水，一股暖流涌上心。毛主席当年在瑞金，亲手为咱挖红井。"走进瑞金市沙洲坝镇，看着那口"红井"，我仿佛回到20世纪70年代江南水乡的那个偏僻小村庄的土坯房教室里，和童年的伙伴一起竖起耳朵，聆听语文老师朗读课文："吃水不忘挖井人，时刻想念毛主席……"几十年来，我不止一次梦见沙洲坝，今天这个梦终于变成了现实。虽然岁月的年轮已经走过90载，但红井的水依然清冽甘甜。党把我从农家子弟培养成军队师职领导干部，我的感恩之情就像红井水一样永不干涸。

在红井出现之前，沙洲坝流传着这样一首民谣："沙洲坝，沙洲坝，有女莫嫁沙洲坝，天旱无水洗头帕。"沙洲坝是个干旱缺水的地方，住在沙洲坝的人吃的是又脏又臭的池塘水，用水问题严重影响着沙洲坝人民的生活。毛泽东来到沙洲坝，了解了村里群众吃水困难的情况后，亲自带警卫员找水源挖井。消息传开后，乡亲们齐聚村头和毛主席一起挖井。毛主席边干边开心地和乡亲们聊家常，不到一天工夫就挖成了。为了使井水更清澈，毛主席又亲自下井底铺砂石、垫木炭。从此，沙洲坝人民喝上了清澈甘甜的井水。

1934年10月，红军长征离开瑞金后，苏区沦陷。敌人为了阻止人民群众对毛主席和红军的思念，多次填掉这口井。敌人白天填井，群众夜晚又把井挖开，周而复始，沙洲坝人民终于取得了胜利。在红军北上的那些

毛主席带领群众挖井的雕塑

日子里，每逢遇到困难和受到欺压时，乡亲们总是悄悄地来到井边，默默地坐在井旁，思念着远方的红军，思念着共产党，思念着亲人毛主席。

聆听历史回响，领略红色传奇，我不禁心潮澎湃。红井是当年党和苏维埃政府关心群众生活、为人民群众办实事的历史见证，成为人们向往的神圣之地。甘甜的红井水滋养了一代又一代人。

饮水思源是一种感恩，瑞金市人民武装部领导给我讲了一个真实的故事。他们每年在新兵入伍前都要组织新兵到红井前进行宣誓，感悟"吃水不忘挖井人，时刻想念毛主席"的时代内涵。2021年，一位孤儿新兵临别时突然在红井前跪别乡亲，这位吃百家饭长大的孩子以这种特殊的方式感恩亲人，令人动容。新时代新征程，我们沐浴着思想火炬照进美好生活的光芒，更应懂得感恩、学会感恩。

"赤橙黄绿青蓝紫，谁持彩练当空舞？"这是毛泽东在瑞金写下的光辉诗句。回望过去，中国共产党自诞生之日起，就开始了建立新中国的构想及实践。经过无数革命先辈的牺牲奉献，新中国终于巍然屹立在世界东方。如今的瑞金，一幅幅产业兴、乡村美、农民富的壮美画卷，正在这片红色沃土上徐徐展开。

中央红军长征从于都出发

千年古县江西省赣州市于都县，是中外名家笔下"地球上的红飘带"的起点、"前所未闻的故事"的开篇、"惊心动魄的史诗"的卷首，更是中国共产党人笔下"中华民族伟大长征精神"的起源。

秋雨绵绵，追梦不休。吟诵着毛主席"红军不怕远征难，万水千山只等闲"的不朽诗句，我驱车来到了闻名于世的中央红军长征集结出发地于都。波澜壮阔的长征诗篇引领中国革命的航船穿越一个又一个急流险滩，走向中华民族的伟大复兴。

来到于都红军长征纪念广场，我了解到2019年5月20日，习近平总书记来到于都，专门瞻仰和参观了中央红军长征出发纪念碑和纪念馆。站在镌刻有中国工农红军长征路线图的大理石前，总书记仔细察看一个个经典的红色坐标，时不时与随行人员交流，深情回忆长征路上可歌可泣的历史和英雄故事。绕过示意图，总书记缓步上前，向中央红军长征出发纪念碑敬献花篮并三鞠躬，表达对革命先烈的无限崇敬之情。

在参观考察中，习近平总书记多次深情谈道："这里是中央苏区，是红军长征集结出发地。""我来这里也是想让全国人民都知道，中国共产党不忘初心，全中国人民也要不忘初心，不忘我们的革命宗旨、革命理想，不忘我们的革命前辈、革命先烈，不要忘了我们苏区的父老乡亲们。"

走进中央红军长征出发纪念馆，我仿佛走进了红军艰苦卓绝的长征岁

作者参观中央红军长征出发纪念馆

月。看着纪念馆墙上的一幅漫画,我默默地读着那段幽默的文字:"乌龟闯进门里来了,哥哥的刺刀抵着他,弟弟拿刀来彻底粉碎乌龟壳。"这个哥哥指的是老红军,弟弟指的是三万新战士,而乌龟壳就代表着当年国民党军在中央苏区修建的坚固堡垒。这幅漫画是当年老红军带着新战士粉碎国民党军第五次"围剿",进行艰苦卓绝斗争的真实写照。

1933年下半年,蒋介石指挥的国民党军队在前四次"围剿"失败后,调集50万军队向中央苏区进攻。由于当时"左"倾教条主义在中央占据着主导地位,"靠边站"的毛泽东被剥夺了红军指挥权。不懂军事的博古、不了解中国实际情况的李德生搬硬套,实行军事冒险主义方针,主张以阵地战"御敌于国门之外",受挫后又采取消极防御的战略方针和"短促突击"的战术,使得中央红军在国民党"围剿"下处境十分艰难,整个中央苏区缩小到了不到之前的四分之一。如果党中央再不选择战略转移,就可能在中央苏区全军覆灭，这是红军长征最直接最重要的原因。

滔滔于都河，蜿蜒秀丽。我来到当年红军长征渡河的东门渡口旁，仿佛置身于1934年10月18日的那个血色黄昏，不禁心潮澎湃，中央红军8.6万多人就是从这里集结出发的。在苍茫暮色中，举着镰刀锤子旗帜、脚蹬草鞋、肩扛土枪的队伍，匆匆跨过于都河，踏上了战略转移的漫漫征程，走上了爬雪山、过草地的二万五千里长征路。

"一送（里格）红军（介支个）下了山，秋风（里格）细雨（介支个）缠绵绵……"中央红军被迫转移，乡亲们十里相送。据说那天傍晚，患病的毛泽东是被人抬在担架上渡过被夕阳染红的于都河的。他和8万多红军一起，悲壮地离开了这个存在了3年的红色国家，走时没有走漏半点风声。

与我同行的于都县人民武装部政工科肖科长向我介绍，于都河河面宽600多米，水深1米至3米，红军大部队只能靠架设浮桥过河，困难程度可想而知。为送红军过河，于都人民倾其所有，沿河老百姓纷纷捐出家中的渔船，凑齐了大小船只800多条，有的甚至把家里的门板、床板、店铺板等木制品送给红军用来架桥。中央红军长征出发纪念馆中，再现了一位老人将自己的棺木捐给红军搭浮桥的场景。当时，70多岁的曾老大爷，将家中所有的门板、木材捐献之后，硬是把自己准备了多年的寿材送到了架桥工地。红军战士

于都县城东门渡口

过意不去，执意不收。老大爷拉着红军战士的手深情地说："红军前方打仗，连命都拿出来了，我献几块棺材板又算得了什么？"周恩来得知此事后，感慨地说："于都人民真好，苏区人民真亲。"

像曾大爷这样的于都人还有很多，为了不让红军赤脚征战，他们家家户户编草鞋送给红军战士。纪念馆的记载显示，当年于都总人口只有34万，但先后参加红军的就有6.8万余人，有10万人支前参战，为革命牺牲的有名字可考的烈士达1.6万多。大部分青壮年投身革命事业中，谱写了一部红军长征时期军民鱼水深情的历史。

远征者的足迹虽然早已被岁月抹平，但不息流淌的于都河水执着记录着历史。纪念馆陈列的一双绣有绣球的草鞋吸引着无数瞻仰者的目光，这双与众不同的草鞋是于都县岭背乡老红军谢志坚离家远征时，青梅竹马的爱人春秀送给他的

中央红军长征出发纪念馆陈列的一双绣有绣球的草鞋

"信物"。整个长征路上，谢志坚只穿过它两次。1951年，谢志坚回到于都寻找春秀，才得知长征后不久，春秀就被敌人杀害了。谢志坚带着这双草鞋，伏在春秀的墓上痛哭不起。

走进于都坝脑古村，一座座用石块垒成的老屋，长满青苔的墙壁，古朴而沧桑。当地村民给我讲述了一个感人至深的故事。1932年秋天，12岁的段桂秀和王金长结婚不久，王金长就告别家乡参加了红军。段桂秀守

着王金长"你一定要等我回来"的承诺，与婆婆和年幼的小叔子相依为命。没想到21年后，她等来的却是一纸烈士证明书。收到烈士证明书后，段桂秀哭了几天几夜。后来一直有人劝她改嫁，但她说什么也不愿意。婆婆离世后，她依然孤苦伶仃地在老宅独自生活。她不止一次告诉家人："万一我的金长哥哥回来了呢？"段桂秀痴守一生的爱情故事影响了几代人。为了实现这位革命老人的心愿，于都县退役军人事务局决定联合南昌瓷板画研究中心，用科技手段还原王金长烈士的音容笑貌，给老人一个惊喜。有关人员不远千里专程来到段桂秀家，认真倾听老人的回忆、描述，查阅王金长烈士弟弟户籍资料中的老照片，创作了一幅王金长烈士的瓷板画。老人抚摸着她的金长哥哥的画像，泪流满面："金长哥哎，今后我就可以天天看你了！"如今，这个穿越时空的浪漫爱情故事，还被搬上了中国首部红色文旅史诗《长征第一渡》中，让无数游人看得热泪盈盈。

过去"红军为穷人打天下"，今天党领导人民"脱贫致富奔小康"。来到远近闻名的潭头村，村支书刘连云向我介绍，当年全村近2000人参加红军，32人成为烈士，是名副其实的英雄村。走进红军后代村民孙观发家，这位74岁的老兵热情招呼着我们，深情回忆当年习近平总书记来他们家做客的情景。他说，总书记多次讲的"守江山，守的是人民的心"，这句话让他感到非常温暖。总书记十分关心老区，牵挂老区人民。在党的领导下，潭头村由一个贫困村，变成了一个美丽富裕的旅游村，老百姓的日子就像芝麻开花节节高。

在长征开始的地方，我和许多游人一样，更加坚定了奋勇前行的决心。就像那首流行歌曲唱的："你是那夜空中最美的星星，照亮我一路前行……"

"半条被子"的温暖

这是90年前红军长征中发生的一个真实故事。岁月不居,时节如流,如今,这个历久弥新的故事跨越数十载,依然温暖人心。

2016年10月21日,中共中央在北京人民大会堂隆重举行纪念红军长征胜利80周年大会。会上,习近平总书记动情地讲述了"半条被子"的故事:1934年,在湖南省郴州市汝城县沙洲村,三名女红军战士借宿在徐解秀家中,临走时,她们把自己仅有的一床被子剪下一半留给老人。老人说,什么是共产党?共产党就是自己有一条被子,也要剪下半条给老百姓的人。总书记说:"同人民风雨同舟、血脉相通、生死与共,是中国共产党和红军取得长征胜利的根本保证,也是我们战胜一切困难和风险的根本保证。"

位于湘、粤、赣三省交界处的沙洲村,因为习近平总书记讲述"半条被子"的故事一夜成名。2020年9月,习近平总书记来到沙洲村,指出"半条被子"的故事充分体现了中国共产党人的初心和本色,号召共产党人更要坚定道路自信,同人民群众风雨同舟、血肉相连、命运与共,继续走好新时代的长征路。

2022年初秋时节,我从江西省于都县出发,沿着习近平总书记的足迹,踏上当年红军长征的道路,驱车300多公里直奔沙洲村,探寻"半条被子"故事的红色基因和新时代内涵。

《半条被子》雕塑

越过罗霄山脉的崇山峻岭，穿过密林深谷的时空隧道，我走进了生机盎然的沙洲村。站在村委会的高坡上，我用镜头记录下沙洲村中由"半条被子"编织出的红色文化氛围。当年红军长征的艰苦跋涉与今天山区百姓的乡村振兴，在时空交织中构成了沙洲村壮美的时代画卷。

解说员介绍，1934年10月，中央红军经过汝城县全境时，得到了汝城人民的倾力支持。中央红军在此成功突破了国民党军第二道封锁线，并在如今的文明瑶族乡进行了长征以来首次较长时间的休整，与当地百姓"有盐同咸，无盐同淡"，以实际行动赢得了群众的真心拥护。

红军进驻沙洲村后，三名女红军战士来到了徐解秀家，主动同她拉家常，不失时机地宣讲党和红军的政策主张。因为天气寒冷，当晚三个女红军战士执意与徐解秀母子睡在一起，合盖一条行军被子。

次日，天刚蒙蒙亮，三位女红军战士就起床忙碌起来。她们走东家串西家为老乡看病送药，给乡亲们留下了深刻的印象。回到徐解秀家后，她们又忙着打扫房前屋后的卫生，抢着干些家务活。女红军战士们用暖心的行动和严谨的作风，彻底打消了村民的顾虑，更是与徐解秀家人结下了深厚情谊。

女红军战士们完成休整要出发了。虽然只短暂地相处了两天，但她们与徐解秀和当地群众已是难舍难分。她们想把唯一的行军被子送给徐解秀，见徐解秀坚决不肯收下，女红军战士就对她说："我们干革命，为的就是咱们老百姓。再说，红军战士没有吃不了的苦，没有克服不了的困难。没有被子，我们会再想办法的。"

眼看大部队已经开始出发，一个女红军战士急中生智，从背包里摸出一把剪刀，把被子剪成了两半。徐解秀接过半条被子，激动得泪流满面。女红军战士对徐解秀说，等革命胜利了再来看她。女红军战士就这样三步一回头，再次踏上了枪林弹雨的万里征途，她们的身影也深深印在了徐解秀的脑海中。

据"半条被子的温暖"专题陈列馆陈列的《红星报》记载，由于国民党的经济封锁和军事"围剿"，中央苏区物资严重匮乏，红军指战员被服极为紧缺。棉衣、夹被和枪支、干粮一样，都是红军指战员极为宝贵的行军配置。在当时那样艰苦的条件下，红军战士心中想的是老百姓的疾苦。看着展厅中一幅幅生动的画面，我的心中无限感慨：三名女红军战士将仅有的一条被子分一半给贫苦百姓，留下了共产党对老百姓的深情，赢得了老百姓对共产党的拥护。

在沙洲村文化广场，一群青年学生在《半条被子》雕塑前，面向党旗、举起拳头庄严宣誓，青春的力量让人振奋。当年红军战士的苦没有白吃，汗水和鲜血没有白流，他们用牺牲和奉献奠定了我们今天的幸福生活。

作者参观"半条被子的温暖"专题陈列馆

在徐解秀的老屋里，她85岁的小儿子朱中雄在"半条被子"故事发生地旧址讲述母亲的故事时说："当时下着大雨，母亲见三名女红军经过我家门前，就请她们到家中留宿……红军走后，敌人把全村人赶到了祠堂，逼着乡亲们说出红军的下落和为红军做过的事情，并从我家里搜出了那'半条被子'。母亲惨遭敌人毒打，但宁死不屈，始终没有说出半句敌人想知道的话。"朱中雄老人思路清晰，激动地讲述着这段故事中的一个个细节。

新中国成立后，徐解秀老人望眼欲穿地期盼着三位女红军战士回到沙洲村。1984年，84岁的徐解秀没有盼到女红军战士，但在村口等来了重走长征路的《经济日报》记者罗开富。老人执意拉着这位北京来的记者走进自己的厢房，向他诉说50年前那段刻骨铭心的往事，并委托他寻找那几位女红军战士。徐解秀的深情讲述，让罗开富热泪盈眶。临别时，他握着徐解秀的手说："徐大妈，我一定尽力帮你找到这三位女红军。"一个月后，《经济日报》在头版"来自长征路上的报告"栏目发表了这篇关于"半

作者采访徐解秀85岁的儿子朱忠雄

条被子"的文章，三名女红军和徐解秀的故事就这样家喻户晓了。

当年，邓颖超等党和国家领导同志对寻找三名女红军的事情非常关注，并倡导在全国开展寻找活动，这激励着亿万读者特别是广大青年朋友在改革开放的新长征路上奋发前行。英雄已无觅处，但陈列馆里保存的资料，真实记录了这段有温度的历史故事，让人动容。

走进徐解秀的孙子朱小红家时，朱小红正好从外地回来。他指着堂屋里挂着的习近平总书记到家里慰问时的照片，激动地向我介绍当时的情景。他说，自己曾是村里的贫困户，这些年在政府的帮助下，在村里开起了第一个土菜馆，吃上了"旅游饭"，实现了脱贫。作为徐解秀的晚辈，他要在沙洲村接力讲好"半条被子"的故事，让红色基因在绿水青山间代代相传。

当地有关人士给我提供了这样一组数据：2022年，沙洲村村民人均收入提升至1.9万元，村集体收入140万元。沙洲村先后获得"中国美丽休闲乡村""全国乡村旅游重点村""中国传统村落"等荣誉称号。从留给老百姓"半条被子"到带领老百姓走"幸福路子"，沙洲村翻天覆地的变化映照出我们党始终不变的初心。

长征最为惨烈的战役

掬一捧湘江水，分明如此澄澈清透。可为什么人们提起湘江，联想到的总是红色？

90年前，湘江之畔，一个只有13岁的年轻政党，带领一群平均年龄不到30岁的年轻人拼死血战。

来到湘江岸边，你会明白，湘江之红，不是大江的颜色，而是历史的颜色，是几万红军将士信仰的颜色。

1934年底，为确保中共中央和中央红军主力渡江，粉碎敌人围歼红军于湘江以东的企图，数万名红军将士血染湘江两岸。红军长征出发时有8.6万人，但渡过湘江，摆脱敌人的围追堵截之后，只剩下了3万人。负责为中央红军强渡湘江突围殿后的红五军团第三十四师，最后仅3人幸存。红军以勇于胜利、敢于突破、英勇牺牲的斗争精神，演绎了一幕幕悲壮传奇的故事，诠释了人民军队为理想信念而英勇献身的崇高追求。

2021年4月25日上午，习近平总书记来到位于广西壮族自治区桂林市全州县才湾镇的红军长征湘江战役纪念园，缅怀革命先烈。习近平总书记高度评价湘江战役："湘江战役是红军长征的壮烈一战，是决定中国革命生死存亡的重要历史事件。"革命理想高于天，理想信念之火一经点燃就会产生巨大的精神力量。红军将士视死如归、向死而生、一往无前、敢于压倒一切困难而不被任何困难所压倒的崇高精神，永远值得我们铭记和发扬。

2023年12月19日，我先后来到广西壮族自治区桂林市兴安县红军长征突破湘江纪念馆和全州县红军长征湘江战役纪念馆参观，寻访远征者的足迹，致敬英勇的红军将士。

红军长征湘江战役纪念馆

据纪念馆解说员介绍，1934年11月27日至12月1日，中央红军在湘江两岸与国民党军展开殊死决战，突破敌人重兵设防的第四道封锁线，粉碎了蒋介石围歼中央红军于湘江以东的企图，确保中央领导机关和中央红军大部队渡过湘江。习近平总书记在参观红军长征湘江战役纪念馆时指出："试想，如果没有这么一批勇往直前、舍生忘死的红军将士，红军怎么可能冲出敌人的封锁线，而且冲出去付出了那么大的牺牲，还没有溃散。靠的是什么？靠的正是理想信念的力量！"

纪念馆记载，新圩阻击战前，红三军团第五师收到的电令是"不惜一切代价，全力坚持三天至四天"。危难时刻，全师将士立下军令状："只要有一个人，就不能让敌人到新圩！"子弹打光了，就用大刀白刃近距离厮杀；前面的人倒下了，后面的人紧跟而上，敌军一次又一次猛烈的进攻都被红五师打退了。

鏖战到第三天下午，红五师接到军团电报：军委两个纵队已突围渡过湘江。部队清点人数时报告：全师3000余人连同伤员只剩下1000余人，师参谋长胡震、第十四团团长黄冕昌等指战员英勇牺牲。一向在战场上只流血不流泪的师长李天佑，此刻双眼模糊，久久默立。我和同行的参观者听到这里时，心情久久不能平静。

光华铺阻击战是湘江战役又一个主战场。红三军团第四师师长张宗逊、政委黄克诚率领部下在江上搭建浮桥，以掩护部队过江。待国民党追兵赶到后，他们便与敌人展开激烈的斗争。通过奋勇杀敌，红三军团用一个团的兵力成功挡住了近四个团的敌军。由于敌人的炮弹投掷太过密集，我军1000多名将士牺牲。

脚山铺阻击战是整个湘江战役中敌我双方投入兵力最多、战线最长、伤亡最惨重的一战。这一战，我军与国民党军足足打了三天三夜。红一军团第一、二师与湘军激战三天三夜，筑起了中央纵队和后续部队抢渡湘江的生命通道。在采访中，当地人告诉我，聂荣臻元帅之所以在题词中将"脚山铺"写成"觉山铺"，是因为红军经过这次战役才彻底觉醒、成长。

作者参观红军长征湘江战役纪念馆

兴安和全州的两个纪念馆里都记录了陈树湘——这位英雄师长的壮烈故事。被称为"绝命后卫师"的红三十四师，在掩护最后一支队伍渡过湘江后，被敌军重兵截断于湘江以东，陷入重重包围。师长陈树湘腹部中弹昏迷被俘，敌人用担架将他抬去邀功请赏。途中陈树湘苏醒过来，猛地撕开绷带，强忍剧痛用手绞断了自己的肠子，实现了"为苏维埃流尽最后一滴血"的誓言，将青春与生命永远定格在了29岁。

中国革命浴火重生，迎来伟大转折。在五天五夜的激战中，红军同蒋、湘、桂三派军队20多万人对阵，靠着指战员们对革命的忠诚，骨干部队才得以杀出重围。红军经过血战突破湘江后，以毛泽东为代表的党和红军领导人坚持与"左"倾教条主义错误进行斗争。1935年1月，中共中央在遵义召开政治局扩大会议，结束了"左"倾教条主义错误在中央的统治，确立了毛泽东在党和红军的领导地位。

"英雄血染湘江渡，江底尽埋英烈骨；三年不饮湘江水，十年不食湘江鱼。"在桂林采访期间，我特意来到一家特色小餐馆，点了一整条清炖鱼。我感叹地告诉餐馆服务人员，如今我们的日子好了，更应缅怀革命先烈。90多年前，老乡们用"三年不饮湘江水，十年不食湘江鱼"纪念红军烈士，如今，我追寻远征者的红色足迹，用"才饮湘江水，又食湘江鱼"铭记先烈。

湘江水碧波万顷，不息流淌。在如今的静好岁月中，我心中更多的是感恩和缅怀。

遵义会议伟大转折

仲夏时节，我驱车从贵州省贵阳市出发，一路穿越高原的崇山峻岭、乌江的湍急江流，终于在黄昏时分到达贵州省遵义市。此刻，车窗外暴雨如注、雷电交加，似乎在向我诉说遵义不同寻常的历史风云。

次日上午，我急切地赶往遵义会议纪念馆。街道两侧的路灯立柱上挂着鲜红的中国结，一如当年红军整齐壮观的队伍。步行约15分钟，我便到了遵义市红花岗区子尹路96号——遵义会议纪念馆。

这是一栋坐北朝南，临街而立的两层楼房。进了院门，左边的影壁上刻着黑底金字的毛泽东手书《七律·长征》："红军不怕远征难，万水千山只等闲……"笔走龙蛇，气势雄浑。右边是会址，毛泽东亲笔题写的"遵义会议会址"六个苍劲有力的大字镶嵌在檐下悬挂着的牌匾上。

这幢两层砖木结构的小楼原是贵州军阀柏辉章的公馆，中西合璧的风格，歇山式屋顶盖着小青瓦。整栋楼都是墙缝细白，砖面灰黑，如层层叠叠的书籍，记录了一段非凡厚重的历史。我和游人一起肃立在简朴狭小的会议室，行走在当年红军司令部、政治部驻地的走廊，端详着一件件珍贵的文物，遥想当年革命先辈在山水间的血火拼杀、金戈铁马、政治风云、唇枪舌剑，不禁心潮澎湃，思绪万千。

走进不大的遵义会议纪念馆展厅，有雕像，有实物，有照片。先进的电子显示设备，生动还原了一个个历史瞬间。置身其中，我仿佛听到了战马的嘶鸣，感受到了萧瑟的秋风和老区人民十送红军的深情与不舍。

红军从江西于都一路走来，历经了各种超出常人想象的磨难。推行"左"倾错误的中央领导人，在实行突围和战略转移时，又犯下了退却中的逃跑主义错误，在强敌的围追堵截中，可谓抬着埋葬自己的棺材走向死亡。

1934年底，为确保中共中央和中央红军主力渡过湘江，粉碎敌人围歼红军于湘江以东的企图，面对4倍于己的敌人的围追堵截，红军几近覆没。战斗最为激烈的时候，红三军团第四师一天之内牺牲了两位团长，失去指挥权的毛泽东只能眼看着一批批英勇的官兵倒在血泊之中。中央红军出发时有8.6万多人，到这时只剩下3万多人了。

纪念馆中的油画《红军师长陈树湘》记录了在长征路上最为惨烈的湘江之战中，红五军团第三十四师师长陈树湘率领部队付出重大牺牲，在完成掩护红军主力和中央机关抢渡湘江的艰巨任务后负伤被俘的画面。在被敌人押送前往长沙的途中，这位从秋收起义起就跟随毛泽东闹革命的铁汉子宁死不当俘虏，趁敌人不备，忍住剧痛，用双手生生扯断了自己的肠子，为革命流尽了最后一滴血，牺牲时年仅29岁。2009年9月10日，陈树湘入选"100位为新中国成立作出突出贡献的英雄模范人物"。湘江之战，红军烈士的鲜血染红了江水，当地百姓用"三年不饮湘江水，十年不食湘江鱼"来怀念先烈。

"抬头望见北斗星，心中想念毛泽东，困难时想你有力量，胜利时想你心里明……"死者的鲜血，引起了生者的反思。党和红军内部对错误领导的怀疑和要求更换领导的情绪迅速增长，越来越多的人在经历了一次次挫折后感到：打仗还是毛泽东行！

1935年1月15日至17日，中共中央在遵义召开政治局扩大会议，集中全力解决军事和组织问题，42岁的毛泽东重新进入党中央核心领导层。

会议严肃、理性、系统地思考并讨论了"仗要怎么打、路往何处走"的问题,结束了"左"倾教条主义对党中央长达4年的统治,在极端危急的历史关头,挽救了党,挽救了红军,挽救了中国革命。以遵义会议召开为标志,我们党开始逐步形成稳定的领导集体和核心,在政治上开始走向成熟。

在遵义会议会址东侧,有一棵高达10米的枝繁叶茂的大槐树,当地一所中学正在这里举行入团宣誓仪式。鲜红的团旗与遵义会议会址交相辉映,穿越时空的精神碰撞,让人感受到新时代的青春力量。是啊,一座楼,一棵树,栉风沐雨,相依相伴,见证了那个重大历史时刻,见证了我们党实事求是闯新路、独立自主开启新征程的伟大跋涉。邓小平后来谈到,我们党的领导集体,是从遵义会议开始逐步形成的,第一代领导集体的核心是毛泽东。

遵义会议后不久,毛泽东写下了《忆秦娥·娄山关》,词里说:"雄关漫道真如铁,而今迈步从头越。"中央红军灵活变换作战方向,忽东忽

高校青年学生在娄山关开展研学活动

西,迂回穿插,并且借助情报工作的特殊帮助,巧妙地调动敌军,四渡赤水、巧渡金沙江,摆脱了数十万国民党军队的围追堵截,粉碎了蒋介石围歼红军于川黔滇边境的计划。据说,美国西点军校在无数次复盘四渡赤水后认为,即便拥有上帝视角,红军仍将无一胜绩。我军当时几乎陷入绝境,毛泽东用兵如神,力挽狂澜,也许在一代伟人看来,这才是值得回味的胜利。

重走四渡赤水之路,或许才能理解毛泽东"苍山如海,残阳如血"的词句。我冒雨走进遵义战役娄山关小尖山战斗遗址,刻有"娄山红·红课堂"的石碑上记录了"一条腿的长征"的故事。1935年2月,为摆脱敌军的围追堵截,毛泽东和党中央决定回师东进,再入贵州,二渡赤水,先夺娄山关,再占遵义城。在二战娄山关中,红三军团第十二团政委钟赤兵率部队急赴娄山关,多次打退了敌人的反扑。战斗中,钟赤兵的右小腿被一排子弹打穿了9个洞,简单包扎后,他带伤继续指挥战斗。红军占领遵义城后,钟赤兵被送往野战部队医院,在没有医疗器械和麻醉药的情况下,医生用一把老百姓的砍柴刀和断成半截的木匠锯给他截了肢。后因持续感染,半个月内他做了三次截肢手术。钟赤兵凭着坚定的信念和顽强的意志,硬是拖着一条腿走完了长征路。一个个像钟赤兵这样的英雄,用血肉铸造了伟大的长征精神。我们党只有遵实事求是之道、行民主团结之义,才能作出正确的选择,才能"靠马克思列宁主义的真理吃饭,靠实事求是吃饭,靠科学吃饭"。

遵义战役娄山关小尖山战斗遗址

方向决定道路，道路决定命运。或许是历史的巧合：从中国共产党成立到遵义会议召开为14年，从遵义会议召开再到中国共产党顺利完成长征，成功领导人民进行抗日战争、解放战争，不断从胜利走向胜利，最终赢得民族独立和人民解放正好也是14年。美国作家索尔兹伯里写道："遵义会议结束了，长征继续进行，毛泽东在掌舵。中国的道路——至少今后半个世纪的路——就这样确定了。"以遵义会议为标志，走向成熟的中国共产党开始把中国革命的命运牢牢掌握在自己的手中，也更加坚定了自己所选择的道路。

来到位于凤凰山麓、湘江河畔的红军山烈士陵园，拾级而上，映入眼帘的是一座气势雄伟的纪念碑，正面是邓小平题写的"红军烈士永垂不朽"八个金色大字，碑顶的镰刀锤头标志熠熠生辉。牺牲在黔北的邓萍将军和数千名红军烈士长眠于此。在烈士陵园，我遇见了两位刚刚参加完高考便来为红军烈士献花的女学生，如今考生们庆祝自己"上岸"的方式多种多样，她们却选择用一颗滚烫的心去致敬先烈。

2015年6月16日，习近平总书记在瞻仰遵义会议纪念馆时强调，遵义会议作为我们党历史上一次具有伟大转折意义的重要会议，在把马克思主义基本原理同中国具体实际相结合、坚持走独立自主道路、坚定正确的政治路线和政策策略、建设坚强成熟的中央领导集体等方面，留下宝贵经验和重要启示。我们要运用好遵义会议历史经验，让遵义会议精神永放光芒。

红军飞夺泸定桥

"金沙水拍云崖暖,大渡桥横铁索寒"是毛泽东在长征胜利后写下的诗句。80多年前,红军长征走过万水千山,飞夺泸定桥是其中一场载入党史军史的关键性战斗。22名勇士不畏艰险、勇往直前、顽强战斗、不怕牺牲的革命精神,用骨骼加固泸定桥铁索的伟大壮举传颂至今。

2022年初夏时节,我驱车冒雨从四川省成都市出发,穿越川藏线上素有"千里川藏线,天堑二郎山"之称的二郎山,沿着红军长征路一路西行。车窗外,一个个悬崖峭壁从我眼前掠过,盘山公路像一条绕上云霄的腰带,当年远征者的遗迹随处可见。大约4个小时后,我来到了四川省甘孜藏族自治州泸定县。

行走在当年红军长征历时最久、活动范围最广、行军里程最长、自然环境最险恶、进行战役战斗最多、党内斗争最激烈和解决问题最集中的巴山蜀水大地,我见到了让我震撼的泸定桥。毛泽东在长征到达陕北和新中国成立后,多次讲述并高度评价红军长征爬雪山、过草地时期,四川各族人民对红军长征、对中国革命作出的重大贡献。

泸定桥是怎样建成的?红军长征为什么要越过这座桥?勇士们又是如何步步惊心走出险境的?次日早晨,我迎着雨后的第一缕阳光,跟随一支由身着红军军服的年轻人组成的研学团队踏上了泸定桥。这座桥在奔腾不息的大渡河上横卧了数百年,桥身起伏荡漾,走在上面,如泛轻舟。手扶

泸定桥

寒冷坚硬的铁索，凝望波涛汹涌的河水，我仿佛看到一幅穿越古今的画卷迎风展开。

300多年前，团结友爱的当地藏汉人民，用40多吨生铁打造13根碗口粗的铁链，横跨大渡河。这座桥东西桥台之间净跨100米，铁索长101.67米，桥宽2.7米，是连接川藏交通的咽喉之地。建成时，康熙皇帝亲自题写"泸定桥"桥名。

太平天国翼王石达开曾率领义军来到大渡河畔，因为无法渡河而被清军围困，最终全军覆没。1935年5月25日，红军夺取了渡口安顺场，原计划在这里过河，但是水流湍急，架桥失败了。蒋介石得知消息后兴奋不已，立刻调集重兵围堵，并叫嚣要让红军成为"第二个石达开"。

毛泽东来到翼王亭，阅毕碑文后，一边感慨翼王之死，一边为红军寻找生路。在毛泽东看来，"被困大渡河"看似是一局死棋，实则步步是生机。而获得生机的关键，就是泸定桥！次日，毛泽东、周恩来、朱德等红军领导人运筹帷幄，果断决定兵分两路夺取泸定桥，让3万红军主力迅速过河。当天上午，中革军委令刘伯承、聂荣臻等率领一个师加上一个干部团作为右路军，令杨成武等率领中央纵队和红二师第四团作为左路军，兵分两路夹河而上，飞夺泸定桥。

兵贵神速，以快制胜。5月28日，红四团指导员冒雨在崎岖山路上跑步前进，与敌人隔岸赛跑，一昼夜奔袭240里，按时到达了泸定桥西岸。

但此时，桥面上大部分木板已被敌人拆除，只剩下13根铁链悬在空中。桥下咆哮的河水从上游山峡间倾泻而来，拍打巨石，飞溅起一丈多高的浪花。东侧敌军筑起工事，不时向红军挑衅。

千钧一发之际，红四团第二连连长廖大珠等22名指战员于29日下午组成突击队，顶着敌人密集的火力，攀踏着悬空的铁索，开始向东桥头绝地冲锋。当突击队员们即将到达河的另一边时，敌军开始放火，桥上顿时燃起了熊熊的火焰。"同志们！为了革命事业，为了最后的胜利，冲啊！"指挥员的号令让勇士们热血沸腾，他们像利箭一样在熊熊烈火中不断挺进，终于胜利冲过桥面，在右纵队的有力配合下，击溃了泸定县城敌军防御部队，夺取了事关红军生死存亡的泸定桥，打开了红军北上的通道，立下了不朽功勋。

5月30日，毛泽东等中央领导同志到达泸定，在泸定召开会议，确定北上路线，蒋介石歼灭红军于大渡河以南地区的企图破产。

在红军飞夺泸定桥纪念馆，我看到了22名勇士的名字：廖大珠、王海云、李友林、刘金山、刘梓华、杨田铭……其中李友林、刘金山、刘梓华、杨田铭还保存有照片。这些闪光的名字和他们青春的样子，就像纪念碑公园大道两旁竖立的22根花岗岩石柱，永远矗立在我们心中。

在战斗中，夺桥勇士李友林的手脚被火热的铁索严重烫伤，但他以超常的毅力拼死前行，当时唯一的信念就是只有活着抢占泸定桥，才能打败更多的敌人。中华人民共和国成立后，他深藏功名，很少讲起自己的英勇过往。他的双手没了掌纹，手心也不出汗，常年爆皮瘙痒，但他从不埋怨。直到20世纪90年代，军事科学出版社的编辑通过聂荣臻元帅签发的嘉奖令找到李友林家里时，他的孩子才知道父亲是飞夺泸定桥的勇士。

夺桥勇士刘金山曾在土城战役中身负重伤，部队接到飞夺泸定桥的任务时，伤愈不久的刘金山咬破手指按下血印向上级请战。在夺桥战场上，他全身挂满手榴弹，腰间别着大刀，冒着敌人的枪林弹雨，义无反顾地匍匐前进。面对敌人点起的大火，他一手抓住通红的铁索，一手挥舞着大刀，和勇士们一起冲向火海。战斗结束时，他身上大片的皮肤都被烫焦了，右手手心还和刀把粘连在一起。1955年9月，毛主席在中南海怀仁堂为开疆拓土的将士们举行授衔仪式。在金灿灿的勋章

作者在泸定桥畔与家人视频连线

即将到手之际，刘金山却主动向毛主席写信："我年龄大了，没什么文化，伤也多，不配享受荣誉，请主席给我降衔。"毛主席感动之余，也尊重了刘金山的意愿，给予刘金山开国大校的军衔。在纪念馆参观时，我的心仿佛也被夺桥勇士的事迹融化了，"为什么战旗美如画，英雄的鲜血染红了它……"这是英雄的赞歌，送给为国浴血奋战的英雄当之无愧。

开国上将杨成武时隔50多年后，回到他曾经战斗过的甘孜藏族自治州。老将军站在泸定桥上，看着那黝黑冰冷的铁索，想起当年飞夺泸定桥的同伴，不禁潸然泪下："怎么今天就剩我一个了？你们都在哪啊！"当年22名红军勇士飞夺泸定桥，完成了不可能完成的任务。毛主席在战后说："我们的红军真是无坚不摧，所向披靡，有这样的红军战士，我们还有什

么克服不了的困难！"

军号嘹亮，英雄前赴后继。我从四川回来不久，媒体报道了泸定县发生6.8级地震，造成较大的人员伤亡和财产损失的消息。这期间，人民子弟兵在抗震救灾中的一张"飞夺泸定桥般的救援"的照片火爆网络：四五根树干飞架在汹涌湍急的河流之上，几名官兵用简易担架抬着受伤群众，艰难地在这条唯一的生命通道上行进。一幕幕救援场景，令亿万网友动容：新时代的中国军人和80多年前的红军战士一样，可以不畏艰险，勇往直前。

离开纪念馆时，那支目光有力、步伐坚定的研学队伍再一次出现在我的眼前。一张张青春的脸庞，宣告着红色血脉的延续和光荣传统的继承。今天，我们在新时代新征程中砥砺前行，就是对革命先烈最好的怀念。

四渡赤水出奇兵

"雄关漫道真如铁,而今迈步从头越。"遵义会议后,新的中央领导人受命于危难之际,领导红军继续长征,取得了一个又一个胜利。四渡赤水就是红军长征中最光彩神奇的篇章。

2015年6月,习近平总书记来到贵州省遵义会议会址参观。在陈列馆看完《四渡赤水》媒体演示片后,他动情地说:"毛主席用兵如神!真是运动战的典范。"总书记的这番评价,使人不由得想起60多年前的一次精彩的外交对答。

1960年5月,曾指挥过举世闻名的阿拉曼战役、西西里登陆和诺曼底登陆的英国陆军元帅、二战名将蒙哥马利访问中国。蒙哥马利对毛主席仰慕已久,在访华期间,他对毛主席说:"您指挥的辽沈、淮海、平津三大战役,可以同世界上任何伟大的战役媲美。请问,这三场战役是您指挥的最满意的战役吗?"不料,毛主席微笑着摇了摇头:"四渡赤水才是我的'得意之笔'。"

2024年初夏时节,我再一次踏上了英雄的贵州大地,来到了位于遵义市习水县的红军战斗遗址和四渡赤水纪念馆参观学习,追寻远征者的足迹,感悟伟大的长征精神。

走进纪念馆,首先映入眼帘的是一幅巨型雕塑,上面镶嵌着毛主席"四渡赤水才是我平生最得意之笔"的闪光题词。一支军队的领导和指挥艺术,足以体现了这支军队的智慧和力量，同时也映射着国家和民族的前途命运。

1935年，中国工农红军在长征途中，面临着国民党军队的围追堵截。为了摆脱敌人的围

四渡赤水纪念馆大厅主题雕塑

困，红军决定强渡赤水河。然而，赤水河是一条宽阔而湍急的大河，河边又有敌人设置的严密防线，这对于红军来说无疑是一次极其艰难的挑战。

在中央红军长征四渡赤水要图前，纪念馆解说员向我们介绍，四渡赤水是遵义会议之后，中央红军在长征途中，在贵州、四川、云南三省交界的赤水河流域同国民党军进行的一次决定性的运动战战役。在毛泽东、周恩来、朱德等的正确指挥下，中央红军采取高度机动的运动战方针，纵横驰骋于川黔滇边境广大地区，积极寻找战机，有效地调动和歼灭敌人，彻底粉碎了蒋介石企图围歼红军于川黔滇边境的狂妄计划，使红军取得了战略转移中具有决定意义的胜利。我们跟随解说员浏览四幅反映四渡赤水要图及相关战场的图片资料，聆听那段辉煌壮丽的英雄史诗。毫无疑问，四渡赤水是毛泽东高超指挥艺术的生动体现，是以少胜多、变被动为主动的光辉典范。

之后，我们一行来到位于赤水市城郊杉树坝的四渡赤水红军烈士陵园进行瞻仰。当天，有多个来此地参观研学的团队，也有三三两两结伴而行，在重走长征路中感悟精神力量的游客。

拾级而上，我们来到纪念碑前，首先向刻有"红军烈士永垂不朽"八个大字的纪念碑敬献了花篮。碑后台阶正上方立石碑一座，上刻"四渡赤水红军烈士陵园碑记"，我想这应当是对红军四渡赤水最简明准确的介绍吧。全文敬录如下：一九三五年一月至三月，中国工农红军第一方面军（中央红军）在党中央和毛泽东同志的指挥下，在赤水河流域黔、川、滇毗邻地区举行了"四渡赤水"之战。是年，"遵义会议"后，一月十九日，红军挥师北上，拟在泸州、宜宾一带北渡长江，与川陕根据地红军第四方面军会合。国民党急调重兵防守长江、实施围堵。红军抵达赤水县境内，于二十七、二十八日先后在黄陂洞、复兴场、青杠坡与国民党军队展开激战；于二十九日在土城、元厚一渡赤水河，火速行军，越四川古蔺、叙永，进云南扎西。国民党军队四面围追，迅速逼近；红军当机立断，放弃北渡长江，改为东征。二月十八、十九日，在太平渡、二郎滩二渡赤水河，直插桐梓县、奇袭娄山关、再占遵义城，歼敌两师八团，获得长征以来首次大胜。随后，红军移师仁怀，于三月十六、十七日，在茅台三渡赤水河，进入四川古蔺县境，摆出渡江之势，敌军急调各部围堵，红军见敌中计，迅速回师，于二十一日从二郎滩、太平渡、九溪口、淋滩等地四渡赤水河，疾速南进，强渡乌江，进逼贵阳，诱迫蒋介石在贵阳急电滇军援筑（助）。红军调虎离山成功，迅即挥师入滇，佯攻昆明，实策北上，于五月上旬巧渡金沙江，摆脱了数十万敌军的围追堵截，取得了战略转移的决定性胜利。

四渡赤水犹如一幅生动的画卷，红军将士时而隐身于崇山峻岭之中，时而在蜿蜒的山间小路上疾行，与敌人展开惊心动魄的周旋，一次次让敌人陷入重围，先后进行了大小40多次战役战斗，歼敌1.8万余人。红军将士书写以少胜多、以弱胜强的壮丽篇章，彰显的是他们坚定革命胜利信仰和敢于牺牲奉献的精神。

纪念馆展出的一本罗有荣将军泛黄的笔记本，记录了当时朱德在一渡赤水前对全体指战员说的一席话："一个共产党员、革命战士，要做到'三个不要'。一不要命，二不要钱，三不要家。

作者同习水县老区建设促进会领导一起参观四渡赤水纪念馆

自己不要命，是为了千千万万的劳苦大众能很好地生存！自己不要钱，是为了天下的穷人过上富裕的日子！自己不要家，是为了全国每个家庭都能幸福地团聚和生活。"

滚滚长江东逝水，浪花淘尽英雄。四渡赤水是毛泽东重回军事领导岗位后亲自指挥的第一场战事。当时红军身处敌人40万重兵包围之中，没有任何根据地可以依托，但毛泽东出手不凡，突出重围，挥师北上。如果说，遵义会议是中国革命里程碑式的转折点，那么四渡赤水便是"而今迈步从头越"的第一步。因为，它创造了一个伟大人物崛起的奇迹，也为一支山穷水尽的军队找到了自己的统帅。

一代人有一代人的长征。中国共产党一路走来，没有什么现成的答案。跌倒了，爬起来，再跌倒，再爬起来。红军四渡赤水出奇兵等，都是向不可能发起挑战的伟大创举，更是共产党人迎难而上的铁肩担当的体现。在纪念馆，我以"弘扬长征精神，走好新时代长征路"为题，同工作人员做了专题交流。我们都是新时代新征程的追梦人，有多大担当才能干多大事业。我们必须积极主动作为，为实现强国梦作出不负时代的贡献。

长征精神是我们党、我们民族不断攻坚克难、从胜利走向胜利的信念之源、力量之源、精神之源。在这次追光之旅中,我先后参观了 15 个红军长征纪念馆、革命旧址和著名的战斗遗址,拜访了 11 位红军后代和专家学者。远征者的足迹虽然早已被岁月磨平,但这首人世间最长的生命壮歌,将永远回荡在党和国家的精神坐标上。

林海雪原写春秋

当红军还在长征途中的时候,一部创作于1935年的电影《风云儿女》在上海热映,其主题曲《义勇军进行曲》迅速赢得了广大观众的喜爱。

"起来!不愿做奴隶的人们……中华民族到了最危险的时候,每个人被迫着发出最后的吼声……冒着敌人的炮火,前进!前进!前进!进!"这首《义勇军进行曲》,正是由东北的抗日战争催生的歌曲,它的作者是两位年轻的党员:词作者田汉、曲作者聂耳。在14年抗日战争中,东北抗日联军在中国共产党的领导下,在林海雪原中,用鲜血和生命创造了"战争史上的奇观,中华民族的壮举,惊天动地的伟业",铸就了伟大的东北抗联精神。

2022年盛夏,东北大地郁郁葱葱、生机勃发。我走进了东北地区多个红色纪念地,追寻东北抗日联军在白山黑水间孤勇抗战的生命壮歌。

历史是记忆的生命,今天的记录是为了记住悲壮的历史。"九·一八"历史博物馆位于辽宁省沈阳市大东区望花南街,于京哈铁路西邻,是国家一级博物馆。我来到这里瞻仰的那天,正好是2022年的八一建军节,也是一年中沈阳最热的时候。骄阳似火,热浪滚滚,但踏上红色之旅的游客依然络绎不绝。每年的9月18日,我们都能从媒体上看到辽宁各界组织纪念活动,特别是撞响历史警钟的那刻,总会牵动无数国人的心。

走进博物馆,首先映入眼帘的是高18米、宽30米、厚11米的残历碑。

"九·一八"历史博物馆

这座巨大石雕由混凝土浇灌、花岗石贴面，碑形为一部翻开的残破台历，左侧镌刻着事变发生的简要经过，右侧是事变发生的历史时间。残历碑上定格的那一日，日本关东军蛮横地向中国东北军驻地北大营和沈阳城发动了大规模的武装进攻，中国人民从此开启了长达14年艰苦卓绝的抗日战争，付出了伤亡3500万人的惨痛代价。凝望着这块标志性的石碑和正前方高高飘扬的五星红旗，作为一名老兵，我的心情久久不能平静。这一刻，我也从一位位游人的表情中读懂了八个字：不忘国耻，振兴中华。

"我的家在东北松花江上，那里有森林煤矿，还有那漫山遍野的大豆高粱……"每当听到这首歌，我的脑海中总会浮现出祖国富饶的土地被侵略者的铁蹄践踏的场景。1931年9月18日，日本关东军炸毁南满铁路沈阳柳条湖段，制造了震惊中外的九一八事变。这是中国人民抗日战争的起点，也是世界反法西斯战争的起点，中国人民首先以武装斗争反对日本法西斯武装侵略，打响了世界反法西斯战争的第一枪。

九一八事变后，国民党政府采取不抵抗政策，使东北大地山河沦丧。在中华民族面临空前浩劫的关键时刻，中国共产党发挥中流砥柱作用，在东北三省积极组织并领导抗日武装斗争。从 1933 年 9 月起，中共满洲省委把党领导的各抗日游击队相继改编为东北人民革命军。1936 年 2 月，东北人民革命军和党领导或影响的各抗日游击队相继改编为东北抗日联军。这支队伍高举抗日救国伟大旗帜，在白山黑水间不屈不挠地艰苦斗争，为中华民族抗日战争的胜利作出了卓越的历史贡献。

走进东北抗联博物馆，我参观了《抗战十四年——东北抗日联军历史陈列》。展览分为六个部分：民族危亡，义勇军抗击强虏；抗战中坚，东北抗联建立；民族脊梁，抗联浴血苦斗；坚强后盾，军民联合御敌；红星指引，党对抗联领导；完成使命，建树历史功勋等。当年抗联战士使用过的武器、电台、密营实物、文献资料等映入眼帘，我近距离聆听和感悟了他们坚定的信仰信念、高尚的爱国情操和伟大的牺牲精神。

东北抗日联军开辟了东南满、北满和吉东三大游击区，到 1937 年全民族抗战爆发前后，发展为 11 个军，共 3 万余人，在南起长白山，北抵小兴安岭，东起乌苏里江，西至辽河东岸的广大地区开展游击战争。面对穷凶极恶的敌人，他们用理论武装将士、鼓舞斗志，在实践中总结出自己的游击战方法，在崇山峻岭中建起密营。身处绝境时，他们吃草根、嚼树皮、喝雪水，顽强

东北抗联史实陈列馆展陈东北抗日联军生活战斗场景

战斗、宁死不屈，用生命唱响一曲曲悲壮的英雄赞歌。

1936年8月2日凌晨，在黑龙江哈尔滨至珠河的铁路线上，一列日军的特别火车呼啸而过。在这列火车上有一间临时牢房，里面关押着一位即将被押送刑场的"女囚"。此刻，这个年轻的女人正强忍着被严刑拷打的剧痛，给远在千里之外的儿子写下两封绝笔信。百余字中，她先后六次深情呼唤"我的孩子"，道尽了一位母亲对儿子的深深眷恋，以及一位共产党人对革命的坚定信仰。她就是抗日女英雄，东北人民革命军第三军一师二团政委赵一曼。舍身御寇襟怀烈，别子从戎义勇夸。赵一曼"誓志为人不为家"的高尚情操，生动诠释了伟大的东北抗联精神。

爱国，是人世间最深层、最持久的感情，是一个人的立德之源、立功之本。我们只有将小我融入大我，才能真正成为新时代的奋进者、开拓者和奉献者。

奔腾汹涌的乌斯浑河永远铭记八位女英雄的名字：东北抗日联军第二路军第五军妇女团指导员冷云，班长胡秀芝、杨贵珍，战士郭桂琴、黄桂清、王惠民、李凤善和被服厂厂长安顺福。1938年10月，为掩护主力部队转移，她们主动吸引日伪军火力，在打完最后一颗子弹后誓死不屈，挽臂高唱《国际歌》集体沉江，壮烈殉国。牺牲时，她们中年龄最大的冷云23岁，最小的王惠民才13岁，平均年龄只有19岁。八女投江的壮举，展现了中华民族同敌人血战到底的英雄气概，她们身上闪现的是崇高的民族气节和共产党人视死如归、无私奉献的革命精神。

1940年2月23日下午，在濛江县（今吉林省白山市靖宇县）保安村西南三道崴子的密林中，响起密集的枪声，一队日伪军正在围攻一位抗联战士。日伪军大声劝降，但他毫不理会，手持双枪全力还击。敌人见劝降无效，便疯狂地向他开枪，抗联战士左腕中弹后，仍以右手持枪应战，直到被子弹击中胸部，壮烈牺牲，时年35岁。这位英勇的抗日战士，就是抗日民族英雄杨靖宇。抗日战争在东北打响后，杨靖宇率领部队战斗在最前线。1940年2月，由于叛徒告密，杨靖宇所率的部队遭日伪军重兵围攻。在危急关头，他毅然把生的希望留给了战友，只身与敌人周旋了五个昼夜。敌人从这位东北抗联主要领导人的随身物品中没有找到想要的东西，便剖开他的遗体。当打开他的肠胃时，里面竟找不到一粒粮食，只有未消化的野草、树皮和棉絮……

为有牺牲多壮志，敢教日月换新天。真正的英雄，是危难时刻国家民族的中流砥柱。这种宁死不屈的英雄气概，汇聚成中华民族团结抗战的强大力量。在艰苦卓绝的14年抗战中，东北抗联将士用鲜血和生命铸就了"勇赴国难、自觉担当、顽强苦斗、舍生取义、团结御侮"的东北抗联精神。他们身上闪耀的崇高品德和精神意志，是中华民族宝贵的精神财富，我们应当永远铭记、赓续传承。

历史是最好的教科书，也是最好的清醒剂。沙场硝烟虽已散去，但那段饱含血泪的屈辱史一再警醒我们：没有强大的国防，就没有人民和平安宁的生活。东北抗联精神如今依然是我们中国式现代化新征程中弥足珍贵的精神财富。

走进革命圣地延安

这是一个晴朗的清晨,蓝天映衬的宝塔山下,延河水蜿蜒流淌。我独自漫步在宝塔广场,"咚……"山上古老斑驳的铁钟敲响,穿越时空的钟声悠长绵延、直抵人心。当地人讲,党中央在延安革命时期,常常以此钟报警,这座钟也因此被军民誉为"生命之钟"。

"几回回梦里回延安,双手搂定宝塔山。"在20世纪30年代后期和40年代中期,延安是成千上万中国先进分子心目中的圣地,是他们"只要还有一口气,爬也要爬去"的地方。1935年10月,中共中央和中央红军顺利到达吴起镇,延安成为中国革命的落脚点和出发点,毛泽东等老一辈革命家在这里生活战斗了13个春秋。

我曾在不同年代先后5次到国防大学政治学院延安培训基地参观见学,追寻革命者的足迹,感受伟人的情怀,感悟延安精神的力量。2022

延安革命纪念馆

年盛夏时节，我再次来到这个心中永恒的圣地，内心依然抑制不住对延安的深情仰望。

1935年12月，刚刚落脚陕北的中国共产党以民族利益为重，提出建立抗日民族统一战线的方针，吸引并团结了全国一批又一批仁人志士奔赴延安。一大批来自北京、上海等大城市的热血青年，怀着抗日救国与为人类求解放的崇高理想，越过千山万水，历经艰难险阻来到延安。颜一烟是清朝贵族的后裔，1933年到北京大学中文系读书，1934年去往日本早稻田大学留学。抗日战争爆发后，她毅然选择辍学，回国投身抗战。1938年，她从武汉来到西安八路军办事处报到，并被安排进了奔赴延安的队伍中。从西安到延安有八百里之遥，当时又不通火车，来往的汽车也很少，对于坐不上汽车的人来说，要走完这段路程，不啻一次"长征"。颜一烟这个"皇亲格格"，和革命队伍一起整整走了半个月，当她到达延安，看到宝塔山时，激动得泪如泉涌。延安时期这样的故事还有很多，革命前辈的事迹告诉我们，没有人生而伟大，只是为了心中的信仰和真理，以平凡之躯铸就伟大事业。

1940年5月底，华侨领袖陈嘉庚在延安度过了他毕生难忘的9天。他眼界大开，不禁感慨："中国的希望在延安！"后来，毛主席在诗中也写道："重庆有官皆墨吏，延安无屎（一说无土）不黄金。"延安之行，让陈嘉庚选择了延安，选择了中国共产党。仅1938年5月至8月，经西安八路军办事处赴延安的热血青年就达2288人。延安时期，仅中国抗日军政大学总校及12所分校培养出的干部就达10万余名。

红军来到延安之前，整个县城才3000人，红军的进驻让这里充满了生机活力。"解放区的天是明朗的天……"边区的军民生活虽然清苦，但他们都打心眼里高兴，因为他们心中有理想有信念，深知跟着共产党走能走出一条光明之路。当今世界各种思潮交融交锋,更需要我们,特别是青年学生树立为共产主义远大理想而奋斗的信念和信心。

杨家岭是延安时期中共中央所在地,也是毛泽东等老一辈革命家居住和工作时间最长的地方。怀着崇敬的心情,我走进毛泽东当年居住的窑洞。方寸斗室,一张旧木床、一盏煤油灯、一部老式电话,毛主席在昏黄的油灯下纵览风云、洞察时局、指点江山。

1938年5月,毛泽东发表《论持久战》,明确提出全民族抗日战争是一场持久战,要经过战略防御、战略相持、战略反攻三个阶段;抗日战争胜利的唯一正确道路是充分动员和依靠群众,实行人民战争。正是在延安窑洞里,毛泽东成为中国共产党当之无愧的思想领袖。每一次寻访延安,都是一场追根溯源的精神之旅。只有沿着党的奋斗足迹,重温初心使命、坚定理想信念,才能走好新时代的前行之路。

1945年4月,中国共产党第七次全国代表大会在杨家岭中央大礼堂举行,这是我们党自己修建的礼堂。这次会议,我们党确立了实事求是的思想路线,把毛泽东思想确立为全党的指导思想并载入党章。同年,民主人士黄炎培到延安考察,与毛泽东谈到"朝代更替、循环往复"的话题。面对黄炎培的坦诚直言,毛泽东自信地回答:"我们已经找到新路,我们能跳出这周期率。这条新路,就是民主。只有让人民来监督政府,政府才不敢

杨家岭中央大礼堂

松懈。只有人人起来负责，才不会人亡政息。"这就是历史上著名的"窑洞对"。党的十八大以来，以习近平同志为核心的党中央在全面从严治党的实践中给出了跳出治乱兴衰历史周期率的第二个答案，就是我们党的自我革命。以自我革命精神永葆党的先进性和纯洁性，以伟大自我革命引领伟大社会革命，是习近平新时代中国特色社会主义思想中极其重要、极具标志意义的内容。

1946年8月6日，还是在杨家岭，从下午到深夜，毛泽东在他窑洞前的石桌旁与美国进步记者安娜·路易斯·斯特朗就国内国际形势进行了长时间的重要谈话。与此同时，蒋介石已全面发动内战，他依仗美国的大量援助和先进武器，气势汹汹，耀武扬威。面对这种情况，毛泽东在接受斯特朗的采访时豪迈地作出了"一切反动派都是纸老虎"的论断，东方巨人的怒吼震动了全世界。对此，斯特朗评价，这是个"时代性的伟大真理"。

延安革命纪念馆文物展里陈列着一块石匾，由四块方石组成，上面刻着"实事求是"四个大字。这是毛泽东为中央党校写的校训，是党校办校的灵魂。1947年，国民党胡宗南部队用飞机轰炸延安时，大礼堂被炸毁，仅留下"实事求是"这四块方石。当地群众偷偷将其埋在地下，直到1955年才挖出。实事求是是毛泽东思想活的灵魂，是中央党校乃至全党一切工作的指导方针，也是我们今天学习实践的准则。唯有知行合一、脚踏实地，才能在时代大潮中行稳致远。

一青年学生参观延安革命纪念馆

在延安《为人民服务》讲话纪念广场，一尊张思德负薪前行的雕像巍然屹立，"为人民服务"五个鲜红的大字在树丛中熠熠生辉。张思德出生在四川一个贫苦农民家庭，1933年参加红军，在炮火硝烟中成长为一名坚强的红军战士和优秀党员，后来被调到毛泽东等中央领导工作的地方执行警卫任务。1944年9月5日，张思德带领战友进山赶挖炭窑时，炭窑突然坍塌，张思德奋力把战友推出窑口，自己却被埋在里面，献出了年仅29岁的生命。9月8日，毛泽东亲自来到延安枣园西山脚下广场，参加张思德烈士的追悼会并发表悼念讲话。毛泽东指出："为人民利益而死，就比泰山还重；替法西斯卖力，替剥削人民和压迫人民的人去死，就比鸿毛还轻。张思德同志是为人民利益而死的，他的死是比泰山还要重的。"从此，张思德成了人们心中一座不朽的丰碑。毛泽东倡导的"全心全意为人民服务"，以其厚重的思想内涵和巨大的精神感召力，影响着我们一代代人。当地一个街道办事处正在广场举行主题党日活动，他们重温党的精神，齐声诵读《为人民服务》，无疑是在宣誓新时代党员干部的初心使命。"全心全意为人民服务""让人民监督政府"的为民情怀，"一切反动派都是纸老虎"的豪迈气概，是我们党从延安出发，不断走向胜利的精神密码，具有永恒的时代价值。

离延安约80公里的延川县文安驿镇梁家河村，是个典型的陕北黄土高原传统农耕式小村庄。1969年初，不满16岁的习近平从北京来到这里插队落户，度过了7年不平凡的知青岁月，同乡亲们结下了深厚感情。沿着总书记的红色足迹，我们从延安精神中汲取了奋进力量。

《延安时代》这样描述延安的魅力："如果你没去过延安，你会向往她；如果你去了延安，你会留恋她。"《永远的延安》这样评价延安的价值："延安时期的作风和精神超越时代。越是艰难的时候，这种作风和精神越给人方向，越给人力量。"这就是延安的魅力。

再别延安，我顺路又一次来到壶口瀑布。站在壶口瀑布前，我的耳畔响起了那激昂的歌曲："风在吼，马在叫，黄河在咆哮，黄河在咆哮……"延安时期，美国记者埃德加·斯诺写下了著名的《红星照耀中国》，详细介绍了他前所未有的见闻，让红星照耀了中国，也照耀了世界。当年，他在听到《黄河大合唱》后感慨："黄河大合唱，永远都属于明日的中国。"

老知青采风团参观梁家河知青旧址

回望南泥湾

"南泥湾好地方,好地呀方,好地方来好风光,好地方来好风光,到处是庄稼,遍地是牛羊……"《南泥湾》优美的旋律经久不衰,"自己动手,丰衣足食"的英雄史诗穿越时空80余载,依然与时代同行。

盛夏时节,我驱车从延安来到离市区约45公里的南泥湾革命旧址。走进南泥湾镇,蓝天白云映衬下的13米高的党徽雕塑格外鲜艳,党徽上镌刻的共产党宣言熠熠生辉。来自全国各地的游人,无不被广场上巨大的党徽所震撼。

南泥湾党徽雕塑

走进南泥湾大生产纪念馆，一张张图片、一件件实物、一段段视频，真实再现了那段艰难困苦的岁月。1941年至1942年，中国共产党领导的敌后抗战进入最为艰苦的时期，日伪军大规模"扫荡"和"清乡"，实行野蛮的烧光、杀光、抢光的"三光"政策；国民党顽固势力对陕甘宁边区进行残酷的军事包围和经济封锁，使陕甘宁边区面临前所未有的挑战，财政经济十分困难。毛泽东曾说："我们曾经弄到几乎没有衣穿，没有油吃，没有纸，没有菜，战士没有鞋袜，工作人员在冬天没有被盖……我们的困难真是大极了。"生死存亡之际，毛主席和党中央及时提出了"发展经济，保障供给"的总方针和"自己动手，丰衣足食"的号召，动员边区广大军民开展大生产运动。

闻战鼓而思良将，毛主席和党中央决定让王震带部队来啃这块"硬骨头"。1941年春，三五九旅在旅长王震的率领下，高唱"一把镢头一支枪，生产自给保卫党中央"的战歌，挺进南泥湾垦荒屯田。展览馆内，两张大幅的珍贵历史照片首先吸引了我的目光，它们真实地记录了三五九旅在荒山野岭中徒步和骑马一路行进而来的壮观场景。

1942年底，三五九旅6个团，共1万余人，全部进驻南泥湾。刚进驻南泥湾时，战士们描绘的场景是："南泥湾啊烂泥湾，方圆百里山连山。雉鸡成伙满山噪，狼豹成群林里窜。猛兽当家百年多，一片荒凉没人烟。"面对这样的困难，三五九旅的将士们没有退缩，他们激昂高唱："要与那深山老林决一战，要使陕北变江南。"没有房子，就用树枝搭简陋窝棚；没有粮食，就挖野菜、啃树皮；没有耕牛，就靠镢头；没有工具，就自己制造。不到一年时间，官兵们就开垦了2.5万亩土地，提供了一部分粮草及各种用品；除粮食外，1942年全部开支自给率达到67.55%，其中经费自给率达到96.16%，这个惊人的成绩被中央西北局称为"发展经济的前锋"。

严峻关头，迎难而上者注定会被载入史册。1943年11月，毛泽东在劳动英雄大会上作《组织起来》著名讲话，极大鼓舞了边区军民。三五九旅持续发扬"自力更生，艰苦奋斗"的创业精神，涌现出了赵占奎、李位、刘顺清等一批可歌可泣的劳动模范，他们硬是用双手把荆棘遍野、荒无人烟的"烂泥湾"变成了"处处是庄稼，遍地是牛羊"的"陕北好江南"。纪念馆精准记载，从1941年开荒万余亩，收粮千余石，到1944年开荒26万多亩，产粮近4万石，三五九旅不仅做到粮食、经费自给自足，还积存了一年的储备粮，并且首次向边区政府上交公粮1万多石。

在大生产运动中，毛泽东、周恩来、朱德、任弼时等中央领导以身作则，带头参加劳动。在延安，我看到了毛泽东当年在杨家岭的办公楼下亲自开辟的一片田地；南泥湾大生产纪念馆展出的朱德背着箩筐拾粪积肥、周恩来和同志们一起纺线的实景图让人动容。在三五九旅，上自旅长，下至勤务员和炊事员，一律被编入生产小组，同甘共苦，共克时艰。旅长王震同战士们一起开荒劳动时，双手打满了血泡，仍不下火线。这支伟大的队伍就这样创造了中外军队历史上的奇迹。

自力更生、艰苦奋斗是南泥湾精神形成的重要基石。这一阶段我党敌后抗战力量迅速壮大，成为抗日战争的中流砥柱。特别是当时部队广泛开展的争当"生产能手"活动，彰显了人民军队敢于吃苦的精神。

作者参观南泥湾大生产纪念馆

其实，人的一生有风有雨是常态，风雨兼程是状态。对年轻人而言，职场上给任务就是信任、遇困难就是机会。不负信任、抓住机会，才能脱颖而出，成就自己。今天，我们在中国式现代化的新征程上，依然会遇到艰难险阻甚至惊涛骇浪，唯有保持自力更生、艰苦奋斗的精气神，才能乘风破浪、一往无前。

拓荒南泥湾，不是异想天开，而是建立在实事求是、调查研究基础之上的关键抉择，是我们党密切联系群众、理论联系实际的生动实践。1940年5月，八路军总司令朱德从抗日前线返回延安后，正值边区军民面临经济困境。他多次前往南泥湾，对土壤、水质、森林资源进行勘察，并向毛泽东汇报了开发南泥湾并建议调三五九旅屯垦的打算，得到了毛泽东的认可。据解说员介绍，这期间，边区还发生过一起让毛泽东痛心疾首的事件：清涧县一位农民在山梁上用铁犁耕田时被雷电劈死了，他的妻子伍兰花在灵堂一边大哭，一边大骂毛泽东和共产党。当地把伍兰花抓了起来，准备判处死刑。毛泽东知道后立即叫停，还把伍兰花请到自己家中，详细听取了伍兰花家由于征公粮负担过重而遭遇的困难，向伍兰花鞠躬道歉，并令清涧县和边区政府重新检讨粮食政策。有党史专家认为，这一事件对根据地"精兵简政"和"自己动手，丰衣足食"新政的出台起到了极大的推动作用。

南泥湾大生产运动体现了中国共产党一贯注重调查研究、实事求是的优良传统和工作作风，当前中央号召全党大兴调查研究与其是一脉相承的。面对百年未有之大变局，唯有打牢调查研究的基础，才能牢牢把握高质量发展主动权。

南泥湾精神是迎难而上、勇往直前、以苦为乐、埋头苦干的奋斗精神，更是勇于创造、敢为人先的进取精神。党中央和边区政府、广大人民群众对三五九旅的卓越贡献给予了高度赞扬，纪念馆至今仍保存着毛泽东为三五九旅的题词"发展经济的前锋"、为王震将军的题词"有创造精神"，还有"切实朴素，大公无私""以身作则"等多个题词。这些领袖的经典语录，激励了一代又一代人。

1943年春节期间，延安文艺界劳军团和鲁迅艺术学院秧歌队来到南泥湾慰问三五九旅和其他开荒生产的部队。曾在南泥湾烧过木炭的鲁艺学员贺敬之和教员马可，看到南泥湾发生了翻天覆地的变化，难以抑制激动的心情，分别作词、作曲，创作了脍炙人口的歌曲《南泥湾》。随着这首歌曲的传唱，南泥湾的美名和南泥湾的精神迅速传遍大江南北，"陕北好江南"也成了南泥湾的代名词。

在参观南泥湾期间，我特意来到南泥湾镇的马坊村，如今这里已变成远近闻名的"网红村"。错落有致的民居，纵横交错的柏油小路，清新别致，令人赏心悦目，游人络绎不绝。村委会的宣传栏显示，2022年，马坊村累计村集体收入75万元，人均可支配收入达2万元，比上年增长20%。63岁的村民李生莲告诉我，她做梦也不敢想自己生活了半生的贫瘠的黄土高原小山村，如今变得像公园一样美。是啊，巩固脱贫攻坚成果，稳步推进乡村振兴政策，让和她一样的南泥湾百姓的生活红火起来。

忠心赤胆映照金

严冬时节的陕北照金，漫山遍野被一场刚刚下过的大雪紧紧覆盖，美若童话。

2023年12月23日，我驱车近两个小时，从西安来到这片英雄的土地，探寻中国共产党人在西北大地生生不息的精神火种。

照金位于陕西省铜川市，地处陕甘毗邻的耀州区北54公里处，四面环山，沟壑纵横，地势险要。

20世纪30年代初，刘志丹、谢子长、习仲勋等老一辈革命家在这里英勇开展革命活动，创建了以照金为中心的陕甘边革命根据地。鼎盛时期，红色武装割据区域扩展到陕甘两省14个县，面积数万平方公里。历史上有"南瑞金，北照金"之说，足见其在中国历史上的地位。

当我走进照金1933广场时，天空突然放晴。青山映衬下的陕甘边革命根据地照金纪念馆宏伟夺目，刘志丹、谢子长、

陕甘边革命根据地照金纪念馆

习仲勋三位革命先辈的雕塑巍然屹立，深情注视着这片他们曾经战斗过的红色土地。

走进纪念馆，解说员为我们解读了照金精神深刻的内涵。照金精神是刘志丹、谢子长、习仲勋等陕西共产党人在创建西北革命根据地过程中形成的具有特定地区性的一种革命精神，是西北革命根据地和中国革命得以存在和继续发展的精神动力。在照金根据地的创建过程中，刘志丹、谢子长、习仲勋等共产党人面对敌人的屠刀，始终把生命置之脑后，不惜献出自己年轻宝贵的生命。照金苏区现有在册烈士681人，为了这块红色的土地，无数连姓名都没有留下的先烈洒尽了最后一滴鲜血。

谢子长在一场战斗中身负重伤，弥留之际，他惋惜地说："就这样死了，我对不起老百姓，我给他们做的事太少了。"刘志丹在远征前，给妻子留下一封明志信："加入党，就要为共产主义信仰奋斗到底。作为个人来说，奋斗到底就是奋斗到死。"刘志丹的外孙女婿说："外公去世时，他的皮包里只有几支香烟和半截铅笔，没有给家人留下任何财物，却留下了珍贵的精神遗产。"

从1930年起，习仲勋便积极开展兵运工作，建立营连党组织，为战争年代红色政权的巩固和经济的发展做了许多探索性、开创性的工作。"党的利益在第一位"，就是当时老一辈革命家的共同信念。

走进薛家寨革命旧址，我仿佛走进了那段难忘的烽火岁月。薛家寨海拔1600余米，重峦叠嶂，密林如海，易守难攻。1933年9月，数倍于己的敌人向照金苏区发动猛烈进攻，企图占领薛家寨，消灭红军。在激战了6个昼夜之后，因叛徒出卖，红军战斗失利，薛家寨陷落，把守在寨门的战士们全部牺牲。面对敌人的疯狂进攻，四号红军寨的数位女游击队员宁死不屈。在子弹打光后，平均年龄只有20多岁的她们纵身跳下悬崖。

独立自主、开拓进取的创新勇气，集中体现在陕甘革命过程中路径的抉择上。1933年8月，在陕甘边革命斗争连续遭受严重挫折且与上级组织失去联系、根据地面临生死存亡的危急关头，陕甘边特委决定在照金陈家坡召开党政军联席会议，即陈家坡会议。这次会议独立自主地探索制定了符合实际的战略方针，巩固和扩大了以照金为中心的陕甘边革命根据地，将红二十六军第四团、西北民众抗日义勇军和耀县游击队等汇聚根据地的各路革命武装统一起来，使陷入低潮的陕甘边革命形势出现了新的重大转机，为恢复和重建红二十六军、坚持与发展陕甘边革命根据地作出了重要贡献，标志着陕甘边党和红军开始走向成熟，被誉为陕甘边革命历史上的"遵义会议"。

在纪念馆里，解说员指着陈列的几个绑着麻绳辫子，形似小香瓜的铁疙瘩向我们介绍，这是照金苏区时期红军薛家寨修械所独家研制的麻辫手榴弹，将它高高举过头顶抡数圈，用力一甩，落地即炸。麻辫手榴弹在照

作者参观陕甘边革命根据地照金纪念馆

金苏区反"围剿"斗争和薛家寨保卫战中发挥了很大的作用，生动体现了照金军民在艰苦条件下独立研究、主动创新的精神。

"这个人能实事求是，是一个活的马克思主义者。"这是毛泽东对习仲勋的评价。陕甘革命斗争之所以能够从无到有、从小到大、从弱到强，与习仲勋等无产阶级革命家求真务实的崇高品质有着密切的关系。

红军陕甘游击队到达照金后，始终与群众打成一片。刘志丹曾说，只要政策对头，紧紧依靠群众，困难是可以克服的。习仲勋一村一村做调查研究，一家一户访贫问苦，相继组织起农会、贫农团、赤卫队和游击队。同时，他还发动群众进行分粮斗争，带领干部逐乡逐村发动群众，培养骨干，发展有觉悟的农民入党，建立农村党支部。这为根据地的创建发展打下了坚实的基础。

党中央和毛主席对根据地建设给予了高度评价。毛主席赞誉习仲勋是"从群众中走出来的群众领袖"。马文瑞秘密深入农村，串联陕北多地巡视党的工作，争取群众，发展恢复重建党团力量。毛主席称赞马文瑞群众观念强，并为他题写了"密切联系群众"的奖状。

"羊肚子手巾三道道蓝，哥哥跟的是咱刘志丹。老刘站在山上喊一声，咱们千家万户齐响应。"这是一首传唱至今的陕甘民歌。它也告诉我们，党是民族脊梁、时代先锋，维护和代表着广大人民群众的利益，也会得到人民群众的真心爱戴。

走进照金革命老区乡村振兴展览馆，序言中的"四个一"引人注目，展现了新时代新照金的壮美画卷。

一种精神。忠诚于党的坚定信念、顽强斗争的英雄气概、扎根群众的工作作风。2021年9月，"照金精神"被纳入中国共产党人精神谱系第一批伟大精神。

一句嘱托。2015年2月14日，习近平总书记来到照金。他强调指出："以照金为中心的陕甘边革命根据地，在中国革命史上写下了光辉的一页。要加强对革命根据地历史的研究，总结历史经验，更好发扬革命精神和优良作风。"

一封回信。2018年5月30日，习近平总书记给照金北梁红军小学学生回信，勉励他们用实际行动把红色基因一代代传下去，做对国家、对人民、对社会有用的人。

一个理念。红色是旗帜，民生是根本，产业是支撑。以"做全国一流的老区文化旅游开发建设运营商"为企业愿景，以"让老区人民过上好日子"为企业使命。

经过精心的筹划规划、开发建设、管理运营，照金已经成为全国知名的红色文旅小镇。

光阴飞逝，如今的革命老区照金红墙白瓦、依山临水，成了镶嵌在群山中的一颗明珠，让人流连忘返。

吕梁英雄万代传

也许你从未去过吕梁，对吕梁也没有太多清晰的概念，但吕梁早已烙印在中华儿女的记忆里。而这份记忆，又镌刻在中国共产党人精神谱系之中。

吕梁地处晋陕大峡谷吕梁山脉中段，沟壑纵横、山峦起伏，自古是兵家必争之地。在吕梁融媒体中心工作的友人介绍说，无论是烽火岁月，还是艰苦建设年代，吕梁人民以"望不穿的大山深沟，说不尽的不屈故事"的气概，锻造了"艰苦奋斗、顾全大局、自强不息、勇于创新"的吕梁精神。

"人说山西好风光，地肥水美五谷香。左手一指太行山，右手一指是吕梁。"20世纪60年代的这首人们耳熟能详的山西民歌《人说山西好风光》，就是对革命老区吕梁的纵情讴歌。2017年6月，在山西考察工作的习近平总书记来到晋绥边区革命纪念馆。在向革命烈士敬献花篮后，他动情地说："革命战争年代，吕梁儿女用鲜血和生命铸就了伟大的吕梁精神。我们要把这种精神用在当今时代，继续为老百姓过上幸福生活、为中华民族伟大复兴而奋斗。"

巍巍太行，绵绵吕梁。2022年6月29日，我冒雨从延安出发，沿着当年红军、八路军和解放军的足迹，穿越一个个"地势险要"的山谷隧道，来到英雄的吕梁大地。首先，我来到了位于兴县蔡家崖村的晋绥边区革命纪念馆，解读吕梁精神的红色基因密码。

吕梁山是红军东征的主战场、晋绥边区首府和中共中央后方委员会机关所在地。1936年初，毛泽东、彭德怀率红军抗日先锋军东渡黄河进入吕梁，两个多月就动员了3000多人参

晋绥边区革命纪念馆

加红军，筹集资金30余万银圆，极大地缓解了陕甘根据地经济困难的问题，壮大了革命力量。在那段烽火连天的岁月，吕梁军民以其英勇无畏的血性，阻断了日军西进的步伐，凭借特别能吃苦、特别能战斗、特别能攻关的定力和魄力，守护着以吕梁为核心地带的晋绥边区革命根据地。吕梁也成为保卫延安和陕甘宁边区的前沿阵地，是延安通往各解放区的重要交通枢纽和党中央战略转移的重要依托地。

日本在侵略中国之初，就把山西作为进攻华北进而占领中国的重要目标。全民族抗战爆发后，党中央和毛主席明确指出，要在山西全省创立我们党的根据地。1937年"卢沟桥事变"爆发后，日本侵略者发动了全面侵华战争。中国共产党领导的八路军以国家和民族利益为重，以大无畏的英雄气概东渡黄河，挺进山西抗日前线。贺龙与关向应率领八路军第一二〇师从陕北挺进抗日前线，开展广泛的游击战争，与晋西北根据地连成一片，构成了晋绥抗日根据地，对敌后抗日战场的形成起到极大的促进作用。

在晋绥边区，不屈的八路军第一二〇师与英雄的吕梁山区一起名扬天下。一二〇师在前线给敌人以沉重打击的同时，探索创造了民兵结合的

武装斗争模式；在自力更生开展大生产运动，增强前方物资补给的同时，创新性地推广了张初元的劳武结合经验，粉碎了日军对根据地的"扫荡"、蚕食和经济封锁。

游客参观晋绥边区革命纪念馆

1938年，一二〇师在太原以北开展游击战，切断同蒲交通线，袭击太原飞机场，成功阻击了大同敌寇二十六师团的进犯，奠定了晋西抗日根据地的基础。他们与冀中军民并肩作战，在黄土岭战斗中击毙日军阿部规秀中将。1940年，吕梁地区军民在百团大战中英勇奋战，拔据点、打援敌、破交通，有力打击了日本侵略者的嚣张气焰，展现了军民同心、冲锋在前的果敢坚毅。

在吕梁最艰苦的岁月里，八路军制定了"不与老百姓争粮吃、不与老百姓争房住、不与老百姓争水喝"的"三不争"规定，有的还把自己最后的粮食送给老人和儿童，军民之间建立了生死与共的血肉联系。根据地还涌现出许多"母亲叫儿打东洋，妻子送郎上战场"的感人故事，作家马烽和西戎就以吕梁人民在抗日战争时期艰苦卓绝的斗争经历为基础，创作了小说《吕梁英雄传》，生动展现了吕梁人民浴血奋战、威武不屈的斗争精神，是抗日战争时期吕梁人民前仆后继、奋勇杀敌的真实写照。

在民族存亡的关键时刻，无数吕梁的革命先烈不顾生死、不畏艰辛，用鲜血和生命铸就了不朽的民族之魂。据不完全统计，抗日战争时期吕梁地区伤亡人数达9.8万，占晋绥边区伤亡总数的近40%，吕梁人口由40万减少到25万。吕梁人民为中国革命的胜利"养兵十万，牺牲一万""捐躯赴国难，视死忽如归"，为民族的独立与解放奉献出自己宝贵的生命。

1942年5月，八路军副总参谋长左权在山西反"扫荡"战斗中牺牲，年仅37岁，成为八路军在抗日战争时期牺牲的最高级别的将领。在抗日战争中，太行山区、吕梁山下有60多万名热血青年参加八路军，铸造了一代青年不怕苦、不畏难、不惧牺牲的不朽丰碑。

1947年1月12日，阎锡山部队突袭文水县云周西村，刘胡兰被捕。在敌人的威逼利诱下，她毫不畏惧、视死如归，大义凛然地说："怕死不当共产党！"说完，她理了理头发，然后深情环视周围的乡亲们，从容地走向铡刀，壮烈牺牲，年仅15岁。毛泽东在得知这个消息后悲痛不已，当即为刘胡兰题词："生的伟大，死的光荣。"

我来到刘胡兰的家乡文水县刘胡兰村时，乌云翻滚，大雨如注，仿佛在诉说这段穿越时空的历史。刘胡兰纪念馆馆长任应福介绍说，纪念馆修建60多年来，参观者络绎不绝，累计有1600多万人前来参观。刘胡兰的光辉事迹深深铭刻在广大党员干部群众的心中，是激励党员干部做到"一句誓言，一生作答"的宝贵精神财富。

15岁，如花的年龄，刘胡兰用生命谱写了共产党人的初心。在纪念馆，我在一所中学组织的青春主题活动的间隙，就青少年如何学习刘胡兰精神同几位学生做了短暂交流。他们表示，要以革命先烈为榜样，举英雄旗、走英雄路，努力学习过硬本领，将个人理想与国家前途联系在一起，为中国式现代化建设贡献青春力量。

"天下黄河有九十九道湾，有一湾留在吕梁山。"吕梁作为晋绥边区首府所在地，毛泽东、周恩来、刘少奇、邓小平等老一辈无产阶级革命家都曾在此从事革命活动。1948年，中共中央向西柏坡转移，途经吕梁时，毛泽东在兴县蔡家崖村发表了《在晋绥干部会议上的讲话》和《对晋绥日报编辑人员的谈话》两篇著作，明确提出了中国共产党在社会主义革命时期和土地革命时期的总路线和总政策，为中国革命的最后胜利指明了方向。

  重读吕梁革命精神，我再一次为吕梁人民迎难而上、敢于胜利、毫不退缩的血性和坚定而感动。第二天下午，我慕名来到位于吕梁山东麓、被誉为"山西第一村"的贾家庄，这里坐落着一座名为"一百把镢头闹革命"的雕塑。1949年以来，这个村一直是全国农业战线的先进典型，也是数以万计山西农村的缩影。贾家庄的奋斗及蜕变，是吕梁人民艰苦奋斗、勇于创新、不断攀登高峰的集中体现。新时代新征程，贾家庄为吕梁精神注入了新的活力，成为乡村振兴的样板，被评为"中国最美生态旅游村镇"。

把我们的血肉，筑成我们新的长城

"起来！不愿做奴隶的人们！把我们的血肉，筑成我们新的长城……"一首《义勇军进行曲》，铭刻着一个国家和民族永远不能忘却的历史记忆。

从1931年9月18日至1945年9月2日，中国人民反抗日本侵略的战争整整持续了14年。国难当前，同仇敌忾，中国人民为国家生存而战、为民族复兴而战、为人类正义而战，最终取得了抗日战争的伟大胜利，为世界反法西斯斗争作出了彪炳史册的巨大贡献。

党的十八大以来，习近平总书记先后在纪念全民族抗战爆发77周年仪式、纪念中国人民抗日战争暨世界反法西斯战争胜利69周年座谈会、南京大屠杀死难者国家公祭仪式、纪念中国人民抗日战争暨世界反法西斯战争胜利70周年大会等重要场合讲述抗战精神，反复强调抗战精神的伟大意义。2020年9月3日，习近平总书记在纪念中国人民抗日战争暨世界反法西斯战争胜利75周年座谈会上强调："中国人民在抗日战争的壮阔进程中孕育出伟大抗战精神，向世界展示了天下兴亡、匹夫有责的爱国情怀，视死如归、宁死不屈的民族气节，不畏强暴、血战到底的英雄气概，百折不挠、坚忍不拔的必胜信念。"

2023年11月16日，我来到中国人民抗日战争纪念馆，回望那段烽火岁月，重温抗日战争历史，感悟伟大的抗战精神。

走进纪念馆，首先映入眼帘的是镌刻在墙上的《义勇军进行曲》《大

中国人民抗日战争纪念馆里的抗日军民群雕

刀进行曲》《八路军军歌》《新四军军歌》四首著名歌曲。日本发动侵华战争,把中华民族逼到了危险的境地。中国共产党率先举起武装抗日旗帜,唤起了全民族的危机意识。九一八事变的第二天,中共满洲省委就发出了《中共满洲省委为日本帝国主义武装占领满洲宣言》,严正谴责蒋介石的"不抵抗政策",号召广大群众罢工、罢课、罢市,发动群众斗争反抗日本侵略。这份宣言代表了中国人民不愿做亡国奴的心声。

在中国共产党的推动和领导下,全国上下掀起了轰轰烈烈的抗日运动。纪念馆陈列着一封当年中共晋中特委组织部部长王孝慈写给弟弟的家书,信里写道:"'抗战'是我们伟大的母亲,她正在产生新的中国、新的民族、新的人民。"

不屈的中华大地,写满了共产党人、民族赤子的家国大义:"希望你,宁儿啊!赶快成人,来安慰你地下的母亲!"这是东北抗日联军第三军一师二团政委赵一曼与日军作战被俘,在慷慨就义之时给年幼的儿子留下的诀别信。

"我是中国人,我儿子当八路是我让他去的。劝降那是妄想。"八路军第三纵队回民支队司令员马本斋的母亲白文冠被捕后不畏日军胁迫，绝食殉国。

习近平总书记指出："以爱国主义为核心的伟大民族精神是中国人民抗日战争胜利的决定因素。"这种爱国主义精神在抗日战争时期达到了全新的高度。面对事关民族存亡的空前危机，中国人民的爱国热情像火山爆发一样迸发出来。

民族气节昂然"不死"，中华民族自古就有精忠报国、舍生取义的优良传统。在国家面临危难的时刻，总有英雄挺身而出。1940年，日伪军出动4万余人，对东北抗日联军第一军进行"围剿"，杨靖宇被包围在一个叫"三道崴子"的地方。面对蜂拥而至的敌人，杨靖宇毫不畏惧，手持双枪，打死了两个日本少佐，自己也身中四弹，壮烈牺牲。日军残忍地将他割头剖腹，发现他的胃里尽是草根、树皮和棉絮，竟无一粒粮食。杨靖宇生前曾说过，打赢打不赢只是个胜败问题，打不打那是民族气节问题。他坚决抵抗、视死如归的壮举，就是这种民族气节的生动诠释。

左权是抗日战争中八路军中牺牲的职务最高的指挥员。他在给母亲的信中写道："母亲：日寇不仅要亡我之国，并要灭我之种，亡国灭种惨祸，已临到每一个中国人民的头上……我们也决心与华北人民共甘苦、共生死，不管敌人怎样进攻，我们准备不回到黄河南岸来。"百团大战、黄崖洞保卫战、敌后游击战……在1942年日寇大"扫荡"的突围转移战斗中，左权不幸牺牲。7年后，他的母亲才知道儿子已为国捐躯。

英雄气概写就史诗。日本帝国主义的野心是吞并全中国，而中华民族抗日是要将日本帝国主义驱逐出中国。中华民族与日本帝国主义之间的较量，必然是一场殊死血战。1937年9月25日，八路军第一一五师取得了平型关大捷，打了东渡黄河后的第一个大胜仗，鼓舞了全国士气。台儿庄战役是全民族抗战爆发后中国军队在正面战场取得的首次重大胜利。在历时半个多月的激战中，中国军队歼灭日军一万余人，缴获大批武器装备。全民族抗战开始后，平型关大捷和台儿庄大捷打破了日军不可战胜的神话，给予了中国人民战胜日本帝国主义的信心和力量。

纪念馆的一组英雄雕像记录了这个悲壮的故事：1941年8月，日伪军对晋察冀边区发起空前规模的大"扫荡"，并于9月围攻易县狼牙山。担任掩护任务的5位八路军战士顽强阻击敌人，他们打光最后一粒子弹，扔出最后一颗手榴弹，用石块砸向敌人……最后关头，勇士们宁死不屈，将枪支全部损毁，纵身跳下悬崖。这就是狼牙山五壮士的故事，他们的名字分别是马宝玉、葛振林、宋学义、胡德林、胡福才。

是什么力量支撑着中华民族在如此困难的情况下，坚持14年艰苦抗战呢？是"最后胜利必归于中国人民"的必胜信念。中国共产党提出的持久战的战略总方针，最终成为指导全民族抗战的正确方略，指引全民族抗战走向胜利。

2014年7月7日，习近平总书记在纪念全民族抗战爆发七十七周年仪式上的讲话中指出："在这场救亡图存的伟大斗争中，中华儿女为中华民族独立和自由不惜抛头颅、洒热血，母

作者参观中国人民抗日战争纪念馆

亲送儿打日寇，妻子送郎上战场，男女老少齐动员。北京密云县一位名叫邓玉芬的母亲，把丈夫和5个孩子送上前线，他们全部战死沙场。"正是有了邓玉芬这样真心实意拥护革命的群众，中国革命才赢得了胜利。邓玉芬的伟大爱国精神，给中华民族留下了永恒的精神财富。

历史是最好的教科书，也是最好的清醒剂。新时代新征程，我们要铭记历史，缅怀先烈，珍爱和平，开创未来，朝着中华民族伟大复兴的目标奋勇前进。

巍巍大别山

大别山位于鄂豫皖三省交界，是土地革命时期黄麻起义的策源地，是红四方面军的诞生地，是抗日战争时期新四军的根据地，也是刘邓大军千里跃进大别山的落脚地。在长期的革命斗争中，"坚守信念、胸怀全局、团结奋进、勇当前锋"的大别山精神诞生了。

"八月桂花遍地开，鲜红的旗帜竖呀竖起来，张灯又结彩啊，张灯又结彩啊，光辉灿烂闪出新世界……"这首曾在中国大地广为流传的革命歌曲《八月桂花遍地开》，生动地告诉我们：大别山是革命老区，是共和国的摇篮，是党和人民军队的根。没有大别山老区人民的无私奉献，没有吴焕先等革命先烈的流血牺牲，就不会有改天换地的新中国，就不会有我们今天的幸福生活。

2024年清明时节，我驱车从老家武汉来到大别山精神的重要发源地河南省信阳市新县。车下高速，车窗外掠过关不住的春色。远处开满映山红的片片山峦，似落满云霞，蔚为壮观。

我来到了鄂豫皖苏区首府革命博物馆，这座坐落在英雄山畔、依山傍水的重要纪念地气势宏伟、古朴庄严。解说员从鄂豫皖苏区基本形成、空前发展、重组红军和红旗不倒四个方面，带我们领略了波澜壮阔的风云大别山。《将军的摇篮》展厅展陈了许世友、李德生、郑维山、高厚良等43位新县籍授衔将军的事迹，以及吴焕先、高敬亭、张体学等50位省军级以上领导人的生平事迹。

走出博物馆，对面的英雄山上《红旗飘飘》主题雕塑巍然矗立，深深镌刻着大别山儿女听党话、跟党走的忠诚信仰。"八七会议"

河南省信阳市新县英雄山

后，党组织在大别山区先后发动黄麻起义、六霍起义等大规模武装起义。经过第一、二、三次反"围剿"斗争，鄂豫皖苏区面积达到4万多平方公里，人口350万人，红军主力4.5万余人，地方武装20余万人，建立了3个市和27个县级革命政权，成为全国第二大革命根据地。

1934年11月，红二十五军高举"中国工农红军北上抗日第二先遣队"的旗帜，告别了战斗多年的大别山区，实行战略转移，开始了漫漫长征路。一路上，他们冲破层层封锁，历尽千辛万苦，一路行军一路宣传红军的主张、播撒革命的种子，不仅创建了鄂豫陕革命根据地，还保存和壮大了红军的有生力量。毛泽东曾称赞红二十五军远征，为中国革命立了大功。

红军主力离开后，留守根据地的红军将士重建红二十八军，在异常艰难的情况下，带领大别山人民坚持了3年艰苦卓绝的游击战争。此后，大别山始终处于党的坚强领导下。抗日战争时期，这里的游击战有力支援了全国抗战形势；解放战争时期，刘邓大军千里跃进大别山，揭开了战略进攻的序幕。

位于新县城南白毛尖的鄂豫皖苏区首府烈士陵园，陈列和珍藏着朱德、

鄂豫皖苏区首府烈士陵园主题雕塑

邓小平、李先念、许世友等党和国家领导人的亲笔题词及珍贵烈士遗物4500余件，安葬着近百位著名烈士和红军首长的遗骨，纪念着鄂豫皖苏区13万多名革命烈士，是全国建筑时间早、烈士资料齐全、知名度高的陵园之一。

我缓步来到纪念碑前，以一名老兵的名义向革命先烈敬献了花篮。拾级而上，我来到千古英名广场伫立默哀。依墙而建的石碑镌刻着鄂豫皖苏区烈士的名册，看着那一个个闪光的名字，我心潮澎湃，久久不能平静。大别山地区先后有200多万人参军参战，近百万大别山儿女献出了宝贵的生命，在册的烈士就达13万多。当时不足10万人的鄂豫皖苏区首府所在地新县，就有5.5万余人为革命献身。

鄂豫皖苏区主要创建人之一吴焕先，是从新县走出来的大英雄。为了革命，他把自家的地契、田契烧掉，把田地分给无地的农民耕种，破家革命。他全家先后牺牲了9人，大哥、二哥被敌人枪杀，父亲和幼弟被敌人乱刀砍死，大嫂和不满半岁的孩子躲到水塘淹死，怀有四个月身孕的妻子曹干仙饿死在荒郊野地，母亲在自家夹墙中被活活困死。

1935年8月21日，作为红二十五军政治委员的吴焕先在甘肃省泾川县四坡村战斗中不幸中弹，英勇牺牲，年仅28岁。2009年9月10日，吴焕先被评为"100位为新中国成立作出突出贡献的英雄模范人物"之一。

"舍子救红军，满门成忠烈"的动人故事几十年来在湖北大别山区被人民广为传颂。1928年5月的一天傍晚，红军团长王树声遭敌人追堵，逃进了麻城市西张店村。紧接着，街头就传来喊声："抓住王树声赏大洋两百！"已跑到村民周家姆家门口的王树声进退两难，借着微光，他看到周家姆靠在门框边向他招手。周家姆什么话也没有说，一把将他拉进屋里，悄悄关上大门，将他隐藏在自家的夹墙里。

敌营长未抓到王树声，气得暴跳如雷，将西张店村男女老幼集中起来，扬言不交出王树声，就将他们全部杀掉。就在敌人点燃火把，架起机枪，准备扫射的时候，站在人群中的周家姆站了出来，大声说："王树声在我家里。"

几十个持枪的敌人跟随周家姆一起来到她家门前。周家姆突然停了下来，对身后的敌人说："王树声带有双枪呢。你们几个躲在门口，我去把他哄出来。"敌人信以为真。周家姆进屋，把王树声藏好，然后让大儿子王政道换上了王树声的衣服。没多久，周家姆就将王政道领到了敌人面前，说："这就是王树声。"

第二天，敌人就在张店河南面的沙滩上将王政道处决了。多年后，已是红军师长的王树声特地回家探望，见面就跪在周家姆面前说："您为了救我，亲生儿子也牺牲了，从今往后，您就是我的干娘！"

王树声掏出几块银圆递给周家姆，周家姆说啥也不要。她顿了顿说："干娘只求你一件事，让三毛政乐和四毛政齐跟着你一起，为咱穷人干革命，替他爹和大哥二哥报仇。"参加革命后的王政乐和王政齐，后来相继牺牲在长征路上。

"若要盼得哟红军来，岭上开遍哟映山红。"此时，山坡上有一群身着红军服的研学队伍，正举着红旗，挥舞鲜花向我们走来。这是革命老区大别山的映山红，革命先辈用鲜血和生命在大别山筑起了一座座丰碑、书写了一段段传奇，也为后来人创造了历久弥新的宝贵精神财富，成为一代又一代人奋斗向前的不竭动力。

2019年，习近平总书记在河南考察时指出，鄂豫皖苏区根据地是我们党的重要建党基地，焦裕禄精神、红旗渠精神、大别山精神等都是我们党的宝贵精神财富。总书记特别强调，要讲好党的故事、革命的故事、根据地的故事、英雄和烈士的故事，加强革命传统教育、爱国主义教育、青少年思想道德教育，把红色基因传承好，确保红色江山永不变色。他还明确提出："要把革命老区建设得更好，让老区人民过上更好生活。"

2021年9月，大别山精神被列入中国共产党人精神谱系第一批伟大精神。这是对大别山革命老区和老区人民为我们党领导的中国革命作出巨大贡献的充分褒奖，和对大别山精神在中国共产党人精神谱系中的重要地位的充分肯定。河南省信阳市作为"两个更好"的首发地和大别山革命老区的核心区，始终牢记重托，感恩奋进，以年均生产总值持续增长的优异成绩，书写了"两个更好"的时代答卷。

镌刻在红岩上的忠诚与信仰

提起重庆，或许你会为楼间轻轨、魔幻天桥、过江索道、洞子火锅等众多"网红打卡地"津津乐道。但你是否知道，在70多年前，一大批忠贞不屈的中国共产党人在风雨如晦的斗争岁月中，在这里同国民党反动派进行了不屈不挠的斗争，用鲜血和生命铸成了伟大的红岩精神。

梅雨季节，我满怀激情一路向南，驱车从湖南来到重庆。在连续多日的阴雨过后，"大火炉"重庆热浪翻滚，碧空如洗。此刻，我想起了20多年前自己刚任原济南军区机关处长时来重庆参加全军培训，到红岩魂陈列馆参观学习的情景。革命先烈面对苦难时的洒脱和无畏让我心潮澎湃，也更加坚定了我献身国防事业的决心。

时代的列车奔驰不息，历史的天空从没有因为岁月的流逝而失去色彩。登上歌乐山俯瞰，满目翠色中分布着红岩革命纪念馆、白公馆、渣滓洞等红色教育基地，每一处都充满了浓浓的爱国主义教育氛围。重庆市充分利用红色资源，讲好红色故事，让南来北往的游客受到精神的洗礼。

在歌乐山烈士陵园陈列大厅中，我久久注视着年仅21岁的共产党员余祖胜用数十个牙刷柄刻成的"红心"，上面刻着的"跟党走""共产党万岁"清晰可见。一颗颗"红心"，是革命者的赤子之心，也是对党的忠诚之心。烽火岁月中，还有无数个像余祖胜一样的革命者，用理想信念之花结出千秋红岩的精神硕果。

"红岩上红梅开，千里冰霜脚下踩，三九严寒何所惧，一片丹心向阳开。"一曲《红梅赞》，既是革命者凌霜傲雪、慷慨牺牲的壮歌，也是革命者矢志不渝、坚守信念的颂歌。走进渣滓洞中当年国民党反动派关押江竹筠的牢房，我思绪万千。江竹筠和丈夫彭咏梧在前往川东地区参加武装斗争之前，将唯一的孩子彭云托付给亲戚抚养。彭咏梧壮烈牺牲后，头颅被敌人砍下悬挂在城门之上，江竹筠强忍悲痛，接替丈夫的工作。1948年6月，由于叛徒出卖，江竹筠不幸被捕。面对敌人的严刑拷打，她始终坚贞不屈、视死如归："你们可以打断我的手，杀我的头，要组织是没有的。""毒刑拷打，那是太小的考验。竹签子是竹子做的，共产党员的意志是钢铁！"1949年11月14日，在重庆解放前夕，江竹筠被国民党特务杀害，年仅29岁。

距离渣滓洞2.5公里的白公馆，是一处缅怀英烈并让人扼腕叹息的革命遗迹，它和渣滓洞一并被称作"两口活棺材"。当年"刑讯室"里的老虎凳、火背篓、钢丝鞭等刑具，至今仍令人感到阴森恐怖，仿佛在向我们诉说着黎明前的黑暗。在一个少年英雄的雕塑前，我屏息凝神地听着讲解员带着哽咽的解说，不禁潸然泪下。

他叫宋振中，是共产党员宋绮云、徐林侠的幼子，也是我们熟知的"小萝卜头"。1941年寒冬，只有8个多月大的宋振中和母亲一起被押进重庆白公馆监狱。由于长期营养不良，他细小的身躯上顶着个不协调的大脑袋，难友们怜爱地称他"小萝卜头"。他渴望自由、热爱学习、机灵活泼，在狱中可谓人见人爱。1947年8月，在押14年的中共地下党员韩子栋为了完成党交给自己的任务，送出自己亲手绘制的监狱附近的地形图，靠装疯卖傻迷惑敌人，通过"小萝卜头"将地图传递给各个党员。"小萝卜头"还巧妙地把收集来的干粮一点点传给韩子栋，和狱友们一起帮助他成功越狱，让白公馆里的狱友们都看到了希望。遗憾的是，"小萝卜头"没有等到韩子栋的营救，也没有看到即将成立的新中国。

1949年9月4日，"小萝卜头"一家被国民党特务杀害，那时他只有8岁。重庆解放后，当"小萝卜头"的遗骸被发现时，他的小手还紧紧握着狱友送给他的一小截铅笔。今天，我们不会再有"小萝卜头"那样苦难深重的童年，但对人性的严峻考验还会以各种方式出现，少年英雄的精神永远都是激励我们奋勇前行的力量。

小说《红岩》中有这样一句话："人生自古谁无死？可是一个人的生命和无产阶级永葆青春的革命事业联系在一起，那是无上的光荣！"1949年10月1日，鲜艳的五星红旗在天安门广场冉冉升起。在仍被黑暗笼罩着的白公馆里，罗广斌与陈然、刘国鋕、丁地平满怀胜利的喜悦，用一床红色的被面、几个纸剪的五角星做成了一面红旗，藏在牢房的地板下，但这面红旗未能打出去。胜利前夜，除罗广斌脱险外，其他3位同志英勇就义。同年10月28日，蓝蒂裕等革命志士被特务从狱中押出，蓝蒂裕意识到生命已到最后时刻，在将写给儿子蓝耕荒的遗诗《示儿》交给难友后，就从容不迫地走向了刑场。诗的结尾写道："今后，愿你用变秋天为春天的精神，把祖国的荒沙，耕种成为美丽的园林！"1949年11月27日，在重庆解放前3天，国民党反动派将关押在白公馆、渣滓洞的200多名革命志士集体杀害，烈士的鲜血染红歌乐

红岩革命纪念馆展陈"我们也有一面五星红旗"

山。我们不能预测自己生命的长度，但在有限的人生中踏踏实实做人、兢兢业业干事，就能无愧初心，无愧革命先烈。

阳光照射着烈士纪念碑，向松柏丛中的烈士塑像投下片片斑驳的光影，他们依旧是那么淡然从容。在烈士陵园的陈列馆中，革命先烈用鲜血凝成的"狱中八条"赫然入目，这是他们在生命即将结束时，集思广益给党留下的泣血遗言，饱含着对新中国沉甸甸的寄托与期望。看着那一个个凝神静思的背影，我的心头浮现出革命先烈说过的一句话："活人可以在活人的心里死去，死人可以在活人的心中活着。"我们在红岩的每一个红色教育基地参观，其实是在感受信仰的指引、人性的崎岖，更是在看历史、看现实、看自己。

国家有关部委和重庆市联合举办"青年红色筑梦之旅"活动

离开红岩魂陈列馆时，正值国家有关部委和重庆市联合举办"青年红色筑梦之旅"活动。数百名大学生头顶烈日，在烈士纪念碑下庄严宣誓："请党放心，强国有我、振兴有我、未来有我、中国有我……"新一代青年在红色筑梦之旅中书写了青春答卷，他们勇当开路先锋、争当事业闯将，展现出靓丽的青春风采，这不正是对红岩精神的生动诠释吗？

大爱沂蒙

齐鲁大地八百里沂蒙是一片红色热土，是一片多情的土地。"人人那个都说哎沂蒙山好，沂蒙那个山上哎好风光，青山那个绿水哎多好看，风吹那个草低哎见牛羊……"这首传唱了几十年的《沂蒙山小调》，早已成为沂蒙山的代名词。这里孕育了沂蒙山革命根据地，诞生了伟大的沂蒙精神。

烽火岁月，百万沂蒙人民拥军支前，十万英烈血洒疆场。在这片红色土地上，无数英雄儿女书写了可歌可泣的壮丽诗篇。从20世纪90年代至今，我先后到访了沂蒙革命老区的10个区县、20多个红色坐标。2022年初夏时节，我再次来到令我魂牵梦萦的沂蒙山区，寻访革命老区的红色基因，聆听蒙山沂水的时代传承。

在沂蒙革命纪念馆讲解员的介绍下，我了解到在长达12年战火纷飞的革命斗争中，蒙山沂水间发生过大小战斗2万多次。当时沂蒙山革命根据地的420万人中，有120多万人积

沂蒙革命纪念馆

极拥军支前，20多万人参军参战，10多万人为革命献出了宝贵生命，可谓"村村有烈士、家家有红嫂"，彰显了水乳交融的军民鱼水深情。

　　沂蒙山革命根据地是全国著名的根据地之一，是抗日杀敌的坚固堡垒，素有"华东小延安"的美誉。刘少奇、陈毅、罗荣桓、徐向前、粟裕等老一辈无产阶级革命家都曾在这里战斗生活。1942年，沂蒙山革命根据地遭到日寇蚕食，敌强我弱，山东抗战形势严峻。为了改变根据地极端困难的局面，刘少奇受党中央和毛主席委托到山东指导工作。在沂蒙山区的4个月时间里，刘少奇每天都在田间地头和农民谈心，挨家挨户访贫问苦，了解老百姓的"急难愁盼"。在刘少奇的推动下，根据地以减租减息为中心的群众运动迅速发展起来，极大减轻了广大农民的负担，根据地的危机被化解。纪念馆展出的一张张图片，生动诠释了以减租减息运动为载体的沂蒙精神蕴含的中国共产党人为人民谋解放、谋幸福而不懈奋斗的生动内涵。

　　走进临沂市沂水县城，穿过如织的车流，我来到位于西巷子的中共沂水支部旧址。沂水支部成立于1927年，是我党在沂蒙地区播种的第一颗革命种子。我紧跟一所职业学院的主题党日活动队伍进行参观，在听完解说后，我们不约而同地唱了起来："你就是核心，你就是方向，我们永远跟着你走，人类一定解放……"这首诞生在烽火沂蒙的歌曲《跟着共产党走》，是沂蒙儿女最真诚的心声，也是沂蒙人民"永远跟党干革命，砍下脑袋也不叛党"的真实写照。

　　来到莒南县板泉镇渊子崖村抗日保卫战纪念遗址，纪念塔上的"云山苍苍，沭水泱泱。烈士之风，山高水长"16个大字让人肃然起敬。1941年12月19日，1000多名日伪军突然包围了渊子崖村，对无辜的村民进行了血腥的屠杀。全村男女老少在年仅19岁的村长和自卫团团长的带领下，用土枪、土炮与日伪军展开了殊死搏斗，最终以牺牲147人的代价，歼敌

100余人。这一仗很快闻名全国,渊子涯村也因此被誉为"中华抗日第一村"。

在当地友人的陪同下,我来到了临沭县曹庄镇朱村看望年过九旬的"拥军支前模范"王克昌。老人回忆起往事依然满怀激情。他说那时老百姓情愿勒紧裤腰带,不吃不喝,也要让子弟兵打胜仗。1944年1月24日,恰逢除夕,驻临沂的日伪军对朱村进行报复性"扫荡"。危急时刻,八路军第一一五师四团三营八连在连长鄢思甲的带领下火速赶来救援,激战6个小时击退凶残的日伪军。24名战士光荣牺牲,村民无一伤亡。一代代朱村人始终将其铭记在心,他们80年如一日,用最朴素的行动致敬英雄:全村老少大年初一的第一顿饺子,必须祭奠烈士。

抚养了86个将帅子女和烈士遗孤的"沂蒙母亲"王换于的故事,在沂蒙山区可谓家喻户晓。1939年夏,徐向前、朱瑞带领部队来到了东辛庄。许多同志不得不带着孩子一起随军奔赴前线,这些孩子中最大的七八岁,

沂蒙红嫂纪念馆

最小的生下来还不到三天。因为出生在战乱岁月，"军娃"们严重营养不良，有的生病却缺医少药，有的夭折。王换于由于心疼革命后代，毅然决定创办"战时托儿所"，用生命来守护他们健康成长。新中国成立后，遍布全国各地的王换于的"儿女"们纷纷回到沂蒙山区，看望这位伟大的沂蒙母亲。

走进沂南县马牧池乡常山庄村的沂蒙红嫂纪念馆，这个由多个极具老区特色院落组成的红色地标让人眼前一亮。纪念馆展陈着200多位红嫂的感人事迹，可以说每一位红嫂都是一本厚重的书。明德英就是"沂蒙红嫂"的典型代表，1941年秋冬时节，日伪军大肆"扫荡"沂蒙山区，包围了驻沂南马牧池村的八路军山东纵队司令部。一名身负重伤的八路军战士在冲出敌人的包围圈后，被明德英机智救下。战士因失血过多严重缺水休克，在周围没有水源的情况下，正在哺乳期的明德英毅然用乳汁救活了他。中央军委原副主席、国防部部长迟浩田上将专门为她题词："蒙山高，沂水长，好红嫂，永难忘。"

"沂蒙六姐妹"是革命战争年代沂蒙老区的一个女英雄群体，这一称谓是当年陈毅元帅亲自命名的。她们居住在蒙阴县野店镇烟庄村，分别是张玉梅、伊廷珍、杨桂英、伊淑英、冀贞兰、公方莲，都是十八九岁的年轻姑娘。在孟良崮战役期间，她们自发组织起来，凑军粮、做军鞋、运送弹药、护理伤员，为战役的胜利作出了突出贡献。

在孟良崮战役纪念馆，我被一个巨大雕塑展示的"女子火线桥"的故事震撼。在孟良崮战役的第二天，通往战场的水桥被敌机炸断，后方部队的辎重过不了河，前方的伤员运不下来。沂南县马牧池村妇救会长李桂芳接到命令，必须在5小时之内在崔家庄与万粮庄之间的汶河上架一座桥。当时村里绝大多数男性都上了前线，在既无专业人员，又无架桥材料的情况下，李桂芳动员了附近村庄的32名妇女，找来7块门板，在冰凉的河

孟良崮战役纪念馆

水中组成"人桥",并说服了部队官兵从桥上通过。就这样,一批批枪支弹药从桥上运往前线,一批批伤员从桥上送到后方。这是世界上独一无二的女子火线桥,她们肩上扛起的不仅是门板,更是革命胜利的道路。

"最后一碗米送去做军粮,最后一尺布送去做军装,最后一件老棉袄盖在担架上,最后一个亲骨肉送去上战场"是沂蒙人民踊跃参军支前的生动写照。在"一切为了前线"的口号下,人民群众倾其所有,破家支前。在沂蒙革命老区,仅抗战时期就有过4次参军热潮。第二次参军热潮发生在抗战最艰苦的1941年到1943年。"一门双英""一门三英""一门四英"的模范家庭司空见惯,甚至出现了"一门七英"的模范家庭。在沂蒙大地,长眠着11万烈士。仅华东革命烈士陵园管理在册、有名有姓的烈士就达62576人,其中临沂籍烈士30000多人。

陈毅元帅曾深情感叹:"我就是躺在棺材里也忘不了沂蒙山人,他们用小米供养了革命,用小车把革命推过了长江。"沂蒙人民对党和革命事业的无私奉献,铸就了军民水乳交融、生死与共的伟大情怀。时代的列车滚滚向前，我们任何时候都不能忘记人民，永远不能做对不起人民的事。

2013年11月，习近平总书记在山东临沂考察时指出："军民水乳交融、生死与共铸就的沂蒙精神，对我们今天抓党的建设仍然具有十分重要的启示作用。"他特别强调："沂蒙精神与延安精神、井冈山精神、西柏坡精神一样，是党和国家的宝贵精神财富，要不断结合新的时代条件发扬光大。"

我曾先后在临沂、济南的3所中学宣讲沂蒙精神，并与20多名中学生朋友进行了座谈。他们表示，新时代中学生弘扬沂蒙精神，就是要树立崇高的革命理想，坚定不移听党话、跟党走，自觉把小我融入国家的大我之中，为中国式现代化建设贡献青春力量。

新中国从这里走来

2022年7月1日,我从山西太行山区出发,一路东行,追寻党的红色足迹。在中国共产党建党101周年纪念日当天,我终于来到了革命圣地西柏坡。

西柏坡位于河北省平山县,是一个普通的小山村,但它在中国革命史上具有极其重要的地位,是一个深受世人敬仰的革命圣地,是"解放全中国的最后一个农村指挥所"。

刚到西柏坡,映入眼帘的便是一幅红底黄字的标语:"勿忘昨天的苦难辉煌,无愧今天的使命担当,不负明天的伟大梦想。""昨天""今天""明天",三个朴实简洁的关键词,彰显了精神高地新时代的使命担当。

在河北省省直单位供职的军校同学老苗专程从石家庄赶来陪同我参观学习,他曾在河北省军区机关从事过多年的宣传工作,对党和军队在西柏坡时期的历史可谓如数家珍。停下车,我们走上西柏坡村的一处高坡,老苗指着不远处的一个水库告诉我,1958年,为根治滹沱河水患,国家兴修水利工程,在平山县修建了岗南水库和黄壁庄水库。岗南水库淹掉了坐落于西柏坡村的中共中央旧址,西柏坡的村民也从稻香鱼肥的滩地搬上了山岗。迁村前夕,乡亲们顾不上自己的房屋,将中共中央旧址的房梁、门槛一根不少地拆下运到山上,原样重建了如今的"中央旧址"。

接着,我们步行来到西柏坡纪念馆参观。纪念馆门前,矗立着毛泽东、

西柏坡纪念馆前五位伟人的雕像

刘少奇、周恩来、朱德和任弼时五位伟人的雕像。雕像前是一片花圃，鲜花组成了两行闪光的文字：西柏坡，新中国从这里走来。如诗如画的景色，组成了这个红色地标的标志性画面。

纪念馆依山而建，共有上下3层、12个展室，珍藏着2000多件文物。走进大厅，一幅雄伟的英雄浮雕迎面而来，再现了中国共产党波澜壮阔的伟大历程。

1946年8月6日，毛泽东在延安会见美国记者安娜·路易斯·斯特朗时，提出了"一切反动派都是纸老虎"的著名论断，彻底揭露了美帝国主义和蒋介石的虚弱本质，鼓舞了解放区军民的斗志，让解放区军民树立起了"敢于斗争、敢于胜利"的坚定信念。解说员介绍，当延安被胡宗南集团层层包围，毛泽东面临很大危险时，他仍不忘催促刘少奇加快制定《中国土地法大纲》，加快推动全国土地改革。西柏坡纪念馆再现了1947年7月至9月，中共中央工作委员会筹备的全国土地会议在西柏坡召开，110余名各解放区代表参加会议的情景。10月10日，中共中央颁布《中国土地法大纲》，彻底废除了封建性及半封建性剥削的土地制度，规定实行耕者有其田的土地制度，使亿万农民在政治上、经济上获得解放，为打败蒋介石、建立新中国创设了良好的群众条件和社会基础。1948年5月，毛主席率领中央工委抵达西柏坡后，连连夸赞朱德、聂荣臻说："西柏坡真是个好地方，这个总指挥部选得极妙！"

走进西柏坡毛泽东故居，楸树枝叶洒落的光影映在安放磨盘的圆台上，游客们纷纷伸手抚摸当年中国共产党的领导人曾触碰过的石磨，仿佛身临其境，一种历史的厚重感油然而生。驻守西柏坡期间，毛泽东在这里琢磨、起草、决策、发出的408封电文，被真实记录在西柏坡纪念馆的"电报长廊"上。一封封标志着万分紧急的4A级电报，见证了党和人民军队攻坚克难的奋进道路，铸就了"磨盘上布下雄兵百万"的伟大传奇。1948年12月30日，毛泽东在这里写下了著名的新年献词《将革命进行到底》，向全国、全世界庄严表明了中国共产党夺取中国革命胜利的决心。

相隔不远处就是中央军委作战室，这是解放战争后期我军的作战指挥部。大约30平方米的土砖房中——一部电话、两张地图、三套桌椅，就是屋子里的全部家当。周恩来曾风趣地说："我们这个指挥部可能是世界上最小的指挥部，我们一不发人，二不发枪，三不发粮，只是天天发电报，就把国民党打败了。"

毛泽东旧居

一位美国记者在探访延安时曾这样写道:"在延安听到的最多的一个词,就是'人民'……中国人民如何,世界人民如何。'到人民中去''向人民学习',这些都是口号,但又包含着比口号更深的含义,代表着一种极深的感情,一种最终的信念。"

在西柏坡纪念馆的展柜中,陈列着这样一封信:"毛主席呀,没有您,我们真得饿死了,这回我们都翻身了……"信的落款写着:民国三十六年九月十日,哈尔滨市顾乡区靠山屯全体翻身农民。信中的质朴话语流露出东北农民对中国共产党的一片深情。1948年5月,中共中央机关进驻西柏坡,中国共产党的领导人穿着带补丁的衣服出现在这个小村落,用着拼凑的桌椅、缴获来的沙发,有的甚至睡在用板凳搭起来的木板床上。为什么中国共产党能跨过一道又一道沟坎、取得一个又一个胜利?为什么我们国家能够不断发展壮大,中国特色社会主义能够不断前进?就是因为中国共产党是真心为人民谋幸福的党,"一切为了人民、一切依靠人民",才会赢得人民真心的拥戴和追随。

西柏坡纪念馆内,一张泛黄的《人民日报》记录了毛泽东在党的七届二中全会上的讲话:"我们不但善于破坏一个旧世界,我们还将善于建设一个新世界。"1947年11月12日,晋察冀野战军在经过了8个昼夜的激战后,终于攻克了解放战争以来我军用攻坚战术打下的第一个大城市——石家庄。打下的城市如何守住、管好,从旧中国到新中国历史性转折的重担落到了以毛泽东为首的第一代领导集体的身上。西柏坡时期,毛主席起草的电文、讲话、谈话、书信等多达640余篇,共有数十万字。中国共产党人在这一时期,终于在这里撕开黑暗,走向黎明。

我们来到中国共产党七届二中全会会址时,一家当地的企业员工正在在这里组织主题党日活动,我们不由自主地站在一旁,同他们一起重温了入党誓词。轻轻推开会场的大门，光线骤然暗了下来。会场正面悬挂着毛主席、朱总司令的画像和两面红旗，一排排长凳整齐地摆放在中间，让参观者不禁回忆起那时的场景。当年毛泽东的报告至今历久弥新："剧是必须从序幕开始的，但序幕还不是高潮。中国的革命是伟大的，但革命以后的路程更长，工作更伟大，更艰苦。这一点现在就必须向党内讲明白，务必使同志们继续地保持谦虚、谨慎、不骄、不躁的作风，务必使同志们继续地保持艰苦奋斗的作风……"

1949 年 3 月 23 日，西柏坡阳光明媚。中共中央从这里出发，前往北平建立新中国。临行前，毛泽东对周恩来说："今天是进京的日子，进京'赶考'去。"周恩来说："我们都应当考试及格，不要退回来。"毛泽东说："退回来就失败了。我们决不当李自成，我们都希望考个好成绩。"在去往北平的路上，毛泽东又和大家谈起郭沫若的《甲申三百年祭》，说这篇文章是要永远读下去的。据毛泽东的卫士回忆，在从涿县到北平的火车上，直到党中央临时驻地香山，毛泽东一路都在说"我们不能做李自成"。

弘扬"赶考"精神，做好新时代答卷

2008年1月12日,习近平同志在西柏坡学习考察时指出,我们要把无数革命先烈打下的红色江山世世代代传承下去,必须要牢记"两个务必"的要求。2013年7月11日,习近平总书记再次参观参访西柏坡革命旧址时强调,毛泽东同志当年在西柏坡提出"两个务必",包含着对我国几千年历史治乱规律的深刻借鉴,包含着对我们党艰苦卓绝奋斗历程的深刻总结,包含着对胜利了的政党永葆先进性和纯洁性、对即将诞生的人民政权实现长治久安的深刻忧思,包含着对我们党坚持全心全意为人民服务根本宗旨的深刻认识,思想意义和历史意义十分深远。

从"两个务必"到中共二十大报告中提出的"三个务必",是党跨越70多年时空的对话。历史的洪流总是滚滚向前,革命老区平山县已在2018年摘掉了贫困县的帽子,次年全面消除绝对贫困。西柏坡村如今已成为河北省"最强村",2022年GDP达到1.2亿元,同比增速10.5%。中国人民实现了从站起来、富起来到强起来的伟大飞跃,但中国共产党面临的"赶考"远未结束。我们有理由相信,中国共产党人必将向人民交出"赶考"路上骄人的答卷。

第二章　改天换地

社会主义革命和建设时期,是"敢教日月换新天"的激情燃烧的时期。这一时期,我们党形成了抗美援朝精神、雷锋精神、大庆精神、红旗渠精神等一系列伟大精神。这些伟大精神过去是、现在是、将来仍然是我们党的宝贵精神财富。

跨过鸭绿江

"雄赳赳，气昂昂，跨过鸭绿江！保和平，卫祖国，就是保家乡！"这首曾经激励了一代人的《中国人民志愿军战歌》，如今听来仍然是那么高昂有力、穿透人心。

2022年盛夏时节，我驱车来到与朝鲜一江之隔的英雄城市辽宁省丹东市，聆听抗美援朝战争中的英雄故事，感悟永续传承的伟大精神。

1949年10月1日，毛主席在天安门城楼向全世界庄严宣告：中华人民共和国成立了！然而，西方世界有的国家出于其战略利益的考虑，并不希望贫穷落后的中国真正站立起来。他们对我国在经济上封锁、政治上孤立，还妄图在军事上进行包围。

1950年6月25日，朝鲜内战爆发，美国纠集所谓的"联合国军"出兵朝鲜。9月15日，以美军为首的"联合国军"在朝鲜北部仁川登陆。10月初，他们不顾中国政府的一再警告，悍然越过三八线，直逼中朝边境的鸭绿江和图们江，并轰炸中国东北边境的城市和乡村，将战火点燃到中朝边境，烧到新生的中华人民共和国国土上，直接威胁到新中国的国家安全和人民安宁。

走进抗美援朝纪念馆，我和许多游客一样，目光久久停留在那幅经典的油画上：中南海颐年堂，一群决定着这个国家未来方向的中国共产党人围坐在沙发上，或凝神细听，或敛目沉思，或目光坚定。解说员说，面对紧张的朝鲜战局，面对是否出兵的抉择，毛主席三天三夜没有睡觉，这是他一生中艰难的决策之一。

"打得一拳开，免得百拳来。"应朝鲜党和政府请求，经过反复斟酌，中共中央作出抗美援朝、保家卫国的决定。10月8日，毛主席发布命令，立即组成中国人民志愿军，任命彭德怀为司令员兼政委，并命令志愿军"迅即向朝鲜境内出动，协同朝鲜同志向侵略者作战并争取光荣的胜利"。10月19日晚，志愿军第一批入朝参战部队跨过鸭绿江，进入朝鲜境内，与朝鲜人民军并肩抗击侵略者。10月25日，志愿军打响入朝后的第一仗，以光荣的胜利拉开了伟大的抗美援朝战争的帷幕，这一天后来被定为抗美援朝纪念日。

游客参观抗美援朝纪念馆

面对当时世界上的头号经济和军事强国，中国共产党、中国人民志愿军和中国人民自始至终高扬着爱国主义精神，有力地维护了祖国和人民的利益，打出了国威军威，使刚成立不久的新中国能够顶天立地于世界舞台之中。

1953年7月27日，在站立起来的中国人民面前，美国不得不在停战协议上签字。纪念馆陈列着一张报道了这则消息的报纸，当时担任"联合国军"总司令的美国克拉克将军在回忆录里沮丧地说："我获得了一个不值得羡慕的名声，我是美国历史上第一个在没有取得胜利的停战协定上签字的司令官。"

"为什么战旗美如画,英雄的鲜血染红了它。为什么大地春常在,英雄的生命开鲜花……"在朝鲜战场上,许许多多平凡的战士燃烧热血和生命,书写了英勇顽强、舍生忘死的革命英雄主义精神。纪念馆记载,在抗美援朝战争中,先后涌现出黄继光、邱少云、杨根思等30多万名英雄功臣和近6000个功臣集体,共有197653名中华儿女在异国土地上献出生命。

我们在课本里曾读过一个个这样的英雄故事:1950年11月28日,125名志愿军官兵穿着单衣,俯卧在零下30多摄氏度的长津湖战壕中,保持着战斗姿势壮烈牺牲;1952年10月20日,21岁的黄继光在炮火连天的上甘岭战役中,用胸膛堵住敌人正在射击的枪眼……

在抗美援朝战争胜利70周年的日子,我专程来到驻中原大地的中部战区陆军第八十三集团军某旅"杨根思连"。在新建的连史馆,原"杨根思连"连长李照隆给我讲述了老连长的英雄事迹。1950年11月29日清晨,

作者向英雄杨根思雕像致敬

在朝鲜长津湖下碣隅里东南面小高岭奉命坚守的，是中国人民志愿军第九兵团第二十军五十八师一七二团三连。在敌人猛烈炮火的攻击下，连长杨根思带领三排打退敌人的 8 次进攻。战斗到最后一刻时，他抱起仅剩的一包炸药，纵身冲向敌群，与敌人同归于尽，牺牲时年仅 28 岁。战后，朝鲜民主主义人民共和国授予杨根思英雄称号和金星奖章、一级国旗勋章，1951 年，志愿军总部为他追记特等功，授予"特级英雄"称号。同年，杨根思生前所在连被命名为"杨根思连"，这是我军第一支以英雄名字命名的部队。

"不相信有完不成的任务，不相信有克服不了的困难，不相信有战胜不了的敌人！"这是杨根思的英雄宣言，也是他留给这支部队的制胜密码。能战，方能止战，这是战争与和平的辩证法。凭借"三个不相信"，74 年前，杨根思坚守在小高岭。此后，一代代"杨根思连"的官兵坚守在自己的"小高岭"，如今正阔步奋进在强军兴军的新征程上。

革命乐观主义精神是抗美援朝精神的特质，也是抗美援朝精神最具标志性的精神内核。30 多年前，我和同学在中国人民解放军南京政治学院采访了电影《上甘岭》中张连长的原型、原志愿军第十五军四十五师一三五团七连连长张计发。老英雄介绍，1952 年 10 月 8 日，美国单方面中止谈判，并于 14 日突然向上甘岭阵地发动进攻，企图迅速占领 597.9 高地和 537.7 高地，进而夺取五圣山，迫使志愿军后退，以求得谈判桌上的有利地位。交战双方在 3.7 平方公里的土地上，投入 10 万兵力进行反复争夺，火力之猛，战斗之残酷，在世界战争史上罕见。美军对我军高地发起猛烈攻击，炮弹如倾盆大雨一般，平均每秒就有 6 枚落到我军阵地上，天上还有 100 架美军飞机，疯狂向地面投放炸弹。当谈到电影《上甘岭》中的经典片段"一个苹果的故事"时，老英雄潸然泪下。他动情地说："电影《上甘岭》

我不知道看了多少遍，却一直无法从头看到尾。看不下去的原因，不光是现实比电影还要残酷，更主要的是那几十年来放不下的战友情。每当看到电影中全连吃苹果的镜头时，我都忍不住要掉泪。"2023年初，我在山东大学开展专题讲座时讲起了这个故事，并告诉在座的青年朋友："面对百年未有之大变局，特别是面对大国博弈中的风险挑战，我们要传承这种百折不挠的革命乐观主义精神，迎难而上、敢于担当，战胜一切艰难险阻。"

"那不是人类能够完成的事，但是你们做到了！"这是电影《金刚川》中一个美军飞行员的台词。在抗美援朝战场上，我们不止一次令美军发出这样的感叹。邱少云在熊熊烈火中岿然不动，用无声的誓言诠释忠诚；长津湖战役的钢铁战士在冰雪寒天中没有一个人退缩，坚持到最后一刻，用无言的壮举诠释了忠诚……

在松骨峰阻击战中，为切断美军第九军的退路，志愿军第三十八军一一二师三三五团14小时狂奔72.5公里，最终在敌人赶到前5分钟抢占了三所里，卡断了美军南逃的退路，创造了世界步兵史上的奇迹。战斗结束后，人们在打扫战场时看到机枪零件扔得满山都是，烈士们的尸体还保持着各种各样的姿势：有抱住敌人腰的，有掐住敌人脖子的，有被火焰烧焦还端着刺刀保持冲锋姿势的……他们用青春和生命谱写了奉献祖国和人民的壮丽诗篇。

"松骨峰英雄连"在毫无工事依托的阵地上，与蜂拥而至的敌人激战5个多小时，最后仅存7人，以一连之力阻击了敌军的进犯。当代作家魏巍去抗美援朝前线做采访的时候，就采访到了这个故事。当时一一三师师长一边讲一边掉眼泪，一个战士一边吃着炒面一边吃着雪说："这个炒面和雪真的不好吃，但我们今天吃它就是为了让我们祖国的人民不吃它。"

魏巍说，他们真的是世界上一流的战士，一流的人啊！不久，他创作的报告文学《谁是最可爱的人》，发表在 1951 年 4 月 11 日《人民日报》的显要位置，后入选中学语文课本，影响了数代中国人。志愿军被人们亲切地称为"最可爱的人"。

文章的最后一段是这样写的："亲爱的朋友们，当你坐上早晨第一列电车走向工厂的时候，当你扛上犁耙走向田野的时候，当你喝完一杯豆浆，提着书包走向学校的时候，当你安安静静坐到办公桌前计划这一天工作的时候，当你向孩子嘴里塞着苹果的时候，当你和爱人一起散步的时候，朋友，你是否意识到你是在幸福之中呢？你也许很惊讶地看我：'这是很平常的呀！'可是，从朝鲜归来的人，会知道你正生活在幸福中。请你们意识到这是一种幸福吧，因为只有你意识到这一点，你才能更深刻了解我们的战士在朝鲜奋不顾身的原因。朋友！你已经知道了爱我们的祖国，爱我们的伟大领袖毛主席，请再深深地爱我们的战士吧，他们确实是我们最可爱的人！"

2020 年 10 月 23 日，在纪念中国人民志愿军抗美援朝出国作战 70 周年大会上，习近平总书记生动诠释了伟大抗美援朝精神："在波澜壮阔的抗美援朝战争中，英雄的中国人民志愿军始终发扬祖国和人民利益高于一切、为了祖国和民族的尊严而奋不顾身的爱国主义精神，英勇顽强、舍生忘死的革命英雄主义精神，不畏艰难困苦、始终保持高昂士气的革命乐观主义精神，为完成祖国和人民赋予的使命、慷慨奉献自己一切的革命忠诚精神，为了人类和平与正义事业而奋斗的国际主义精神，锻造了伟大抗美援朝精神。"

我们今天学习弘扬抗美援朝精神，就是要传承这份忠诚，忠于党、忠于祖国、忠于人民，自觉胸怀"国之大者"，为中国式现代化贡献力量。

学习雷锋好榜样

雷锋是人民军队培养的伟大共产主义战士，是中国共产党培养的杰出青年代表，是实践社会主义、共产主义思想道德的楷模。他用22岁的短暂人生，生动诠释了信念的能量、大爱的胸怀、忘我的精神、进取的锐气，这正是我们民族精神的最好写照。

2018年9月28日，习近平总书记在辽宁省抚顺市向雷锋墓敬献花篮并参观雷锋纪念馆时指出："雷锋是时代的楷模，雷锋精神是永恒的。实现中华民族伟大复兴，需要更多时代楷模。我们既要学习雷锋的精神，也要学习雷锋的做法，把崇高理想信念和道德品质追求转化为具体行动，体现在平凡的工作生活中，作出自己应有的贡献，把雷锋精神代代传承下去。"

2022年的初夏和深秋，我先后走进雷锋的家乡湖南省长沙市望城区和雷锋工作战斗过的地方辽宁省抚顺市，追寻这位平凡而又伟大的共产主义战士闪光的足迹，探寻雷锋精神的时代内涵。

辽宁省抚顺市雷锋纪念馆　　　　　　　　湖南省长沙市

望城区是雷锋出发的地方，望城区人民武装部是他们践行雷锋初心的窗口，每年都有一群像雷锋一样"阳光灿烂"的青年学子，从这里走出望城。他们精心打造的

雷锋的家乡湖南省长沙市望城区开展"像雷锋那样当兵"活动

"像雷锋那样当兵"征兵品牌，给我留下了深刻的印象。望城区每年组织送新兵出发仪式时，都要安排10名长沙老兵将象征红色传统、雷锋精神的钢枪郑重传递给10名即将入伍的新兵。新兵们集体宣誓，接过"雷锋的枪"，就要像雷锋那样当兵，在本职岗位上传承雷锋精神，为家乡父老争光，做一名合格的新时代军人。

近年来，望城区打造了"雷小锋"德育品牌。在2023年底的一次主题活动中，万余名"雷小锋"闪亮登场，让人眼前一亮。宣传部门的同志算了一笔账，如今全区有近10万名"雷小锋"，按一个家庭4个人来计算，至少可以辐射带动30万名群众参与学雷锋活动，当雷锋传人。

关于雷锋的主要经历，湖南雷锋纪念馆和抚顺市雷锋纪念馆都有准确的记载。雷锋原名雷正兴，1940年出生于湖南省望城县（今望城区）的一户贫困的农民家庭。他7岁时成为孤儿，在乡亲们的帮助下活了下来。1949年8月，雷锋的家乡解放了，在党和政府的关怀下，他参加了儿童团，进小学读书，还加入了中国共产主义少年先锋队。高小毕业后，雷锋参加工作，多次被评为"红旗手""劳动模范"和"先进工作者"。

1960年1月，雷锋应征入伍。同年11月，他加入了中国共产党。他以甘当"螺丝钉"的精神，干一行、爱一行、钻一行，在平凡的岗位上做出了不平凡的事迹。连队分配他当汽车兵，他就努力钻研驾驶技术，成为一名合格的汽车驾驶员。担任班长后，他大胆管理，带领全班成为部队先进集体。

雷锋热爱集体、关心战友、关心群众，把"毫不利己、专门利人"看成人生最大的幸福和快乐，并身体力行、认真实践。他把自己省吃俭用积攒起来的钱用来帮助受灾群众和家庭困难的战友，并常常利用节假日和休息时间到部队驻地附近为群众做好事。他曾担任校外辅导员，用自己的模范行动影响和激励少年一代健康成长。

雷锋在日记中写道："伟大的党啊，您是我慈祥的母亲！我所有的一切都是属于您的，我要永远听您的话，在您的身下尽忠效力，永做您忠实的儿子。""我是一个共产党员，人民的勤务员，为了全人类的自由、解放、幸福，哪怕高山、大海、巨川；为了党和人民的事业，就是入火海、进刀山，我甘心情愿，头断骨粉，身红心赤，永远不变。"他把毛泽东著作比作"粮食""武器""方向盘"，树立了正确的人生追求和价值取向。

雷锋以服务人民为最大幸福、以帮助他人为最大快乐。1961年10月3日，雷锋在日记中写道："当祖国和人民处在最危急的关头，我就挺身而出，不怕牺牲。生为人民生，死为人民死。"10月20日，他又在日记中写道："人的生命是有限的，可是，为人民服务是无限的，我要把有限的生命，投入到无限的为人民服务之中去。"雷锋是这样说的，也是这样做的。

从1961年起，雷锋经常到外地作报告。出差的机会多了，他为人民服务的机会也多了。人们都说："雷锋出差一千里，好事做了一火车。"

一次，雷锋在沈阳站换车时，在检票口发现一群人围着一个背着小孩的中年妇女。原来这位妇女要去吉林看丈夫，结果丢了火车票和钱。雷锋马上用自己的津贴买了一张火车票塞到妇女手里。妇女含着泪问："大兄弟，你叫什么名字，是哪个单位的？"雷锋说："大嫂，我叫解放军，就住在中国。"

《雷锋的故事》记载，雷锋总是把自己的藏书拿出来供大家学习阅读，被称为"小小的雷锋图书馆"。战友小韩在夜里出车时棉裤被硫酸水烧了几个洞，雷锋就把自己的帽里子拆下来，一针一针地为小韩补好棉裤，直至忙到深夜。

有一次，连队发放夏装，每人两套单军装、两件衬衣、两双胶鞋。发到雷锋的时候，他却只要一套。司务长不解地问他："为什么只要一套？"他说："我身上的军装缝缝补补还可以穿，现在穿的一套打补丁的衣服，比小时候穿的衣服要好上千万倍，把剩下的交给国家吧。"

面对别人的不理解，雷锋在日记中写道："有些人说我是傻子，是不对的。我要做一个有利于人民、有利于国家的人。如果说这是傻子，那我心甘情愿做这样的傻子，革命需要这样的傻子，建设也需要这样的傻子。"

从农民到工人再到战士，雷锋不断学习、精益求精。有时连队放电影，他总是利用放映前的几分钟看书学习。他在日记中写道："要坚守在自己的岗位上。有些人说工作忙、没有时间学习。我认为问题不在于工作忙，而在于你愿不愿意学习，会不会挤时间。""一块好好的木板，上面一个眼也没有，但钉子为什么能钉进去呢？这就是靠压力硬挤进去的、硬钻进去的。由此看来，钉子有两个长处，一个是挤劲，一个是钻劲。我们在学习上也要提倡这种精神，善于挤和钻。"在奋进新征程中，我们应当学习雷锋爱岗敬业、恪尽职守的品质，始终保持强烈的事业心、责任感，发扬"钻劲"和"挤劲",做一颗"永不生锈"的"螺丝钉"。

雷锋既是一个脚踏实地的实干家,又是一个勇于探索的创造者。他先后当过拖拉机手、推土机手和汽车兵,每到一个新的工作岗位都能很快适应,并成为行家里手。在百废待兴的社会主义建设初期,他身上所体现出的进取锐气,是那个时期我们党团结带领人民自立自强、艰苦创业的写照。

1962年8月15日,雷锋在执行部队运输任务时不幸殉职,年仅22岁。雷锋牺牲后,国防部于1963年1月7日命名他生前所在的班为"雷锋班"。同年3月5日,毛泽东的题词"向雷锋同志学习"在《人民日报》《解放军报》刊出。周恩来、刘少奇、朱德、邓小平等老一辈无产阶级革命家纷纷为雷锋题词。从此,全国掀起了学习雷锋的热潮,雷锋精神传遍神州大地。

热爱党、热爱祖国、热爱社会主义是雷锋的崇高理想、坚定信念和人生支柱。他是把自己短暂的一生全部献给党、献给人民的好战士。

"雷锋班"现任班长牟振华向作者介绍雷锋班情况

在辽宁省抚顺市雷锋生前所在的部队，我参观了"雷锋连"的荣誉室和"雷锋班"，重读了《雷锋日记》，采访了"雷锋班"的现任班长牟振华。

牟振华向我介绍，班里宿舍第一个床的下铺永远为雷锋保留，上面整齐地摆放着雷锋生前用过的被褥、帽子、腰带，雷锋的上铺住的总是班里"班龄"最小的战士。60年来，"雷锋连"每天点名，第一个点到的总是雷锋。"雷锋！""到！"这样的仪式感一直坚持着。

漫步营区，处处都有雷锋留下的鲜明印记。看着雷锋精神的主题文化墙和雕塑，还有山坡上树立的标语"雷锋从这里走向世界"，我仿佛与雷锋进行了一次穿越时空的心灵对话。牟振华说："一个时代有一个时代的特点，作为'雷锋班'班长，就要在新时代与时俱进学雷锋，把雷锋当作永远的榜样，从雷锋身上吸取永恒的力量。"

"学习雷锋好榜样，忠于革命忠于党……"春潮涌起之际，这首脍炙人口的歌曲依然是那么响亮。新时代新征程，我们要用实际行动续写新时代的雷锋故事，让雷锋精神像不老的春色一样永驻人间。

"人民公仆"焦裕禄

焦裕禄像一颗璀璨的流星划过夜空，照亮了中国共产党人的精神世界。他用短暂的生命，向人民捧出了一颗炽热的初心，诠释了党员干部全心全意为人民服务的宗旨。

2024年初夏时节，我再次来到河南省兰考县。虽然时间跨过近60载，但这座豫东小城和焦裕禄的名字依然紧紧联系在一起。精神的力量镌刻在天地之间，焦裕禄也仿佛从未远离。

走进焦裕禄同志纪念馆，解说员带领我们重读了1966年2月7日《人民日报》刊登的新华社记者穆青等人的长篇通讯《县委书记的榜样——焦裕禄》："1962年冬天，正是豫东兰考县遭受内涝、风沙、盐碱'三害'最严重的时刻。这一年，春天风沙打毁了20万亩麦子，秋天淹坏了30多万亩庄稼，盐碱地上有10万亩禾苗碱死，全县的粮食产量下降到了历史的最低水平。就是在这样的关口，党派焦裕禄来到了兰考……"文章高度赞扬了焦裕禄全心全意为人民服务的精神。

后来，在回忆起这篇通讯时，穆青说道："我们是含泪写这篇文章的，我们把自己全部的思想情感都融入焦裕禄的事迹里边去了。为什么？因为他体现了我们的理想。"

我边听边看着那一幅幅图片，心中久久不能平静。焦裕禄1922年8月16日出生于山东省淄博市博山县北固山村一个贫苦的家庭，1946年加入中国共产党，1962年任河南省兰考县委书记。我曾先后两次来到位于博山的焦裕禄纪念馆，在他最初成长的地方寻找焦裕禄精神的"青春密码"。几年前，我与时任新华社山东分社副总编的邓卫华有过一次关于焦裕禄精神的交流。焦裕禄倾心种树育林的密码、善做群众工作的密码、求实奋斗不止的密码，都彰显了他作为优秀县委书记榜样的初心。

青年学生参观焦裕禄纪念馆

焦裕禄心中装着全体人民，唯独没有他自己。焦裕禄纪念馆里陈列的一辆破旧的自行车、一双破胶鞋、下乡时用过的雨伞，见证了焦裕禄在兰考的470多天里，靠骑车走路踏遍全县120多个生产大队，在风里、雨里、雪里、沙窝里、激流里，查风口、探流沙、访农家、问疾苦的足迹。

有一天，焦裕禄冒着风雪，一连走访了9个村子。当他来到梁孙庄五保户梁俊才家里时，见老大爷卧床不起，就坐到床头问寒问暖。这时，双目失明的老大娘摸索着走进来，拉住焦裕禄的手问："你是谁啊，你来干什么？"焦裕禄拉着大娘的手说："娘啊，我是您的儿子，毛主席派我来看望您老人家。"一声"娘"，把焦裕禄和群众的距离拉得更近。

在位于兰考县城东北部的焦裕禄干部学院门口，一棵经历了61年风雨沧桑的泡桐树粗壮挺拔，华盖如云。这是1963年春天焦裕禄亲手栽种的，当地群众为了缅怀他，亲切地将这棵泡桐称为"焦桐"。

1990年，时任中共福州市委书记的习近平作了《念奴娇·追思焦裕禄》

解说员为游客讲述"焦桐"的故事

一词:"百姓谁不爱好官?把泪焦桐成雨。""为官一任,造福一方,遂了平生意。"写出了焦裕禄和人民群众之间的深厚感情,也道出了无数人心中优秀中国共产党人的良好形象与精神风貌。一切为了人民,这就是焦裕禄的公仆情怀。

"感谢党把我派到最困难的地方,越是困难的地方,越能锻炼人。请组织上放心,不改变兰考的面貌,我绝不离开这里。"面对兰考当时风沙、盐碱、内涝灾害严重的情况,焦裕禄没有灰心丧气,他对县委的同志说:"兰考是灾区,穷,困难多。但灾区也有好处,它能磨炼人的革命意志,培养人的革命品格。革命者是要在困难面前逞英雄。"他是这样说的,也是这样做的。

"没有调查就没有发言权。"在兰考期间,焦裕禄除了开会,大部分时间都在乡下。他先后抽调了120名干部、群众和技术员,组成"三害"调查队,在全县开展大规模调查工作。调查队跋涉5000多里,拿到了兰考"三害"的一手资料,并创造性地制定出一套治理"三害"的方法,把全县抗灾斗争的战斗部署放在一个更科学的基础之上。焦裕禄凡事探求就里,他总是说"吃别人嚼过的馍没味道"。他尊重客观规律的科学态度和求实精神,至今仍值得我们学习。

焦裕禄在带领兰考人民同"三害"进行斗争的过程中,肝病越来越严重,有时实在疼痛难忍,他就用一个硬东西一头顶着椅子,一头顶住疼痛的肝部。天长日久，他坐的藤椅被顶出了一个大窟窿。病痛稍有缓解，他便亲自动手，用藤条把藤椅上的窟窿补好。但用不了多久，藤椅又被顶破。县政府曾考虑给他换一把藤椅，但他却说："我在破藤椅上一样可以革命。"

1964年5月14日，正当党领导兰考人民同"三害"斗争取得胜利的时候，焦裕禄被肝癌夺去了生命，年仅42岁。他临终前对组织提出的唯一要求，就是死后"把我运回兰考，埋在沙堆上。活着我没有治好沙丘，死了也要看着你们把沙丘治好"。焦裕禄逝世后，人们在他病床的枕头下发现了两本书，一本是《毛泽东选集》，一本是《论共产党员的修养》。兰考人民多奇志，敢教日月换新天。焦裕禄彻底改变兰考面貌的遗愿，在兰考人民的接续奋斗中逐步变成现实。1966年，他被河南省人民政府追认为革命烈士。

焦裕禄一生艰苦朴素、廉洁奉公。2021年8月6日，根据焦裕禄女儿焦守云的口述回忆改编创作的电影《我的父亲焦裕禄》在全国上映。影片中，焦裕禄没有因自己是县委书记就为大女儿的工作安排"走后门"，反而亲自示范如何在街头吆喝卖咸菜，以此教育子女自力更生。其中展现出的"任何时候都不搞特殊化"的党的好干部形象，深深触动着荧幕前的观众。

据焦守云回忆，有一次父亲回家吃饭，母亲端出一碗米饭，他便问母亲米是从哪里来的。母亲说是县委考虑他身体不好，就照顾了几斤。父亲严肃地说："这可使不得，这些大米你赶快给研究泡桐的南方大学生送去，他们吃面食吐酸水。"焦裕禄家庭生活比较困难，可他坚决拒绝救济，他用过的一条被子上有42个补丁，褥子上有36个补丁……焦裕禄以勤政为民、廉洁奉公的实际行动，展现了共产党人的高尚情操，在兰考人民心中树立了崇高的威望。

行走在兰考大地上，昔日黄河边上百万亩的"三害"土地已经变成了

作者到河南省兰考县参观"东坝头故事"现场

丰收的良田。如今,兰考县已成为全国小麦、棉花、油料生产百强县,两岸的湿地每年都会有大雁、白鹭等200多种野生动物栖息繁衍。中午时分,我来到位于"九曲黄河最后一道弯"的兰考县东坝头乡张庄村。随行的友人告诉我,这里曾是兰考县沙害最严重的地方,当年焦裕禄在这里查风口、治理风沙,总结出根治风沙的3条经验,并召开现场会向全县推广。在一代代人的努力下,张庄村也发生了翻天覆地的变化。

2014年3月17日下午,习近平总书记来到张庄村考察,叮嘱当地干部要切实关心农村每个家庭特别是贫困家庭,通过因地制宜发展产业促进农民增收致富。备受鼓舞的张庄人苦干实干,于2017年顺利脱贫,走上康庄大道。2018年,全村人均纯收入从2014年的4900元增长到11600元,村集体收入从零增长到40余万元。如今,张庄村已成为远近闻名的"网红村"。兰考这个60年前河南贫困的县域之一,如今已驶上经济发展的快车道。

习近平总书记强调,焦裕禄同志是人民的好公仆,是县委书记的榜样,也是全党的榜样。亲民爱民、艰苦奋斗、科学求实、迎难而上、无私奉献的焦裕禄精神，过去是、现在是、将来仍然是我们党的宝贵精神财富，永远不会过时。

再别兰考，我又一次来到黄河滩头。望着那奔腾不息的黄河，我不禁思绪万千。焦裕禄是我们民族史诗中一个滚烫的形象，他的精神不仅属于过去，也永远属于现在、属于未来。

走进大庆忆铁人

只要你走进大庆,就会不由自主地思考:假如没有石油,我们的生活会是什么样的?假如没有石油,我们的国家又会是什么样的?

盛夏时节,我驱车从哈尔滨来到位于黑龙江省西部、松辽盆地北部的大庆,去触摸这座英雄的石油城市创造的辉煌历史和新时代焕发出的勃勃生机,感悟铁人精神的时代内涵。

大庆油田作为我国陆上最大的油田,已累计为国家贡献原油超过25亿吨,目前油气当量仍保持在4000万吨以上,为保障国家能源安全、支撑国民经济发展作出了巨大贡献。行驶在通往市区的马路上,宣传大庆精神(铁人精神)的文化氛围随处可见,三三两两的抽油机前后摇摆,以恒定的节奏孜孜不倦地运转着。市区有很多街道、社区、学校、广场以"铁人""会战""创业""星火"等命名,这也赋予了这座工业城市独特的风格和深厚的底蕴。

第二天上午,迎着清晨的第一缕阳光,我随游人来到铁人王

铁人王进喜纪念馆

进喜纪念馆。广场上挺立的王进喜雕像身穿皮袄、手握刹把、目光刚毅，令人肃然起敬。一家油田企业的20多名员工，正身着红色油田制服在雕像前举行主题党日活动，表达石油人对这位中国"铁汉"前辈深深的敬仰与怀念。

纪念馆记载了王进喜短暂而又辉煌的一生。解说员介绍，1923年，王进喜出生在甘肃省玉门县的一个穷苦家庭。小时候的他为了挣钱给父亲治病，给地主当过放牛娃，到玉门油矿当过童工。新中国成立后，他通过考试，成为新中国第一代石油钻井工人，把自己的一生奉献给祖国的石油事业。

回顾王进喜的一生，他有三个大的梦想：第一个是1958年在玉门油田，他带领钻井队，提出了"月上千，年上万，玉门关上立标杆"的奋斗目标；第二个是在大庆石油会战期间，他提出了"拼命拿下大油田，把石油落后的帽子甩到太平洋里去"的奋斗目标；第三个是他1965年7月在一次报告中明确提出了"要让我们国家省省有油田，管线连成网，全国每人每年平均半吨油"的奋斗目标。为了实现这些梦想，王进喜在短暂的一生中为我们留下了许多感人至深的经典故事。

在纪念馆里，我和许多游人一样，被橱窗里陈列的一辆公交车模型所吸引。解说员动情地讲道，1959年9月，王进喜从甘肃玉门油田来到北京参加全国工交群英会。那是他第一次来到北京，看到北京街头的公交汽车都背着硕大的煤气包，他不解地问："车顶上鼓鼓囊囊的黑口袋是什么？""这是煤气包，咱们国家太缺石油了，只能靠烧煤气让汽车动起来。"听了伙伴的话，王进喜的心中很不是滋味。

1955年，松辽石油勘探局开始在黑龙江省安达县大同镇一带进行石油资源钻探。1959年9月25日，勘探队在松辽盆地陆相沉积中找到了工业性油流。次日，大同北面高台子附近的"松基三井"喷出了工业油流。此时正值新中国成立10周年大庆前夕,遂以"大庆"命名油田。对于一穷二白的新中国来说,大庆油田的发现极大提振了民族精神和信心,党中央迅速批准在东北松辽平原打一场"石油大会战",一举扭转当时我国石油工业落后的状况。

"松基三井"喷出的油流让王进喜和同伴们看到了希望,也更加坚定了他们"为祖国献石油"的信心。"没有石油,国家有压力,我们要自觉替国家承担这个压力,这是我们石油工人的责任啊!"1960年3月,王进喜和战友们怀着为国争光、为民族争气的强烈使命和担当,来到了大庆。

在开发大庆油田的日子里,以王进喜为代表的中国石油工人和科研工作者头顶蓝天、脚踏荒原,克服重重困难,为新中国的发展输送"血液"。工友们见王进喜日复一日不知疲倦地打井作业,眼眶一天天地深陷下去,都关切地要他注意身体。但他却说:"宁肯少活二十年,拼命也要拿下大油田!"

一次,房东赵大娘看到王进喜总是不分昼夜地在井上干活,不由自主地说:"你们的王队长可真是个铁人啊!""铁人"这个名字就这样一传十,十传百地在大庆油田里传开了。时任石油工业部部长的余秋里听说后,连声称赞赵大娘叫得好。在余秋里的推动下,大庆迅速掀起了"学铁人、做铁人,为会战立功"

中国共产党历史展览馆展陈大庆精神

的热潮。

1960年6月，大庆运出第一批原油。到1963年年底，大庆油田累计生产原油1155万吨，我国石油因此实现基本自给，一举甩掉了"贫油"的帽子。到2019年，大庆油田累计生产原油23.9亿吨，为我国现代石油工业体系的建设作出了重大贡献。

"有条件要上，没有条件创造条件也要上！"这是王进喜说过的影响最深的一句话。纪念馆的图片记载，在大庆会战初期，王进喜和工人们遇到的第一个大难题，就是大大小小重达60多吨的几十台设备如何卸车、搬运和安装的问题。王进喜和工人们坚决不给自己留退路，就是豁出命来也要上。他们用绳子拉、用撬杠撬、用木块垫，一寸一尺地往前推，硬是把60多吨重的钻机搬到了井场，把柴油机、变速箱、滚动装置这些"大家伙"一件件拉上钻台。他们奋战了三天三夜，终于把井架立在了工地上。

在参观过程中，我被一幅幅照片、一件件实物震撼。大庆石油人在波澜壮阔的石油大会战中锻造成的"六个传家宝"——人拉肩扛精神、干打垒精神、修旧利废精神、缝补厂精神、回收队精神、五把铁锹闹革命精神，铸就了自力更生、艰苦奋斗的鲜明精神标识。

"我要对油田负责一辈子。"王进喜不仅是实干家，更是科学求实的典范。他经常对工人们说："干工作光有一股子干劲，猛打猛冲是不行的，打井一定要注意质量。要对油田负责一辈子，就要对质量负责一辈子。"有一次，他带领1205钻井队把一口井的斜度打大了，在填不填死的问题上大家意见不一，有的人担心填了会给团队"抹黑"。王进喜却不这样认为，他说："要让后人知道，我们填掉的不单是一口废井，而是填掉了低水平、老毛病和坏作风。"在铁人精神的引领下，石油大会战时期形成了"三老四严"的优良传统：对待革命事业，要当老实人，说老实话，办老实事；

对待工作，要有严格的要求，严密的组织，严肃的态度，严明的纪律。这在当时全国各行各业产生了极大的影响。

纪念馆中陈列的一本名为"东方红"的笔记本，记录了王进喜1968年9月至1969年期间的工作学习情况。红色的小本子里记满了群众的"柴米油盐"，字里行间都是他对工人的关心和牵挂。但王进喜对自己和家人要求却很严格，他给家里定了个规矩：公家的东西一分也不能沾。王进喜经常说："我从小放过牛，知道牛的脾气，牛出力最大，享受最少，我要老老实实地为党和人民当一辈子的老黄牛。"1970年11月15日，被称为铁人的王进喜因胃癌不幸病逝，年仅47岁。

大庆的今天是昨天的延续。纪念馆展示了一组1205钻井队的展板：钻井平台旁，在"铁人队伍永向前"的标语下，新时代石油工人为祖国"加油"的脚步从未停歇。1205钻井队2020年累计钻井进尺突破10万米，总累计进尺达314.5万米，这支铁人王进喜带过的队伍，几乎相当于钻透了335座珠穆朗玛峰。

"把井打到国外去！"王进喜的夙愿已经由大庆新铁人李启民实现。如今，大庆油田的海外业务项目涉及54个国家和地区，大庆精神（铁人精神）也走出国门，在异域的土地上生根发芽……

习近平总书记强调："石油能源建设对我们国家意义重大，中国作为制造业大国，要发展实体经济，能源的饭碗必须端在自己手里。"2023年底，国家有关部门发布了一组数据：大庆油田连续21年油气产量当量4000万吨以上。这是个了不起的成就，更是石油战线服务国家战略全局的担当。

离开铁人王进喜纪念馆，我默默凝视着门口象征着王进喜47年短暂人生的47级台阶，久久不愿离去。铁人已逝，但以他为代表的4万余名"老会战"创造的大庆精神（铁人精神），早已熔铸在石油人的血脉深处。

幸福都是奋斗出来的。当年大庆人在石油会战时期就提出，一个人要有志气，一个队伍要有士气，一个国家要有民气。新时代新征程，我们学习大庆精神（铁人精神）就是要从"三股气"中汲取前行的力量，始终把国家利益举在头顶，把困难踩在脚下，奋力书写"我为祖国献石油"的新时代答卷。

黑土地上铸丰碑

北大荒是黑龙江省北部三江平原、黑龙江沿河平原及嫩江流域广大荒芜地区的统称，地处高寒地区，是世界著名的三大黑土地带之一，因"荒芜"得其名。正是在这片神奇的黑土地上，人们谱写了壮丽辉煌的拓荒诗篇。

从1947年创建第一批农场开始，70多年来，无数中华优秀儿女积极响应国家号召，满怀必胜信念奔赴北大荒，用青春、鲜血和生命锤炼出了"艰苦奋斗、勇于开拓、顾全大局、无私奉献"的北大荒精神。

2022年盛夏时节，我驱车来到白山黑水，走进位于哈尔滨市红旗大街的北大荒博物馆，寻访一代代垦荒人感天动地的英雄壮举，感悟北大荒精神的时代内涵。

艰苦奋斗是北大荒人的立身之本。在北大荒博物馆，解说员动情地讲解道，中华人民共和国刚刚成立时，恢复农业生产、保障粮食供应任务迫在眉睫。为解决全国人民的吃饭问题，14万转业复员官兵、10万大专院校毕业生、20万内地支边青年、54万城市知识青年陆续来到北大荒，扛起犁耙，战天斗地，用鲜血和汗水唤醒荒原。

1947年6月，两名年轻的共产党员李在人和刘岑带着党中央和毛主席关于"在东北建立巩固革命根据地，为将来实现农业机械化做准备"的嘱托，来到当年的向珠河县第二区，奉命开荒建场。李在人将写着农场名字的松木板挂在一座草房前，刘岑开动"火犁"，轰轰隆隆……人迹罕至的千古荒原蹚出"东方第一犁",北大荒开发建设的序幕就此拉开。

"早起三点半,归来星满天;啃着冻馍馍,雪花汤就饭;吃苦为人民,乐在苦中间⋯⋯⋯"这首当年广为流传的歌谣,是北大荒人生产生活的真实写照。在一幅题为"第一道脚印"的版画前,我看到在乌云低垂、寒风呼啸的环境下,几名战士扛着设备,拄着木棍,艰难行进在茫茫雪原上的情景,他们的身后留下一行脚印,这画面令人动容。

博物馆记载了许多震撼人心的故事。1948 年,18 岁的梁军参加拖拉机手培训班,是班上唯一的女学员。为了学好驾驶技术,她不怕苦累、潜心钻研,有时搬运几十斤重的拖拉机零件。她常说:"别看我是女子,再苦再累我都不怕,我向党保证,坚决完成学习任务。"梁军始终保持着艰苦奋斗的精神,投入北大荒的开发建设之中,成为新中国第一位女拖拉机手和第三套人民币壹元面值上女拖拉机手的原型,被誉为"时代楷模"。

1957 年初春,抢运生产物资的拖拉机陷进"大酱缸"似的泥潭里,包车组长任增学一次次潜入满是冰碴的泥底,扒开泥浆,将钢丝绳挂上机车挂钩,挽救了 6 台机车,保证了生产物资的运输,而自己却被冻成了"冰人"。

1969 年 8 月,初中毕业的陈越玖响应"上山下乡"号召,从浙江省宁波市来到八五三农场四分场一队,决心把自己的一切献给北大荒的农垦事

北大荒博物馆展陈雕塑

业。1974年，身患癌症的她在弥留之际，对家人说："转告党组织，一定把我的骨灰送回雁窝岛……因为我是北大荒人！"

开发北大荒，承载了几代人前赴后继的勇毅开拓。博物馆陈列的一份发黄的文件，记载着1958年1月24日，党中央、中央军委《关于动员十万转业官兵参加生产建设》的命令，要求全军转业官兵去开发北大荒，屯垦戍边。顿时，全军上下热烈响应，申请书纷至沓来。他们中大多数是党员，55000多人参加过解放战争和抗美援朝战争，老八路、老红军有2000多人。他们以"一颗红心交给党，英雄解甲永不放下枪"的坚定意志，创造了我国10万转业官兵在东北亘古荒原发起"向地球开战，向荒原要粮"的伟大壮举。

70多年的沧桑巨变，铸就了永不磨灭的历史丰碑。博物馆展示了从3台火犁、手拉肩扛拓荒开始，到形成"国家级现代化大农业示范区"的光辉历程。以王震将军为代表的军人、支边青年、复转官兵和科技人员等在这片神奇的土地上，开垦出3600多万亩良田，建成了中国规模最大、现代化程度最高、综合生产能力最强的国有农场群，将5万多平方公里的荒芜土地建成闻名遐迩的黑龙江垦区，累计为国家生产粮食超一万亿斤。

如今，这片神奇的黑土地一年的粮食产量能为一亿多中国人提供一整年的口粮，成为名副其实的"中华大粮仓"，让前来参观的游客惊叹不已。北大荒农垦集团有限公司的领导告诉我，新时期，面对党和国家赋予的新使命，北大荒在巩固提升粮食产能的前提下，擘画了更高的发展目标：建设大基地、大企业、大产业，打造现代农业领域航母。

北大荒由"大荒原"变成中国人的"大厨房"，离不开北大荒人顾全大局的政治觉悟。在博物馆，解说员给我们讲了一个真实感人的故事：八五三农场粮食保管员孔德喜忠于职守，日夜看管着堆积如山的粮食仓库，虽然家庭贫困、长期挨饿，但他从不私拿一粒粮食，终因长期营养不良，饿昏在粮库里。

北大荒人就是这样，宁肯自己勒紧腰带，忍饥挨饿，也要完成国家下达的任务。每当国家和人民急需粮食时，他们总是挺身而出、义无反顾。2003年"非典"期间，北京粮食供应紧张，黑龙江垦区连夜制米，第二天装满新米的列车就驶向北京；2008年汶川大地震后，黑龙江用3天时间紧急加工2000余吨大米，运往灾区……他们"想国家之所想、急国家之所急"，用实际行动为党和人民交出了圆满的答卷。

"第一眼看到了你，爱的热流就涌出心底……啊，北大荒，我的北大荒，我把一切都献给了你……"这首《北大荒人的歌》，唱出了拓荒者的心声。1955年，北京青年杨华率领全国第一支青年志愿垦荒队奔赴北大荒。他在日记中写道："不管边疆的路程有多么遥远，也拦不住我们远征的决心，不管边疆的风云多么寒冷，也吹不冷我们劳动的热情！""党的需要，就是我的志愿。"

"献了青春献终生，献了终生献子孙。"在北大荒博物馆，络绎不绝的参观者在一面长达25米的铜墙前驻足，墙的正对面是一幅浮雕，浮雕上镌刻着雪原、沼泽、冻土，镌刻着前进的人、匍匐的人、倒卧的人，镌刻着机械、城镇、粮仓，镌刻着12000多名长眠在这片黑土地上的英雄的名字。但这仅是其中的一部分，自北大荒开发建设以来，共有5万多人长眠于此。浮雕和墙之间虽然只有短短10米的距离，但它浓缩着拓荒者辉煌壮烈的人生旅程，他们的历史贡献和精神如宇宙般永恒。

北大荒精神是拓荒者在北大荒开发建设中所展现的精神风貌，是党和国家的宝贵财富。正是他们的付出，我们才有今天的幸福生活。我们要从北大荒精神中汲取开拓奋进的精神，不畏艰难，真抓实干，不断提高新质

生产力，走高水平、高技术自力更生之路，"端好自己的碗"，维护好国家安全的底牌。

北大荒开发建设70多年来，一代代志士在这里接续奋斗，曾因荒芜而得名的"北大荒"，已成为我国重要的商品粮基地、粮食战略后备基地。北大荒累计生产粮食9570.6亿斤，向国家交售商品粮8116.6亿斤，粮食综合生产能力连续11年稳定在400亿斤以上，以约占全国四分之一的商品粮调出量，成为中国粮食安全的"压舱石"。

今日北大荒发展成就展示

在哈尔滨期间，我还专门看望了战友的老父亲——92岁的北大荒建设者王建国老人。老人家的客厅里挂着一幅艾青诗句的书法作品："为什么我的眼里常含泪水？因为我对这片土地爱得深沉。"这无疑是对北大荒人最好的诠释。他们的青春和热血深深镌刻在祖国的时光年轮上，为中国农垦事业立起一座不朽的丰碑。

问渠那得清如许

在豫晋冀三省交界处的太行山麓,有一条缠绕在悬崖峭壁之上、穿行于崇山峻岭之间的神奇飘带,它就是20世纪60年代河南省林县(今林州市)人民在极其艰难的条件下,在太行山腰修建的被誉为"天上运河"的引漳入林工程——红旗渠。

从20世纪90年代初至今,我曾有幸三次走进红旗渠,寻访"天上运河"的雄伟历史,聆听感天动地的传奇故事,感悟震山撼岳的奋斗精神,解读红色基因的时代密码。

1990年,我正就读于南京政治学院。新闻专业的学习熏陶,激发了我探寻发现的激情。那年暑假,我辗转千余公里来到神秘的太行山区,踏上第一次奔赴红旗渠的追梦之旅。在当年信息闭塞、交通不便的情况下,我以一个新闻专业学生的身份寻访红旗渠,用一颗年轻的心去触摸历史、对话时空,记录了一个鲜为人知的红旗渠以及林县人民战天斗地的故事。两个多月后,我采写的报告文学《寻访红旗渠》在《周末报》头版以整版的篇幅发表,并被全国多家报刊转载。如今,这份报纸已被红旗渠纪念馆收藏。

在林县采访期间,我曾先后与红旗渠管委会领导、参加建渠的功臣模范和一些上了岁数的群众促膝交谈。一谈起红旗渠,他们都非常激动,似乎有讲不完的故事、说不完的话。时隔30多年,那场景依然历历在目。

受气候、地形及地质条件的影响,林县土薄石厚、水源稀缺,曾"十年九旱"。据《红旗渠志》记载,红旗渠修建之前,林县的 550 个行政村中,有 307 个村人畜饮水困难,有 100 多个村的群众要跑 5 公里以上取水。水在林县像油一样珍贵。

纪念馆解说员给我讲述了一个让人揪心的故事。太行山下有个任庄,住着二三十户人家。为在村前打出一眼水井,祖辈不知付出了多少生命,但始终没有找到水源。为了活命,他们要翻山越岭,往返 10 公里去挑水吃。村里曾有一位新郎去挑水,返回时前脚踩空,连人带水桶一起摔进深谷。新媳妇当晚便悬梁自尽,家里的老汉也投了枯井。

人民群众对美好生活的向往,就是共产党人的奋斗目标。1958 年 11 月,毛泽东主席视察河南时专门接见了时任林县县委书记的杨贵,语重心长地说:"要知道水利是农业的命脉,要把农业搞上去,必须大兴水利。"次年,林县遭受严重旱灾,境内 4 条河流全部断流,旱井水窖干涸见底。在这样的背景下,林县人民作出了修建红旗渠这个惊世之举。

1960 年 2 月,3.7 万名林县干部群众奔赴修渠工地。太行山上的开山炮声,正式拉开了林县人民"十万大军战太行"的序幕。1960 年 3 月 6 日到 7 日,林县引漳入林委员会召开全体会议,正式命名该渠为"红旗渠",即高举红旗前进。

历史的车轮渐渐远去,苦难岁月留下的一道道伤口已结成血痂,永久地印在时光深处。面对红旗渠建设中的种种艰难,林县人民发扬愚公移

红旗渠青年洞

山精神，逢山凿洞，遇沟架桥。历时10年，先后有30万修渠大军鏖战太行，用简陋的工具绝壁穿石，削平1250座山头、架设151座渡槽、开凿211个隧道。1965年4月5日，红旗渠总干渠竣工通水；1966年，三条干渠竣工通水；1969年，红旗渠全线竣工。从此，林县人民结束了吃水难的苦难历史，也谱写了世界水利史上的一大奇迹。

红旗渠是一条流淌着中国共产党人初心的精神长河，它的建设映照着中国共产党人一切为了人民的初心和使命。2010年秋天，时隔20年，我第二次来到红旗渠参观学习。那时，我在某军区机关任处长，受命带调研组对基层部队官兵生活困难问题进行专项调研。

我们把调研的第一站定在驻河南省安阳市某师，并在工作正式展开前专程前往红旗渠，接受思想教育和灵魂洗礼。在红旗渠，我们听工作人员讲解了红旗渠总设计师吴祖太的故事。吴祖太的母亲病故时，他在工地上。他身怀六甲的妻子料理完老人的后事，因救人牺牲。没过多久，王家庄隧道工程发生塌方，这位当年少见的水利学校毕业生献出了自己年仅27岁的生命。这个故事让我们很受触动。返回时，我们在车上开了一个临时党小组会。大家表示，一定要在红旗渠精神中寻找源头活水，寻找精神动力，在"补钙""充电"中打牢服务基层的思想。后来，这次调研形成的有关意见建议进入军区党委的决策，并很快传达至全区官兵。

如今想来，这次实地参观学习，实质上是一次学习感悟红旗渠精神的强根固魂之旅。我们今天学习弘扬红旗渠精神，必须从源头上探寻其深刻内涵，才能真正感悟其时代价值。

红旗渠的修建是一个悲壮的历程，那一串串永不褪色的英雄的名字，标定了太行深处不朽的精神坐标。修建红旗渠是征服自然、改造自然的壮举，更是数十万林县人民团结奋斗创造的奇迹。中华民族的伟大复兴，需要这种坚强的意志、拼搏的精神和团结的作风。

2019年9月，习近平总书记在河南考察时强调，焦裕禄精神、红旗渠精神、大别山精神等都是我们党的宝贵精神财富。我们驻豫部队师职以上领导干部有幸受到了总书记的亲切接见，这让我备受鼓舞和激励。2020年秋天，我第三次走进红旗渠，开启了我的回望初心之旅。

"问渠那得清如许？为有源头活水来。"在新修建的红旗渠纪念馆门前，既有络绎不绝、慕名而来的各地旅客，也有来此接受红色教育的党员干部。据纪念馆工作人员介绍，党的十八大以来，许多国外研究机构的人士，专程来此探寻"中国共产党为什么能""中国特色社会主义为什么好"的秘诀。我驻足在一个大学的师生团队后面，听到主持人动情地说："红旗渠是一条精神之渠，无论遇到什么艰难险阻都要想一想，当年红旗渠都修成了，还有什么沟坎是过不去的。"

河南省林州市文旅局领导向作者颁发作品《寻访红旗渠》收藏证书

巍巍太行，群山苍翠，绿浪滚滚。行走在不足两米宽的渠墙上，抬头是峭壁，俯首是悬崖，仿佛与昔日开山修渠的英雄们擦肩而过，令人沉思。从战太行、出太行到富太行、美太行，一代代林州人生动诠释了红旗渠精神。如今的红旗渠，已成了幸福渠。

党的二十大闭幕不到一周，习近平总书记就来到红旗渠考察。他赞叹："红旗渠就是纪念碑，记载了林县人不认命、不服输、敢于战天斗地的英雄气概。""红旗渠精神同延安精神是一脉相承的，是中华民族不可磨灭的历史记忆，永远震撼人心。"

渠水长流，追梦不止。回望奔流不息的渠水，我用心回味"自力更生、艰苦创业、团结协作、无私奉献"的红旗渠精神，更增添了在新时代奋进追梦路上的前行力量。

一腔热血洒高原

20世纪90年代，有这样一位共产党员，他崇高、忠诚、无私，使亿万人的心灵为之震撼。他就是两次进藏工作，把自己的一腔热血洒在西藏的阿里地区原地委书记孔繁森。

习近平总书记指出，长期以来，一代又一代党的干部扎根西藏、建设边疆、奉献高原，孕育出了老西藏精神。他在浙江工作期间就曾指出，孔繁森精神，首先体现的就是老西藏精神。

2023年初冬时节，我驱车从山东济南来到聊城孔繁森同志纪念馆参观学习。行驶在济聊高速上，我反复思考这样一个问题：时代的列车滚滚向前，人们的价值观发生了巨大的变化，孔繁森的魅力为何依然经久不衰，孔繁森精神为何如此顺应党心民心？我的心中仿佛有一团炙热的火焰，催促着我去追忆这位平凡而又伟大的共产党员、西藏人民的儿子。虽然他离开我们已有30多年，但人们还像当年一样歌颂他、怀念他。

从济南出发约1个小时，我便到达了位于聊城市东昌湖风景区的孔繁森同志纪念馆。据当地的友人介绍，孔繁森同志纪念馆是1995年经中共中央宣传部批准修建的，如今已成为山东省爱国主义教育基地、新时代党员干部培训学院，每天来自全国各地的参观者络绎不绝。

以"特别能吃苦、特别能战斗、特别能忍耐、特别能团结、特别能奉献"为核心的老西藏精神诞生于20世纪五六十年代西藏和平解放初期，是先辈们在行军打仗、建设西藏过程中用生命和热血孕育的精神。70多年来，在老西藏精神的激励下，西藏的建设夺取了一个又一个胜利，发生了翻天覆地的变化。作为建设西藏的杰出代表，孔繁森用心血和生命汇成了老西藏精神。

纪念馆通过丰富的实物、照片，介绍了孔繁森从一个普通农民的儿子成长为一名优秀领导干部的历程。据纪念馆记载，孔繁森出生于山东省聊城市堂邑镇五里墩村，1961年7月入伍，曾在原济南军区总医院工作。1964年，孔繁森被评为"济南军区学习毛主席著作积极分子"，并赴京参加国庆观礼。1966年9月，他光荣加入中国共产党。

孔繁森同志纪念馆大厅

孔繁森是原济南军区的老兵，他的军旅人生在纪念馆中有多方面的记载。孔繁森当兵时就是个好兵，复员回到聊城工作后，又同样是个好干部。他先后任聊城技工学校革委会副主任、共青团聊城地委常委、中共聊城地委宣传部副部长等。每一个工作岗位，都闪烁着他践行初心使命的光芒。

1979年，国家要抽调一批干部到西藏工作，孔繁森主动报名，并写下了"是七尺男儿生能舍己，作千秋鬼雄死不还乡"的誓言。孔繁森本来是作为日喀则地委宣传部副部长被选调的，报到后，自治区党委见他年轻体壮、意气风发，决定改派他到海拔4700多米的岗巴县担任县委副书记。在征求孔繁森意见的时候，他痛快地回答："我年纪轻，没问题，大不了多喘几口粗气。"在岗巴3年，他几乎跑遍了全县的乡村牧区，解决了许多岗巴人民"急难愁盼"的事。

1988年，工作几经调动的孔繁森已担任聊城地区行署副专员。这一年，山东省在选派进藏干部时，认为孔繁森政治上成熟，又有在西藏工作的经验，便准备让他带队二次进藏。面对家里九旬老母生活不能自理、3个孩子尚未成年、妻子动过几次大手术体弱多病等实际困难，孔繁森虽心有不舍，但仍毅然决然服从了组织的安排。工作期满后，他又毫不犹豫地选择继续留藏工作。

1994年11月29日，孔繁森在赴新疆塔城考察边境贸易返回阿里途中，不幸发生车祸，以身殉职，时年50岁。"青山处处埋忠骨，一腔热血洒高原。"孔繁森用生命书写了共产党人立党为公、执政为民的新篇章，为新时期党员领导干部树立了光辉榜样。

"远征西涯整十年，苦乐桑梓在高原。只为万家能团圆，九天云外有青山。"置身展览，我仿佛走进了孔繁森崇高的精神境界：他汗洒雪域，为西藏的建设和繁荣恪尽职守，倾注了满腔热忱，"我孔繁森今日进藏，既没带来财产，也没带来金钱，却有一颗赤诚的心，一团炽热的情"，朴实无华的言语，展现了一名模范共产党员炽热的情怀；他情系高原，把"一个共产党员爱的最高境界是爱人民"当座右铭，时刻挂念着藏族同胞的冷暖疾苦；他廉洁清正，无论在什么岗位上，都保持着共产党员艰苦朴素的作风，以清贫为乐；他还收养了2个藏族孤儿，让他们过上了幸福的生活。

解说员含泪向我们讲述，孔繁森心中始终装满了藏族困难群众的冷暖疾苦。他为困难群众捐款时少则百十元，多则上千元，而妻子来藏探亲的路费、女儿上学的学杂费，他却掏不起。人们在料理孔繁森的后事时，看到两件遗物：一是他仅有的8块6毛钱，二是他去世前4天写的关于发展阿里经济的 12 条建议。这就是一个地委书记留下的遗产，这就是一个共产党员的高尚情怀！

孔繁森葬礼上的一副挽联形象地概括了他的一生，也道出了藏族人民对他的深情怀念："一尘不染，两袖清风，视名利安危淡似狮泉河水；二离桑梓，独恋雪域，置民族团结重如冈底斯山。"我随着人流在一个接一个展区间穿梭，发现无论是跟随单位而来的党员干部，还是自发前来参观的游客，都是含着热泪看完展览的。人们对他深切的怀念，印证了那句不朽的诗句："给人民作牛马的，人民永远记住他。"

作者参观孔繁森事迹展

2018 年 12 月 18 日，党中央、国务院授予孔繁森同志改革先锋称号，颁授改革先锋奖章。党和国家最高领导人题词"向孔繁森同志学习"，称他为"党员领导干部的楷模"。

今天，孔繁森的为民情怀和感人故事仍被广为传颂，并深深激励着一代代人。2023 年深秋，我在南湖革命纪念馆的孔繁森同志事迹陈列室的数字平台上读了这样一个故事：西藏自治区那曲市双湖县是全国海拔最高的县，含氧量仅为平原地区的 40%。援藏干部梁楠郁一届期满，尽管血压、血脂、尿酸都高了，但思量再三，他还是决定留下来继续援藏。他说："学习老西藏精神，学习孔繁森，首先要做的就是到党和人民需要的地方去。"5

年多来，他把岗位当阵地坚守，把工作当事业追求，把西藏当故乡守护。像梁楠郁这样的援藏干部还有很多，他们发扬老西藏精神、孔繁森精神，用青春和汗水书写奉献之歌，为西藏的繁荣发展富强矢志奋斗，有的甚至献出宝贵的生命。他们不断为老西藏精神、孔繁森精神注入新的时代内涵。

孔繁森曾在原济南军区总医院（今中国人民解放军联勤保障部队第九六〇医院）服役。多年来，九六〇医院把学习孔繁森精神与对口支持阿里地区医疗卫生事业结合起来，谱写了一曲壮美的时代赞歌。由九六〇医院专家组成的医疗小分队，在"世界屋脊"上满腔热情地为藏族同胞和驻军官兵服务，践行着新时代孔繁森精神。

告别孔繁森同志纪念馆，我的心久久不能平静。我的心中涌现出了这样一首怀念孔繁森的诗："也许岁月能改变山河，也许时间会冲淡记忆，但你那崇高、忠诚和无私的精神，将是人类永恒的追求。你用青春、热血和生命谱写的乐章，将震撼亿万搏动的心灵。你在人民心中，树起了一座永远不朽的丰碑。"

跨越世界屋脊的高原天路

川藏、青藏公路是10多万军民在极其艰苦的条件下，历时4年多时间，建成的总长4360公里的高原天路。它的建成结束了西藏没有现代公路的历史，在"人类生命禁区"的"世界屋脊"创造了公路建设史上的奇迹，是中华民族敢为人先、奋勇前行的历史见证。

2014年8月，在川藏、青藏公路建成通车60周年之际，习近平总书记作出重要批示：60年来，在建设和养护公路的过程中，形成和发扬了一不怕苦、二不怕死，顽强拼搏、甘当路石，军民一家、民族团结的"两路"精神。新形势下，我们要继续弘扬"两路"精神，养好两路，保障畅通，使川藏、青藏公路始终成为民族团结之路、西藏文明进步之路、西藏各族同胞共同富裕之路。

2023年6月，我驱车走过300多公里的川藏线实地感悟，后又来到位于四川交通职业技术学院内的川藏公路博物馆，探访神奇天路修建的历史故事，感悟"两路"精神的时代内涵。

川藏公路博物馆

博物馆前坐落着以"路魂"为主题的雕塑。我怀着无比崇敬的心情向雕塑敬献了花篮，随后走进博物馆参观。

为作者解说的两位大学生志愿者在交流"两路"精神

博物馆以传承和弘扬"两路"精神为主题，通过历史抉择、天路长歌、薪火相传3个单元展示了川藏公路的建设历程。四川交通职业技术学院的友人专门为我安排了两位大学生志愿者解说员，一个负责讲解"两路"精神及背后的故事，一个具体操作相关电子设备。她们虽然很年轻，但颇有解说员的气质，看得出做了精心的准备。

新中国成立后，西藏上层分裂势力在美国和印度的支持下蠢蠢欲动，西南局势一时错综复杂。人们用"乱石纵横，人马路绝，艰险万状，不可名态"来形容当时的交通困境，这也给党和国家解决西藏问题带来了诸多现实困难。

我仔细观看了一幅记录当时历史画面的照片：1950年1月，毛泽东主席指出："应当争取于今年5月中旬开始向西藏进军，修好汽车路或大车路。"3个月后，康藏公路（1955年改名为川藏公路）工程破土动工。之后，毛泽东向进藏部队正式发出了"一面进军，一面修路"的训令，正式拉开了进军修路的大幕。

这是两条用鲜血和生命铺筑的英雄路。川藏公路沿线地区堪称地质灾害的"博物馆",这里不仅有高山峡谷、激流险滩,而且地震滑坡频发。筑路大军以"让高山低头,叫河水让路"的英雄气概,跨越平均海拔超过4000米的青藏高原,用鲜血和生命铺筑了全长4360公里的公路。博物馆记载:公路沿线长眠着为修路献出生命的3000多位烈士,在通车后的70年里,又有300多名汽车兵长眠于这片雪山冻土之中;在二郎山的绝壁上,战士们把自己吊在半山腰,一人扶着錾子,一人挥舞铁锤,以每公里牺牲7人的巨大代价,硬生生在峭壁上凿出一条路。

筑路英雄张福林是一名曾用一挺机枪打退敌人18次进攻的"钢铁战士",是"但凡党需要步兵变工兵"的"模范党员",也是苦心钻研全线推广放大炮法的"技术尖兵"。1951年,他和战友在海拔5050米的雀儿山垭口修路。为打通雀儿山,张福林潜心钻研爆破技能,创造了当时全国爆破的最高纪录,使整个工程进度提高了3倍多。就在雀儿山隧道即将打通的一次爆破中,年仅25岁的张福林不幸被巨石砸中,倒在血泊中。他对前来抢救的医生说:"我伤得很重,恐怕不行了,别给我打针了,为国家省一针吧!"

"二呀二郎山,高呀高万丈,枯树荒草遍山野,巨石满山冈,羊肠小道难行走……"在四川期间,我驱车走过被称为"川藏第一隧"的二郎山隧道,亲身体验了这个海拔虽然只有3400多米,但位于气候独特的"阴阳山"的隧道。二郎山的阳面是高寒干燥气候,天气常常晴好;而阴面阴冷潮湿,夏天时常有雪和冰雹。而隧道施工期正是夏天,可见其施工环境的艰苦和恶劣。

那天,我应邀来到武警四川省总队某中队,与新兵们就如何发扬"两路"精神,走好新时代长征路做了交流。在百年未有之大变局的背景下,这种坚定忠诚的理想信念依然是中国共产党带领人民逢山开路、遇水架桥,克服一切困难，如期实现建军百年奋斗目标和中华民族伟大复兴的中国梦的强大精神支柱。

这是两条用坚韧和壮志铸造的奉献路。1950年3月，南征北战的第十八军经过了长期的战争生活，在即将安家川南之际，突然接到进军西藏的命令。军令如山，面对这个艰巨的任务，第十八军召开了动员大会。军长张国华作动员讲话，誓言"坚决要把五星红旗插到喜马拉雅山上，让幸福的花朵开遍全西藏"。

驻足在博物馆突出位置展出的《"背女"誓师进藏》图片前，我的心久久不能平静。在动员大会上，军长张国华背着一个不到3岁的小女孩。他跟大家说："进军西藏我要去，我爱人要去，我女儿也要去。"这个小女孩是张国华的第一个孩子，她出生时正被敌人包围。最后，她出生在了老乡家的牲口棚里，因为过程困难，得名难难。难难在动员大会上，给战士们敬了一个礼，全场沸腾。但在大军进藏途中，3岁的难难不幸病故，成为第十八军进军西藏过程中牺牲的第一个烈士。

被称为"青藏公路之父"的慕生忠将军曾在铁锹把上刻下"慕生忠之墓"五个字。他说："如果我死在这条路上了，这就是我的墓碑。路修到哪里，就把我埋在哪里，我的头一定要朝着拉萨的方向。"

倒下的是英雄，铺就的是道

作者参观川藏公路博物馆

路，铸就的是丰碑。"同志们，干吧！把公路修到西藏去！"这句二二团二营六连的红色标语被展陈在博物馆里。一幅幅照片、一段段视频，生动记录了70年来，不同时代的公路建设者和养护者展现出的不懈奋斗、乐于奉献的崇高精神，以及敢为人先的坚韧意志和勇于担当的雄心壮志。

这是两条用情谊和感恩架起的同心路。20世纪60年代，一首《洗衣歌》唱出了藏汉同胞的深厚情谊："是谁帮咱们修公路？是谁帮咱们架桥梁？是亲人解放军，是救星共产党。军民本是一家人，帮咱亲人洗呀洗衣裳……"

在"两路"的修筑过程中，中央要求进藏部队"进军西藏，不吃地方"，要避免物价上涨引起波动，不能向群众大量采购粮食，要充分尊重少数民族同胞的历史、文化、宗教信仰，促进军民团结、民族团结。修路大军用实际行动践行了自己的初心使命。为了加强和藏族群众的交流，队员们还努力学习藏文。各族同心和众志成城的团结精神，展现了军民一家的鱼水情以及民族团结无坚不摧的强大力量。新时代新征程，我们欣喜地看到，"两路"精神让各民族在中华民族的大家庭中手足相亲、守望相助，像石榴籽一样紧紧地抱在一起。

"要致富，先修路。"川藏、青藏公路，被藏族人民称作"幸福的金桥""吉祥的彩虹"。如今的西藏，从以前的"世界屋脊""生命禁区"，变为天高路阔的"最美圣地"，众多"金桥""彩虹"如格桑花般扎根、绽放。"两路"像两条飘落人间的洁白哈达，把西藏和祖国大家庭紧紧连在一起。

塞罕坝的绿色发展之路

塞罕坝是蒙汉合璧语，意为"美丽的高岭"，位于河北省最北部的围场满族蒙古族自治县，处于内蒙古高原浑善达克沙地南缘。这里曾是一处水草丰美、森林茂密、禽兽繁集的天然名苑，在辽、金时期被称为"千里松林"，清朝康熙皇帝曾在此设立"木兰围场"。后因开围垦荒、大肆砍树，这里逐步退化成"黄沙遮天日，飞鸟无栖树"的荒漠沙地。

20世纪60年代以来，几代塞罕坝林场的建设者们在这片荒漠沙地上艰苦奋斗、无私奉献，创造了荒原变林海的人间奇迹。万顷林海，成为守卫京津的一道绿色屏障。他们以实际行动诠释了"绿水青山就是金山银山"的理念，培育了"牢记使命、艰苦创业、绿色发展"的塞罕坝精神。

习近平总书记2021年在塞罕坝林场考察时强调："抓生态文明建设，既要靠物质，也要靠精神。"塞罕坝精神是中国共产党人精神谱系的组成部分，全党全国人民要发扬这种精神，把绿色经济和生态文明发展好。

2022年盛夏时节，我驱车从山东济南来到了这片神奇的土地，用心聆听清新绿色原野背后激情燃烧的故事，解读罕坝荒漠变绿洲的精神密码。

牢记使命，是塞罕坝精神的灵魂。20世纪50年代中期，毛泽东同志发出了"绿化祖国"的伟大号召。1962年，为改变"风沙紧逼北京城"的严峻形势，国家决定在这片高寒高海拔地区建一座大型国有林场，恢复植被，阻断风沙。来自全国18个省区市的127名大中专毕业生响应党和国家号召，义无反顾地奔赴塞罕坝，与当地林场的242名干部职工一起，组成一支平均年龄不足24岁的创业队伍，开始了战天斗地的拓荒之路。

塞罕坝国家森林公园

在塞罕坝展览馆，一幅名为"六女上坝"的照片引人注目。1964年6月，陈彦娴和同宿舍的甄瑞林、王晚霞、史德荣、李如意、王桂珍几个好姐妹正在承德市读高中。为了响应党的号召，她们决定放弃高考，联名向林场写信请愿，誓言要将青春献给塞罕坝的壮丽事业。这六个年轻的女孩，书写了六女上坝的时代传奇。

她们上坝后被分配到千层板林场，从最基础的工作做起。由于当时坝上的条件十分艰苦，房屋不够住，她们只能住在仓库、马棚、窝棚和泥草房。她们的第一个工作是在苗圃倒大粪，6个女孩不仅要忍耐难闻的气味，还必须跟上大家的节奏，流水作业，不停走动。一天下来，她们都累得腰酸腿痛。

林场的冬季气温有零下40多摄氏度，白毛风一刮，对面不见人，呼吸都困难，羊皮袄穿在身上也难抵寒冷。6个女孩咬紧牙关，在没过膝盖的大雪中伐树，再拿绳子捆好，用肩膀拉着从山上向下滑。春天造林的时候，她们要将一棵棵带泥浆的树苗放到植苗机上，两手不停地取苗、放苗，一干就是十几个小时。就这样，她们在林场干了几十年，将最美的青春年华奉献给了这片绿色的土地。

"林场还没有建成，我就是死，也要死在坝上！"为解决高寒地区造林的成活难题，时任林场第一任党委书记的王尚海带领职工连续多日吃住在坝上，在距离林场办公区不远的马蹄坑开展了一场"马蹄坑大会战"，共栽植落叶松516亩，成活率达90%以上。看到成片的树林，王尚海激动地跪在山坡上，泪流满面。

1989年，王尚海去世，家人根据他的遗愿，把他的骨灰撒在这片他深爱的土地上。如今，一片片茂密的"尚海纪念林"，成为他忠于党、忠于使命的永恒见证。

艰苦创业，是塞罕坝精神的鲜明特质。塞罕坝海拔最高1900米，年均气温在零下1.3摄氏度，最冷时曾达到零下43摄氏度，且风大少雨，年均6级以上大风达76天。当时有句谚语："一年一场风，年始到年终。"当年的第一代塞罕坝人喝的是雪水、雨水、沟塘子里的水，吃的是黑莜面窝头、土豆和咸菜。但他们以苦为荣，以苦为乐，"咬定青山不放松，一茬接着一茬干"，用实际行动生动诠释了"献了青春献终身，献了终身献子孙"的家国情怀。

造林难，守林更非易事。从第一代林场工人开始，他们的后人大多与父辈一样与山林为伴，守护着塞罕坝这片来之不易的绿。1973年到坝上的第二代创业者邓宝珠的两个儿子如今都在林场，从事林场护林员和施工员工作。

1984年，河北林业专科学校毕业生刘海莹来到塞罕坝，成为基层林场的第二代技术员。住工棚、喝雪水、啃咸菜、吃冷饭，艰苦的环境中，老一代务林人的榜样力量是他坚持下来的最大动力。如今，已担任塞罕坝机械林场总场场长的刘海莹,与场内工程技术人员共同探索出一套适合塞罕坝地区特点的森林经营模式,这已成为全国森林经营的样本。

2005年,河北农业大学林学专业本科毕业生于士涛,成了第三代塞罕坝人。"80后"的于士涛坚持来到塞罕坝,在北京工作的妻子拗不过他,也放弃高薪,跟他一起扎根这里,成为塞罕坝精神法宝的优秀传人。

防火瞭望员刘军、王娟是一对夫妻,他们以林场为家,住在林场深处的"望海楼",白天每15分钟就要通报一次林区火情,重点时期夜间每1小时通报一次。他们与森林为伴,与寂寞为伍,一待就是23年。在现在的塞罕坝林场里,9座望火楼中有8座都是夫妻共同坚守的,先后有20多对夫妻在林场勇当防林卫士。在他们的守护下,塞罕坝没有发生过一起森林火灾,人们也把这些望火楼叫作"夫妻望火楼"。

从369名平均年龄不到24岁的拓荒先锋,到一代又一代久久为功的塞罕坝人,他们用矢志不渝的拼搏奉献,诠释了对绿色理念的坚守,践行了对中华民族永续发展的担当。

绿色发展,是塞罕坝精神的底色。在塞罕坝林场北部红松洼的高坡上,我看到一棵20多米高的落叶松笔直挺立,这就是坝上著名的"一棵松"。

1961年10月,时任林业部国有林场管理总局副局长的刘琨受命带队来到塞罕坝勘查。在对极度恶劣的环境感到失望之时,

今日望海楼

他从荒原上仅存的一棵落叶松上看到了希望。他抚着松树说："这棵松树少说有150年，它是历史的见证、活的标本，证明塞罕坝上可以长出参天大树。今天有一棵松，明天就会有亿万棵松。"

创业初期，因缺乏在高寒、高海拔地区造林的成功经验，1962年、1963年连续2年造林成活率不到8%。塞罕坝人很快发现了造林失败原因：外地苗木在调运中，容易失水、伤热，且适应不了塞罕坝风大天干和异常寒冷的气候。于是他们决定自己育苗，并摸索出了培育"大胡子、矮胖子"（根系发达、苗木敦实）优质壮苗的技术要领。1964年开春，塞罕坝人开展"马蹄坑大会战"，造林516亩，成活率达到了90%以上。

1980年，林场遭遇百年不遇的大旱，12万多亩树木被旱死。但塞罕坝人没有被击垮，他们含泪清理遭受"天灾"的林木，依靠自己的双手，重新造林，从头再来。到1982年，林场超额完成任务，在沙地荒原上造林96万亩，保存率70.7%，创下当时全国同类地区保存率之最。如今，坝上林场面积已达112万亩，成为世界最大的人工林海。从"一棵"到百万亩林海，塞罕坝走出了一条绿色发展之路。

2017年12月5日，在第三届联合国环境大会上，塞罕坝林场建设者获得2017年联合国环保最高荣誉——"地球卫士奖"。

2021年2月25日，全国脱贫攻坚总结表彰大会在北京人民大会堂举行，河北省塞罕坝机械林场以集体名义获得"全国脱贫攻坚楷模"荣誉称号。

新时代新征程，建设美丽中国的使命落到我们这一代人的肩上。我们必须深刻认识到"生态文明建设是关系中华民族永续发展的根本大计"，大力弘扬塞罕坝精神，牢记绿色发展使命，用实际行动绘就美丽中国新画卷。

从大上海到大西北

西行漫漫，路在脚下。20世纪50年代，在波澜壮阔的社会主义建设时期，西安交通大学的师生在筚路蓝缕、艰苦奋斗的历程中，用坚定的信念意志铸造了"胸怀大局、无私奉献、弘扬传统、艰苦创业"的西迁精神。

2020年4月22日，习近平总书记在西安交通大学考察时指出，西迁精神的核心是爱国主义，精髓是听党指挥跟党走，与党和国家、与民族和人民同呼吸、共命运，具有深刻现实意义和历史意义。

2023年隆冬时节，我从山东济南驱车来到西安交通大学，走进交大西迁博物馆，了解交大西迁的创业历程和辉煌成就，感悟西迁精神的时代内涵。

1896年，交通大学以南洋公学之名创建于上海，开启了中国现代教育的先河。1921年定名交通大学。1955年4月，经毛泽东主席批准，国务院决定将交通大学内迁西安，以适应新中国大规模工业建设的需要。

接中央指示当月，交通大学校长兼党委书记彭康即率资深教授前往西安踏勘校址，新校区随即破土动工。1956年6月4日，先遣队到达西安，9月10日新校开学。从1956年开始，交大西迁历时4年，迁校总人数达1.5万余人。

交大西迁博物馆展陈了一张极具年代感的红色乘车证，参观者们纷纷驻足凝视，内心久久不能平静。乘车证上，高楼大厦的背景衬托着左上角

交大西迁博物馆展陈

书本和墨水瓶的图案，右下角疾驰的列车穿行在蓝天白云之下。票面上方赫然印着一行字："向科学进军，建设大西北！"

这是一趟永远不可能被复制的旅程，是"西迁人"心中独一无二的记忆。他们从上海出发，带着火热的希望与憧憬，一路欢歌奔赴中国千年古都西安。从此，他们默默无闻，扎根西北，发奋学习，努力创新，为迁校后学校数十年的发展作出了重要贡献。

交大西迁博物馆展示的"教授率先垂范"板块，记录了30多位先进人物的事迹。他们以"打起背包就出发"的果敢，用汗水、智慧和情怀成就了西迁壮举。

迁校初期，学校周边是一片麦地，校园内到处野草丛生，新校建设可谓白手起家、困难重重。他们以"国家需要就是方向""为西迁做先锋"为口号，陆续创办计算机、原子能、自动控制等21个新专业。师资不足，青年教师敢于挑起大梁；缺少教材，教授们自己动手编写……老交大"起点高、基础厚、要求严、重实践"的传统接续传承，全校"未因迁校迟一天开学、耽误一节课、少做一次实验"，这被誉为"交大奇迹"。

2020年4月，习近平总书记在陕西考察期间，来到交大西迁博物馆参观，并亲切会见了14位西迁老教授。总书记勉励广大师生大力弘扬西迁精神，抓住新时代新机遇，到祖国最需要的地方建功立业，在新征程上创造属于我们这代人的历史功绩。

交大西迁是党中央的战略决策，也是交大"西迁人"响应党的号召、服务国家发展的时代壮举。据博物馆记载，1956年7月和8月，由苏庄副校长等带队，满载交大师生员工的专列由上海驶往西安。9月10日，西安新校开学典礼在人民大厦隆重举行。

1959年7月，国务院决定将交通大学西安、上海校区独立为两所学校，即西安交通大学、上海交通大学。

2005年12月，经西安交通大学党委会议审议批准，交大西迁精神正式公布。

2017年西安交通大学建校121周年校庆前夕，经西安交通大学党委常委会研究决定，将每年公历的9月10日设立为"交通大学西迁纪念日"。

2017年12月，习近平总书记对西安交通大学15位老教授的来信作出重要指示，向献身大西北的交大老同志们致以崇高的敬意，并指出"希望西安交通大学师生传承好西迁精神，为西部发展、国家建设奉献智慧和力量"。

2021年9月，党中央批准了第一批纳入中国共产党人精神谱系的伟大精神，西迁精神就在其中。

交大西迁史，是一部拓荒史、一部西部教育发展史，也是一部广大知识分子的

《人民日报》发表文章宣扬西迁精神

爱国奋斗史。著名工程热物理学家陶文铨院士在西安扎根60余载，培养了100多名硕士、博士生；1995年公派留学归国的管晓宏，面对母校和多所东部高校发出的邀请，毅然选择回到西安交大……西安交大源源不断地为国家输送各类宝贵人才，不少毕业生选择在西部就业，为党和国家事业发展贡献智慧和力量。

一代又一代"西迁人"秉承爱党、爱国、爱人民的高尚情怀，自觉以国家需要为重、以民族大义为念，将个人前途与国家命运维系在一起，在国家发展中实现了自己的人生价值。当年，一位交大学生在诗中写道："为了祖国，为了党，决不吝惜自己的一切力量。我们誓用勤劳而智慧的双手，从祖国的边疆到边疆，自滚滚的黄河到宽阔的长江，掀起一个震撼世界的建设海洋！"在交大师生心中，"哪里有事业，哪里就有爱，哪里就是家"。面对祖国支援大西北建设的召唤，他们表现出来的是对事业、理想的热爱，以及胸怀大局的家国情怀。

博物馆记载：1959年，交大迁校不久就参与中国第一台大型通用计算机的全部设计和制造工作；20世纪70年代研制出我国第一台光笔图形显示器；1978年研制成我国第一台涡流式测振仪，并及时应用于平顶山电站大型发电机组振动测试；2000年，研制了国内首个自主知识产权的数字电视扫描制式转换及视频处理芯片……

习近平总书记高度赞扬以钱学森、邓稼先、郭永怀等"两弹一星"元勋和西安交通大学"西迁人"为代表的老一辈知识分子"党让我们去哪里，我们背上行囊就去哪里"的家国情怀和奉献精神，充分肯定以黄大年、李保国、南仁东、钟扬等为代表的新时代优秀知识分子"心有大我、至诚报国"的感人事迹和爱国情怀，强调面对新的征程、新的使命，需要在知识分子中弘扬这种传统、激发这种情怀。

参观完交大西迁博物馆后,我特意来到钱学森图书馆,与几位不同年级的学生进行了交流。他们纷纷谈到,新时代新征程弘扬西迁精神,就是要胸怀"国之大者",勇攀科学高峰,把爱国之情、报国之志融入祖国改革发展的伟大事业之中、融入人民创造历史的伟大奋斗之中,为实现第二个百年奋斗目标、实现中华民族伟大复兴的中国梦贡献力量。

百年交大,百年芳华。他们从大上海走来,他们在大西北崛起。

干惊天动地事，做隐姓埋名人

这注定是载入中国史册的伟大事件：

1964年10月16日，我国第一颗原子弹爆炸成功。

1966年10月27日，我国第一颗装有核弹头的地地导弹飞行爆炸成功。

1967年6月17日，我国第一颗氢弹空爆试验成功。

1970年4月24日，我国第一颗人造卫星发射成功。

在那火热的建设年代，钱学森、钱三强、邓稼先等一大批科研工作者把汗水和热血洒在茫茫戈壁，创造了"两弹一星"的伟大奇迹。他们将"热爱祖国、无私奉献，自力更生、艰苦奋斗，大力协同、勇于登攀"的"两弹一星"精神永久镌刻在中国大地上，成就了20世纪中华民族的辉煌伟业。

习近平总书记指出："'两弹一星'精神激励和鼓舞了几代人，是中华民族的宝贵精神财富"，"一定要一代一代地传下去，使之转化为不可限量的物质创造力"。

2023年12月17日，我驱车从四川省成都市出发，前往位于绵阳市梓潼县长卿山下的两弹城，寻访这穿越时空的神秘之地，感悟伟大的"两弹一星"精神。

两弹城是原中国工程物理研究院院部旧址，是我国继青海之后第二个核武器研制基地的总部，对内叫902基地，对外叫国营曙光机械公司。两弹城始建于20世纪60年代，1969年开始由青海向四川搬迁，至1992年迁去绵阳。几十年来，科研人员在这里先后完成了原子弹、氢弹的武器化、小型化和新一代核武器的攻关。"两弹一星功勋奖章"获得者于敏、王淦昌、邓稼先、朱光亚、陈能宽等都在这里工作生活过，为中国核事业发展作出了重大贡献。

作者参观两弹历程馆

走进四川两弹城博物馆，解说员首先向我们介绍，20世纪50年代中期，刚刚诞生的新中国百废待兴。面对当时严峻的国际形势，为抵御帝国主义的武力威胁和核讹诈，为了保卫国家安全、维护世界和平，以毛泽东同志为核心的第一代党中央领导集体高瞻远瞩，果断地作出独立自主研制"两弹一星"的战略决策。毛泽东主席强调："中国要有原子弹，在今天的世界上，我们要不受人家欺负，就不能没有这个东西。"

怀着报效国家的强烈愿望，海内外的中华儿女历尽千辛万苦回到祖国的怀抱。著名物理学家赵忠尧，在归国途中被驻日美军关进监狱，在祖国人民和世界科学界的声援下，才恢复自由。1950年，邓稼先在美国获得博士学位9天后，便谢绝了恩师和同校好友的挽留，毅然决定回来建设一穷二白的祖国，加入了中国核事业。从英国爱丁堡大学归来的程开甲教授，在天山深处核试验基地的"干打垒"平房中默默无闻地生活了近20年。

邓稼先旧居

1955年10月，在周恩来总理的亲自关怀下，钱学森从美国回到祖国。1956年2月，按照周总理的要求，钱学森起草了《建立我国国防航空工业意见书》。

在经济落后，工业和科研基础薄弱，资金、设备极端困难的条件下，我国科研工作者克服了各种难以想象的艰难险阻，突破了一个又一个技术难关，仅用10年左右的时间就创造了原子弹爆炸、导弹飞行和人造卫星上天的奇迹。

博物馆解说员介绍，我国第一颗原子弹的代号之所以为"596"，是因为这后面隐藏着一段中国人不畏艰难、自强自立的艰苦奋斗故事。1959年6月，由于中苏出现政治分歧，苏联政府单方面撕毁了中苏双方签订的关于国防新技术的协定，撤走在华工作的全部专家，设备资料应用全部断绝。一些重大科研项目因此中途停顿，一些厂矿停工停产，一些正在建设的工程被迫下马。在严峻的形势下，毛主席说："只有一条路，自己动手，自力更生搞出原子弹。"

站立起来的中华民族直挺着不屈的脊梁，艰难而坚定地走出一条自己的路。1964年10月16日下午3时，在新疆罗布泊上空，一团蘑菇云腾空而起。它向全世界庄严宣告：中国第一颗原子弹爆炸成功！

历史无言，岁月留痕。两弹城景区的醒目位置至今仍镌刻着"干惊天动地事，做隐姓埋名人"的标语，一种跨越年代的激情与感动油然而生。

是啊，在惊天动地的"两弹一星"事业背后，有太多的隐姓埋名人。他们把青春融入党和人民的事业中，把个人理想与国家民族命运紧密联系在一起。

随行的两弹一星干部学院的友人介绍说，当时研制第一颗原子弹时，举国上下团结协作，至少有26个部委和20个省（自治区、直辖市）的近千家工厂、科研机构以及院校联合起来，与解放军指战员拧成了一股绳，一起科技攻关，为我国"两弹一星"事业取得历史性突破作出了重要贡献。核试验基地第一任司令员张蕴钰，是参加过抗美援朝上甘岭战役的将军功臣。在接到参加核试验工作的命令后，他激动地说："上几代的爱国者已经捐躯，处于当代的我们能为祖国的现代化效力该是多么幸福啊！"

两弹城博物馆记录了很多闪光的名字，以及他们感人的故事。郭永怀从青海试验基地赶回北京时，乘坐的飞机在降落中不幸失事，最后时刻他和警卫员紧紧抱在一起，用身体护住了装有绝密科研资料的公文包。于敏隐姓埋名28年，最终换来罗布泊沙漠腹地的一声惊天"雷鸣"。中国氢弹研制成功，他被同事评价为"首功"，但直到1999年被国家授予"两弹一星功勋奖章"时，儿子于辛才知道父亲的成就有多大……

"两弹一星"事业凝铸了一种崇高的精神，是爱国主义、集体主义、社会主义精神和科学精神的鲜活体现，是中华民族宝贵的精神财富。

1986年，邓稼先在生命的最后日子里，第一次坐红旗汽车带着夫人许鹿西去天安门广场。他问夫人："再过10年、20年，还会有人记得我们吗？我们付出了那么大的努力，有人知道吗？有人能记住吗？当经济发达了，社会生活大大地改变了，还会有人记得吗……"

这是电视剧中的画面，我却从四川成都飞机工业（集团）有限责任公司门口的两句话中找到了答案："祖国终将选择那些忠诚于祖国的人，祖国终将记住那些奉献于祖国的人。"

在一部描写地下工作者的电影中,有一句话讲得非常好:"我不怕死,怕的是爱我者不知我为何而死。"作为后人,特别是今天的年轻人,我们一定要知道前人为这个国家作出的贡献,为今天的和平安宁发展和未来的可持续发展所付出的代价。

"两弹一星"精神激励和鼓舞了几代中国人,是中华民族宝贵的精神财富。它也启示我们,伟大出自平凡,平凡造就伟大。只要有坚定的理想信念、不懈的奋斗精神,把每一件简单的事做好就是不简单,把每一件平凡的事做好就是不平凡。

英雄王杰

他是一名普通的战士，平时热爱学习，写下了10万多字的日记，其中一篇写道："我们要一不怕苦、二不怕死，做一个大无畏的人。"他就是英雄王杰。

王杰，1942年出生，山东省金乡县人，生前是中国人民解放军73081部队工兵营一连五班班长。1961年8月参加中国人民解放军，1962年2月加入中国共产主义青年团。他以雷锋为榜样，从小事做起，处处以身作则，以服从祖国需要为快乐，逐步成长为伟大的共产主义战士。

1965年7月14日，王杰为了保护身边12名民兵而光荣牺牲，成为全党全军全社会学习的模范，他生前所在班被国防部命名为"王杰班"。2021年9月，党中央批准了中共中央宣传部梳理的第一批纳入中国共产党人精神谱系的伟大精神，王杰精神赫然在列。

2017年12月13日，习近平总书记来到第七十一集团军某旅王杰生前所在部队视察。在详细了解王杰舍己救人的壮举后，总书记感慨地说："我小时候就知道王杰的故事，王杰是我心目中的英雄！"这是人民领袖和军队统帅对一名士兵的深情追忆。总书记强调指出，王杰"在荣誉上不伸手、在待遇上不伸手、在物质上不伸手"，这"三不伸手"是一面镜子，共产党员都要好好照照这面镜子。王杰精神过去是、现在是、将来永远是我们宝贵的精神财富，我们要学习践行王杰精神，让王杰精神绽放新的时

代光芒。

2023年9月4日，我来到江苏省徐州市王杰生前所在部队参观学习。我军校的老同学、担任某集团副总裁的张彦芳是这个部队的老兵，他专门抽时间全程陪同我参观。当我们走进部队大院时，情不自禁地回忆起30多年前，我们在南京政治学院当学员时，曾来这里实习的往事。回望初心，我们不由感慨万千。

王杰事迹陈列馆

我们首先来到王杰事迹陈列馆参观，一进入正厅，王杰扑向炸药包的雕塑和"一不怕苦、二不怕死"八个大字映入眼帘。无畏的身姿、坚毅的眼神，生动再现了英雄当年舍己救人的瞬间。

1965年6月，王杰所在的工兵营到邳县张楼公社野营，在运河里进行游泳训练。6月底，张楼公社党委和人民武装部领导找到工兵营，请求选派教练员帮助训练公社民兵地雷班。组织决定派王杰担任教练员，王杰欣然接受任务。训练期间，他每天早早起床，5点准时到集训地点给民兵上课，8点再回到部队参加野营训练。

7月14日，王杰给民兵上课的内容是"绊发式防步兵应用地雷"实爆。训练中，12位民兵围在王杰周围，全神贯注地听他讲解。王杰一边做示范，一边为民兵讲解说："我刚才所做的，就是炸药包的实爆连接步骤。做完这些后，下一步只要拉去拉火管的拉火栓，立即爆炸。"就在此时，意外发生了：埋炸药包的土层里冒出白烟，火星喷溅。就在参训民兵惊恐万分时,王杰已经扑了上去……

就是这一扑,12名民兵全部活了下来,而王杰却壮烈牺牲了。生死瞬间,他用生命践行了"一不怕苦、二不怕死"誓言。

应征入伍时,王杰写下了第一篇日记:"人一生,能服从祖国的需要为最快乐,服兵役是第一志愿。"服役期间,他刻苦训练,仅两年就考取了工兵五大专业技术"满堂红",第三年被原济南军区表彰为"郭兴福式"教练员。

在王杰牺牲的画面前,讲解员动情地说,如果当时王杰选择向后仰倒,就能避开爆炸形成的最大杀伤角。但他没有这么做,而是坚定前扑,把生的希望留给了他人。

王杰牺牲后,人们在整理他的遗物时,发现了10多万字的日记,里面记录了这位英雄成长的心路历程。"一不怕苦、二不怕死""在荣誉上不伸手,在待遇上不伸手,在物质上不伸手""什么是理想?革命到底就是理想;什么是前途?革命事业就是前途;什么是幸福?为人民服务就是幸福""为了党,我不怕进刀山入火海;为了党,哪怕粉身碎骨我也甘心情愿"……这些都被一一陈列在纪念馆展板上。这些闪耀着光芒的话语,生动诠释了王杰的坚定信念。

纪念馆用较大篇幅介绍了当年各级媒体宣扬王杰同志英雄事迹的文件材料。《人民日报》《红旗》《解放军

当年媒体宣传王杰同志先进事迹的报道

报》等中央主要媒体连续发表了相关报道、社论,王杰生前所在部队报告团分赴各地巡讲,周恩来、朱德、董必武等党和国家领导人为他题词,全国上下掀起了向王杰同志学习的热潮。1969年4月28日,毛泽东主席在党的九届一中全会讲话中再次肯定"一不怕苦、二不怕死"的革命精神。从此,这一战斗口号便在全国、全军叫响,激励全国军民战胜一个又一个困难和强敌。半个世纪以来,"一不怕苦、二不怕死"的战斗口号,始终成为部队激励士气、鼓舞斗志的前进号角。

这些年,王杰生前所在部队官兵深入学习贯彻习近平主席给"王杰班"全体战士的回信,推广"十学王杰""三信一书"等活动,把"一不怕苦、二不怕死"的精神植入官兵血脉,使"奉献无怨言、牺牲不含糊"成为全体官兵共同的价值追求。

参观结束后,我专门邀请"王杰班"的代表进行座谈交流。"王杰班"第32任班长黄龙说:"我们很幸运成为王杰精神的传人。"几十年来,"王

作者与"王杰班"战士代表座谈交流

杰班"的一批批战士自觉继承王杰遗志，与时俱进弘扬王杰精神。连队每次点名，呼点的第一个名字永远是"王杰"。每逢重大任务前后，官兵都要整齐列队，向老班长宣誓、汇报。

2020年夏天，南方多地遭遇洪灾，王杰生前所在连队火速驰援江西省九江市。55年前，年轻战士王杰为保护群众毅然扑向炸药包，献出年仅23岁的生命，留下"一不怕苦、二不怕死"的青春誓言；55年后，"王杰班"战士为了保护人民的生命财产安全，冲锋在最前列。

谈到被习近平主席接见的经历时，黄龙依然热血沸腾。他说："主席和连队官兵握手时，我站在最边上。当主席走过来的瞬间，我发现主席早已把手伸出来微笑着看着我，我感觉特别亲切，时刻鼓励自己要当一名让习主席放心的好战士。"

王杰，一名伟大的共产主义战士，一个让党和人民永远铭记的英雄，他用自己的宝贵生命践行了军人的崇高使命，在人们心中矗立起一座永恒的精神丰碑。当今世界，科技、战争、对手等正以前所未有的速度更迭，在百年变局加速演进的背景下，我们比历史上任何时候都更需要传承弘扬王杰精神。我们要始终保持那么一股劲、那么一种革命热情、那么一种拼命精神，勇于战胜一切风险挑战。

第三章 翻天覆地

在改革开放和社会主义现代化建设新时期，我们党团结带领人民战胜来自各方面的挑战，大踏步赶上了时代。在这一过程中，改革开放精神、女排精神、抗震救灾精神等一系列伟大精神涌现出来。

从"小平小道"到改革开放康庄大道

在江西省南昌市新建区（原新建县），有一条田间小道。1969年10月到1973年2月期间，邓小平在新建县拖拉机修造厂劳动。在3年多的劳动生活之余，他时常踱步于这条长约1.5公里的小道，后来人们亲切地称它"小平小道"。

在这条不起眼的乡间小道上，中国改革开放的总设计师邓小平开始思考"贫穷不是社会主义""中国人如何吃饱肚子"的问题，并萌发了中国改革开放的宏伟构想。毫无疑问，这是一条对中国发展产生重大转折的道路。

2022年9月4日，我随原济南军区新闻战线老战友、江西省南昌警备区政治工作处主任杨西河上校一起，参观了小平小道陈列馆。

整个陈列馆庄重、整洁、朴实，既有历史感，又有当年的文化气息。可供游客参观的部分主要有"小平小道"纪念馆区、革命史迹浏览区、小平铜像、小平车间、艰难岁月展厅等。

走进陈列馆，首先映入眼帘的就是序厅里邓小平的铜像，名为"改革开放从这里走来"。铜像身后的背景墙上，是邓小平的小女儿邓榕发表在人民日报上的一篇文章——《在江西的日子里》，文章真实地记录了邓小平在江西劳动生活的经历。

在逆境中，邓小平始终不渝地遵循马克思主义的科学真理，如饥似渴地汲取着马克思主义的政治营养。邓榕在《在江西的日子里》中写道：

"在那谪居的日子里，父母抓住时机勤于攻读，特别是父亲，每日都读至深夜……在读书中，他们抚古思今，收益不浅。"

2008年12月，小平小道陈列馆开馆时，

小平小道陈列馆大厅

卓琳专门发来贺信，深情回忆道："通过3年的观察，邓小平更加忧思国家的命运前途。通过3年的思考，他的思想更加明确、思路更加清晰、信念更加坚定。这些，对于他复出不久即领导进行全面整顿，以及在中共的十一届三中全会后制定新时期路线方针政策产生了直接影响。"

解说员按板块详细介绍了邓小平在江西留下的岁月痕迹，让人深思。在导游的引领下，我们来到了"小平小道"，这是一条小得在地图上都找不到的乡间田埂小道。后来有人说，中国改革开放的思想就是从这里萌芽的，中国就是从这里走上了改革开放、民族复兴的康庄大道。

1969年10月22日，邓小平来到位于江西省南昌市的新建县拖拉机修造厂劳动、生活，同行的还有妻子卓琳和继母夏伯根。4天后，他们搬进了南昌市郊新建县原南昌陆军步兵学校（今南昌陆军学院）校长的住宅"将军楼"，与新建县拖拉机修造厂隔墙相望。

一开始，邓小平从"将军楼"到工厂上班，要绕一个大圈子，步行差不多40分钟。工友们就自发在工厂后的土墙上开了一个小门，沿着荒坡和田埂修出了一条小路，只用20分钟，就可以从"将军楼"径直走到工厂。

邓小平在江西时，十分注重了解民情。一天，与邓小平同车间的一名

作者参观小平小道陈列馆

邓小平旧居和劳动车间

工人让小孩去买豆腐。小孩兴冲冲地把豆腐买来了,却不小心掉在了地上。看到豆腐被摔烂了,这名工人心痛不已,把小孩狠狠地打骂了一顿。

面对此情此景,邓小平内心极不平静。下班回到家,他感慨道:"新中国成立这么多年了,老百姓还过着这样的日子。难道我们干一辈子的革命,就换来这样的社会主义?"

后来,邓小平在回答美国记者提问时说:"'文化大革命'中有一种观点,宁要穷的共产主义,不要富的资本主义。我在1974年、1975年重新回到中央工作时就批驳了这种观点……不能有穷的共产主义,同样不能有穷的社会主义……社会主义财富属于人民,社会主义的致富是全民共同致富。"

邓小平在"小平小道"上风雨无阻地行走了三年零四个月,也苦苦思索了三年零四个月,中国改革开放的思想,在这条小道上逐渐萌芽。

1979年4月,广东省委第一书记习仲勋到北京参加中央工作会议期间,提出希望中央给广东特殊政策,以便利用紧邻港澳、华侨众多的优势,创办出口加工区。邓小平的视野越过历史的峰峦，他毅然作出决断："可以划出一块地方，就叫作特区。陕甘宁就是特区嘛！中央没有钱，可以给些政策，你们自己去搞，杀出一条血路来。"这一伟大壮举，无论从哪个角度来看都极富挑战性。1984年1月，邓小平来深圳视察时欣然挥笔题词："深圳的发展和经验证明，我们建立经济特区的政策是正确的。"

1992年春天，邓小平在视察南方期间发表重要谈话。他把毕生的政治智慧和丰富的政治经验系统完整地表述出来："不坚持社会主义，不改革开放，不发展经济，不改善人民生活，只能是死路一条。"他还提出了"三个有利于"判断标准，以及"资本主义有计划，社会主义有市场"等重要理论。党的十五大把邓小平理论确立为党的指导思想。

苦难是一本教科书，也是一笔巨大的财富。邓小平是中国社会主义改革开放和现代化建设的总设计师，他在苦难的岁月，描绘着今天的辉煌。新时代新征程，我们应向伟人致敬，更应懂得我们每一个人的责任和担当。

中国农村改革第一村

40多年前，安徽省滁州市凤阳县小岗村的18户村民以"托孤"的形式按下鲜红的手印，立下生死状，签订大包干契约，拉开了中国农村改革的序幕。在农村改革的发展实践中，当年"敢闯、敢试、敢为人先"的大包干精神经过不断丰富，逐渐沉淀和凝练为"敢于创造、敢于担当、敢于奋斗"的精神品格。

2022年深秋时节，我冒雨驱车从山东省济南市来到安徽省滁州市凤阳县小岗村，先后参观了大包干纪念馆、沈浩同志先进事迹陈列馆，与多位村民，包括当年按手印的英雄进行交流，探寻小岗村敢为天下先的星星之火迅速在中国大地形成燎原之势的精神密码。

小岗村面积不大，在到达的当天下午，我用1个小时的时间基本看完了小岗村的全貌。粉墙黛瓦的徽派小楼、整齐规划的社区、恒温恒湿的大棚、拥有26条生产线的绿色食品加工厂、具有江淮田园风光特色的标准化村宿等让我大开眼界。一个个新时代地标，记下这个中国农村改革第一村的全新面貌。

次日上午，我步行来到由万里同志题写馆名的大包干纪念馆。馆内设有门厅、序厅、溯源、抉择、贡献、领航、展望、关怀、探索9个单元，以翔实的图文资料，真实再现了小岗村大包干从酝酿到发生到发展的全过程。

在纪念馆展示的小岗村"当年农家"茅草屋图片前,解说员告诉我,当年,小岗村一共有20户,115口人,是个典型的"吃粮靠返销、用钱靠救济、生产靠贷款"的"三靠村"。当时,小岗村人均年收入22元,农业合作化以来,小岗村从未向国家交过公粮。因为粮食不够吃,村民三三两两结伴逃荒要饭。

安徽省滁州市凤阳县小岗村

1978年春夏秋之际,凤阳县遭遇百年不遇的特大旱灾。来年的日子怎么过?农民们"开动脑筋想办法"。为了吃饱饭活下去,1978年的冬天,严金昌等18户农民凭借敢为人先的勇气,秘密商议分田单干,按下了大包干的红手印。具体内容如下:"我们分田到户,每户户主签字盖章,如以后能干,每户保证完成每户的全年上交和公粮,不在(再)向国家伸手要钱要粮。如不成,我们干部作(坐)牢刹(杀)头也干(甘)心,大家社员也保证把我们的小孩养活到十八岁。"这个"生死状",也定格了中国农村改革的起点。

穷则变,变则通。大包干带头人严金昌说:"当年按红手印搞大包干,就是想能吃上一顿饱饭。"正是由于小岗人解放思想、敢于"贴着身家性命干",在实行大包干后的第一年,小岗村迎来了大丰收,村民不仅吃饱了肚子,还给国家和集体上缴了粮食,一举结束20多年吃国家救济粮的历史。包产到户明晰了农民的承包经营权,释放了农村生产力,这无疑是个非常了不起的成就。

大包干纪念馆展陈党中央当时出台的红头文件

大地回春,小岗的春雷从安徽响遍全国,中国开启了改革开放的黄金时代。

1980年5月,邓小平同志在一次讲话中掷地有声地说:"'凤阳花鼓'中唱的那个凤阳县,绝大多数生产队搞了大包干,也是一年翻身,改变面貌。有的同志担心,这样搞会不会影响集体经济。我看这种担心是不必要的。"

纪念馆记录了从1982年到1984年,党中央连续3年都以"一号文件"的形式,对包产到户、包干到户的生产责任制给予充分肯定,并在政策上积极引导。1983年,我国农村土地家庭承包在全国普及开来,90%以上的农户签订了土地承包合同,90%以上的耕地实现了家庭承包。1984年,大包干被定名为家庭联产承包责任制,正式在全国普及推行。

尽管大包干在当时曾引发过激烈的争论,但我们党坚持实事求是,尊重人民的首创意识,把选择权交给农民,由农民自己选择,而不是代替农民做决定。"保证国家的,留足集体的,剩下都是自己的"的大包干打破了大锅饭的形式,把农民的权责利紧密结合起来,做到有分有统、统分结合,理顺了生产关系,极大解放了被束缚的生产力,使亿万农民的积极性被充分调动起来,迅速扭转了中国农业长期徘徊不前的局面,创造了举世瞩目的中国奇迹。

纪念馆参观结束后,我来到大包干18位带头人之一关友江的家。在长达1个小时的交谈中,关老一边聊起当年18位农民按下红手印的场景,一边聊起党和政府对"三农"工作的重视,并深情回顾受到三任总书记接见的情景。

20多年前,小岗村一度陷入发展困境,全村人均收入仅2000元,低于全县平均水平,村集体欠债3万元,村里甚至连续多年没有选出"两委"班子。2004年,在以安徽省第二批选派干部沈浩为代表的党组织带头人的带领下,小岗村开始了艰难的"二次创业"。

关老说:"沈浩书记来了后,做得最多的也是最难的事就是解放人们的思想。"那时小岗人"等靠要"思想严重,明知光靠种地刨不出金子,却不敢尝试其他产业。回顾起和沈浩同志在一个班子工作的日子,讲到动情处,关老几次流下了热泪。

2016年4月25日,习近平总书记到小岗村考察时强调,今天在这里重温改革,就是要坚持党的基本路线一百年不动摇,改革开放不停步,续写新的篇章。

"雄关漫道真如铁,而今迈步从头越。"小岗村在40多年的改革历程中潮起潮落,如今迈出了更加坚实的步伐。"中国农村改革第一村"对中国历史的贡献,让我们感动。

作者采访小岗村大包干带头人之一关友江

女排留给我们的国家记忆

在新中国成立70周年之际,中国女排在女排世界杯成功卫冕,中国女排五连冠群体获得新中国成立70周年"最美奋斗者"荣誉称号。一代又一代的中国女排教练员、运动员发扬并传承"女排精神",为时代奏响最强音。奋斗,始终是女排精神的永恒主题。

1981年11月16日,在日本举行的第三届女子排球世界杯决赛上,中国女排获得第一个世界冠军,之后创造了五连冠的辉煌成绩,成为世界排球史上第一支连续五次夺冠的队伍。

当时,我国正值改革开放初期,女排姑娘们顽强拼搏的精神极大鼓舞了全国广大人民群众。"学习女排,振兴中华","人生能有几回搏",成为一代中国人的精神印记。

中国女排腾飞馆

2019年9月30日，中国女排在日本举行的第十三届女排世界杯比赛中以全胜战绩卫冕，第十次荣膺世界排球"三大赛"冠军。习近平总书记在会见中国女排代表时，高度赞扬中国女排"在赛场上展现了祖国至上、团结协作、顽强拼搏、永不言败的精神面貌"，号召大力弘扬新时代的女排精神、开创新时代体育事业的新局面。

漳州是国家历史文化名城，因中国女排而闻名海内外。从20世纪70年代中期中国女排在漳州重新组建后，中国女排以坚强的意志、拼搏的精神、严格的训练，开创了中国人在"三大球"竞技场上的新境界。从三连冠到五连冠，从世界杯折桂到奥运会夺魁，中国女排一次次登上了世界排坛巅峰，为祖国争得了荣誉，成为人们心中敬仰的英雄。

2022年3月7日，我来到漳州中国女排精神展示馆参观学习，寻访有关中国女排的故事和时代印记，感悟女排精神。展厅不算大，但它生动展现了中国女排留给我们的记忆。

展示馆记载，福建漳州体育训练基地建于1972年，是中国女排最早的集训基地，它见证了中国女排赢得五连冠的感人历程。1976年，新一届女排国家队重新组建，袁伟民出任主教练，他精挑细选的队员们，都在这里接受过一轮轮"魔鬼特训"。

展示馆中，一张张充满时代感的图片生动记录了这段激情燃烧的岁月，陈列的当年的贺信，更是见证了一个个辉煌的时刻：1981年11月，在日本大阪，中国女排夺得第三届女排世界杯冠军；1982年9月，在秘鲁利马，中国女排夺得第九届女排世界锦标赛冠军；1984年8月，在美国洛杉矶，中国女排夺得第二十三届奥运会女排冠军；1985年11月，在日本东京，中国女排夺得第四届女排世界杯冠军；1986年9月，在捷克斯洛伐克布拉格，中国女排夺得第十届女排世界锦标赛冠军……史无前例的中国女排五连冠深深激励着全国人民，激发了中华儿女的自豪感，极大鼓舞着全国人民团结一心、振兴中华。

展示馆陈列的一篇发表在《人民日报》头版的为庆贺中国女排首次获得世界冠军的报道尤为醒目。女排夺得三连冠后，各个媒体更是加大了对女排精神的宣传力度。"学习女排，振兴中华"的口号在中华大地响彻云霄，全国掀起了向女排学习的热潮。《当代》杂志首次提出了女排精神，讴歌了女排姑娘们为祖国荣誉顽强拼搏、坚韧不拔、奋力攀登的精神。2021年9月，党中央批准了中共中央宣传部梳理的中国共产党人精神谱系第一批伟大精神，女排精神被纳入其中，定义为"祖国至上、团结协作、顽强拼搏、永不言败"。

女排姑娘们始终把"祖国至上"记于心，把"无私奉献"化于行。2013年，郎平不顾自己的一身伤痛，在国家与女排最需要她的时候挺身而出，重新挂帅，以一名老女排队员的身份，为这支球队尽一份力。她在就职采访中告诉记者："祖国需要我的时候，我就应该做点什么。"她不止一次在女排处于最低谷的时候临危受命，英勇出征。正是这种浓厚的爱国情怀，让她把自己的心血和精力全部献给挚爱的排球事业。

女排姑娘们用"顽强拼搏"铸辉煌，用"自强不息"显国威，用自己的行动诠释了什么是"爱拼才会赢"。在1981年那场惊心动魄的女排世界杯冠军争夺赛上，她们第一次向全世界展示了中华儿女顽强拼搏的精神力量。当年国内电视还不普及，但为了收看女排比赛，人们纷纷聚集在单位、学校等有电视的地方，像过年赶集一样热闹。毕业于北京体育学院的陈招娣，曾在中国女排对阵日本女排的比赛中桡骨断裂，但她在之后的两个月里，一直用绷带固定左臂坚持征战全运会。2013年陈招娣去世后，家人从她的骨灰中发现了数枚钢钉。顽强拼搏是中国女排的精神特质，也是中华民族精神和党的精神在竞技体育场上的生动体现。

女排姑娘们"艰苦奋斗"为追梦，"团结协作"方圆梦。竹棚精神是中国女排精神的重要内容。我在福建漳州体育训练基地参观时，专门听解说员介绍过这段经历。由于当时条件艰苦，训练馆是用竹棚临时搭建的，地面是土、水泥和盐水混成的三合土。下雨天地面十分潮湿，姑娘们在上面摸爬滚打，浑身是泥，沙子不光磨破了皮肤，还嵌进肉里。有一次，医生竟用放大镜从一个运动员身上取出了近百粒沙子。

人心齐，泰山移。郎平曾写道："在我的字典里，'女排精神'包含着很多层意思。其中特别重要的一点，就是团队精神。"当年女排从低谷向上攀登时，没有多少可供借鉴的经验。在困难的时候，她们总是团结在一起，心往一块想、劲往一处使。她们打的每一场酣畅淋漓的比赛，无不体现了集体主义的团结协作精神。

时代在变，但女排精神永不过时、永放光芒。离开漳州前，我再一次来到在市区巍巍矗立了30多年的中国女排三连冠纪念碑前，凝视这个左手抱着世界杯奖杯，右手高举英雄花的女排塑像，对女排英雄的敬意油然而生。新时代新征程，我们要大力弘扬女排精神，团结一心、不畏困难、不惧挑战，为加快建设体育强国作出自己的贡献。

中国女排三连冠纪念碑

沧海横流显本色

1998年夏天，我国南方，特别是长江流域及北方的嫩江松花江流域出现历史上罕见的特大洪灾。英雄的中国人民，特别是灾区军民团结奋战，不怕牺牲，取得了抗洪抢险斗争的全面胜利，铸就了"万众一心、众志成城，不怕困难、顽强拼搏，坚韧不拔、敢于胜利"的伟大抗洪精神。

江西省九江市是抗洪精神的主要发源地，这座城市见证了20多年前那段惊涛骇浪的难忘历史。2023年深秋时节，我专程来到这里，寻访当年特大洪水背后的故事，感悟伟大的抗洪精神。

九八抗洪纪念碑

走进江西省九江市浔阳西路的长江之畔，秋风吹拂，带来一丝凉意。虽然到了上班时间，但九八抗洪纪念广场上仍然有三三两两的市民，或悠闲散步，或健身娱乐，呈现出一派祥和的景致。让人难以想象的是，这处被誉为"最美岸线"的地方，在1998年曾是一片让人揪心的泽国。广场中央矗立着标志性的抗洪纪念碑，碑高19.98米，碑身由四面呈现着"1998"字样的花岗岩组合而成。碑基座高0.9米，设有6级花岗岩石阶，寓意着6天的艰辛堵口。在距纪念碑不远处，是一座长80余米的驳船造型建筑——九江抗洪纪念馆。随行的当地友人介绍，这正是当年长江干堤九江段4—5号闸口大堤决口处。

游客参观九江抗洪纪念馆

这一刻，我不禁感受到，人类的历史，注定是灾难与发展共存的历史，而正是在与灾难的不断搏斗中，人类步入了更加文明的时代。

步入纪念馆，我仿佛穿越时空隧道，回到了那个风雨飘摇的1998年。大厅正面是一个令人震撼的巨幅动态画面：惊涛骇浪长精神。参观者纷纷驻足，与抗洪勇士合影留念。我和当天的第一波游客一起走进了展厅，一幅幅生动的图片、一段段翔实的文字，还有那些保存完好的实物，都在无声地讲述着那段不平凡的历史。

"茫茫九派流中国，沉沉一线穿南北。"长江在孕育中华文明的同时，也给民族记忆留下了有关水患的伤痛。解说员向我们介绍，九江有"三江之口，七省通衢"之称。自古以来，九江因水而名，因水而兴，也因水而患。1998年特大洪水，主要是因为20世纪以来最强厄尔尼诺现象及拉尼娜现象双重袭击，导致我国出现南北雨带雨量暴增。1998年8月2日，长江九江水文站水位高达23.03米，给人民群众的生命、财产安全造成重大威胁。纪念馆记载，1998年特大洪灾，全市253个乡镇、348.25万人口不同程度受灾，大量房屋倒塌，大量农田被毁，造成直接经济损失114.7亿元。

洪水来临时，九江市民纷纷到大坝、房顶及树上等高处躲避，来不及跑的，就用家里的木盆、木桶、轮胎做船，在茫茫无际的洪水里漂流。虽身处水深火热之中，但他们抱着坚定的信念，等待着党和政府派来救援人员。

为打赢这场抗洪抢险战，九江全市动员、全民参战。危难时刻，人民子弟兵向水而行，原南京军区、原北京军区和武警部队共33875名官兵奔赴九江。当年解放九江，解放军才用了一个师的兵力，这次九江抗洪，驻扎当地整建制的师就有5个，将军就有10多个。他们发扬"一不怕苦，二不怕死"的革命精神，以"人在堤在，誓与大堤共存亡"的英雄气概，与九江人民并肩同洪水进行了惊心动魄的大决战。

我凝视着纪念馆里一张张抗洪抢险的照片，仿佛亲眼看到当年那惊心动魄的场面：解放军指战员、武警官兵和广大干部群众肩挑重担，手挽沙袋，在狂风暴雨中筑起了一道道坚不可摧的防洪堤坝。他们脸上写满了坚毅和决心，用行动诠释着对祖国和人民的无限忠诚。

1998年8月7日，长江干堤九江段4—5号闸口之间出现决口，洪水滔滔，直逼城区，九江人民的安全受到威胁。人民子弟兵闻令而动，迅速集结，誓言不惜一切代价封堵决口。

时任某部五连连长的段奉

九江抗洪纪念馆展陈人民军队抗洪画面

刚,就是封堵决口部队中的一员。6个昼夜,他和战友们的指甲"不见了"——搬运砂石,指甲磕掉浑然不觉;他和战友们的脚"变大了"——超负荷的体力劳动,让脚面浮肿得穿不上鞋子;他和战友们的衣服常常"脱不下"——扛沙袋磨破了皮肉,血凝固后把迷彩服和皮肤黏在一起……就这样,段奉刚和战友们在决口处用血肉之躯构筑起长江大堤上的钢铁长城,以力挽狂澜、气吞山河的英雄气概,打赢了一场惊心动魄的九江保卫战,创造了抗洪史上的人间奇迹。

"泥巴裹满裤腿,汗水湿透衣背;我不知道你是谁,我却知道你为了谁……"纪念馆展出了这首耳熟能详的歌曲《为了谁》的创作过程。在1998年抗洪抢险中,包括广大解放军、武警官兵在内的所有救援人员,在危急关头舍生忘死的高尚精神和可贵品格打动了每一个人。时任中央电视台文艺中心主任的邹友开提笔写下了《为了谁》这首词,并邀请空军政治部歌舞团作曲家孟庆云谱曲,歌曲完成后交由歌手祖海演唱。在听完录音小样后,邹友开和孟庆云一致认为,祖海唱功没问题,但感情还不够饱满,便派祖海到九江抗洪一线采风。在九江,祖海与广大军民一起抗击洪魔,灵魂受到了洗礼。回到北京后,她主动要求重新录音。这一次,祖海用在前线收获的真情实感,把这首歌唱"活"了。《为了谁》真实记录了当年广大军民同洪水灾害做斗争的壮阔史诗,深情讴歌了人民子弟兵气吞山河的英雄气概。

在九江抗洪纪念馆,两个"棉垫肩"被摆放在展厅内,其中一个上面写着"赠给亲人解放军"。1998年抗洪时,九江群众给抗洪部队官兵做了很多这样的"棉垫肩"。抗洪取得全面胜利,除了子弟兵的顽强拼搏、坚韧不拔,也离不开千千万万人民群众的共同努力。抗洪部队完成任务回撤时,九江万人空巷欢送子弟兵,场面令人动容。无论是战争年代,还是和

九江抗洪纪念馆《逆行者》塑像

平时期，军队打胜仗，人民是靠山，军民鱼水情的精神力量感天动地。

在纪念馆，我还看到了许多抗洪英雄的遗物和事迹介绍。这些英雄们，有的在抗洪中不幸牺牲，有的身负重伤仍坚持战斗，他们用实际行动诠释了什么是真正的英雄本色。

2020年，习近平总书记在安徽考察时深入防汛救灾一线，指出："广大干部群众和人民解放军、武警官兵坚决响应党和政府号召，发扬不怕累苦、不怕疲劳、不怕牺牲的精神斗志，坚守在防汛抗洪救灾第一线，涌现了许多先进典型和感人事迹，展现了中国人民众志成城、顽强拼搏、敢于胜利的英雄气概，书写了洪水无情人有情的人间大爱。"

2021年7月，我的第二故乡河南持续遭遇强降雨，郑州等城市发生百年不遇的内涝。习近平总书记对防汛救灾工作作出重要指示，强调"要始终把保障人民群众生命财产安全放在第一位"，"最大限度减少人员伤亡和财产损失"。中部战区共计派出63批次救援梯队，解放军和武警部队官兵9500多人，民兵预备役人员11000多人，最终取得了抗洪救灾的胜利。历史和现实充分证明，无论怎样的风雨，都无法阻挡中华民族前进的步伐，都无法阻挡中国人民对美好生活、对伟大梦想的不懈追求。

走出九八抗洪纪念馆，我漫步在九江市区，眼前的景象让我惊叹不已。

昔日的灾区，如今已是高楼林立、绿树成荫。我不禁感叹，如今九江的繁荣昌盛，正是伟大的抗洪精神孕育出的新时代奇迹。

在九江的街头巷尾，我听到了许多关于抗洪斗争的故事。那些亲历过抗洪的老人们，用他们朴实的语言，讲述着当年英雄们的感人事迹，表达着对他们的深切怀念。他们的眼中闪烁着泪光，脸上洋溢着自豪和骄傲。

此行九江，我深刻领悟了"沧海横流方显英雄本色"的真谛。在自然灾害面前，人类的力量或许很渺小，但只要我们团结一心、众志成城，就没有克服不了的困难。这种精神，是我们在新时代继续前行的强大动力。

遍地是英雄

多难兴邦。1976年以来，我国先后发生了唐山地震、汶川地震、玉树地震等7级以上地震。在灾难面前，中国共产党带领中国人民谱写了一曲曲感天动地的壮歌，创造了一个个攻坚克难的奇迹，铸就了伟大的抗震救灾精神。

2008年5月12日14时28分4秒，四川省阿坝藏族羌族自治州汶川县发生里氏8.0级地震。震中位于汶川县映秀镇。这是新中国成立以来破坏性最强、波及范围最广、救灾难度最大的一次地震灾害。

汶川地震破坏严重的地区约50万平方公里，其中，极重灾区共10个县（市），较重灾区共41个县（市），一般灾区共186个县（市）。官方于当年9月28日公布：地震造成近7万人丧生、1.8万人失踪、37万余人受伤……

当年的目击者称，当时，只用了5秒钟，数十米厚的碎石层就倾泻而下，埋掉了村子。很多村民连一声"救命"都来不及喊出，就消失在滔天尘埃之中。噩梦般的经历，至今仍在许多人脑海中挥之不去。

伟大的精神诞生于伟大的时代。在党中央领导下，我国迅速组织起历史上救援速度最快、动员范围最广、投入力量最多的抗震救灾斗争，在地震废墟上谱写了一曲曲感天动地、波澜壮阔的英雄壮歌，充分展现了"万众一心、众志成城，不畏艰险、百折不挠，以人为本、尊重科学"的伟大抗震救灾精神。

汶川地震后不久，习近平同志就冒着余震来到震中汶川县映秀镇考察抗震救灾情况。2018年2月12日，习近平总书记前往汶川县映秀镇考察，在漩口中学遗址，向汶川特大地震罹难同胞和在抗震救灾中捐躯的英雄敬献花篮，并三鞠躬。他叮嘱一定要把地震遗址保护好，使其成为重要的爱国主义教育基地。

这些年来，我利用多种机会，先后多次走访北川、汶川。在5·12汶川特大地震纪念馆，我一次次触摸那些曾经让无数人撕心裂肺的痛殇，也一次次感受那些令人永志难忘的爱和温度。

作者参观5·12汶川特大地震纪念馆

游客在四川北川老县城地震遗址缅怀遇难同胞

"亲爱的宝贝，如果你能活着，一定要记住我爱你。"这是救援人员在一位母亲的手机上发现的一条已经写好的短信。她身下小被子里的婴儿，因为有母亲的庇护，在地震中毫发未伤。

"叔叔，我的书你帮我拿着，我还要。"这是一位失去双腿的学生在被抬上担架前对救援人员说的话。

"如果她自私，可以第一个冲出教室，根本不会死。"这句话是一位名叫邹红的学生含着眼泪说的。因为老师李佳萍喊着推着救着，她所在的教室当天有 36 人成功逃出。当被埋在废墟里，这位老师还在鼓励学生，一定要坚强地生存下去，生命很美好，只要听到外面有人声，就大声呼救。

15 名空降兵临危受命，在无地面指挥引导、无地面标识、无气象资料的情况下，从近 5000 米的高空纵身一跃，成功空降到通信和交通中断的重灾区茂县。他们冒着多次余震的风险，翻山越岭，侦察灾情，为抗震救灾的部署提供了科学的信息依据，撕开营救缺口。

在山东省日照市莒县东皂湖村，10 位农民在听说汶川地震后第一时间自发驾驶自家的农用三轮车，历经 3 天 4 夜奔赴救灾前线。他们大多数是第一次出远门，经历了三轮车不允许上高速公路、管闲事被殴打、违反交通规则被罚款、其中一人的爷爷突然去世、山高路陡处险些丧命等一系列困难，最终知难而上，顺利到达了目的地。成员刘中明说："咱没钱去捐，咱可以去出点力。"

这一个个令人泪目的瞬间，感动了中国，震撼了世界。2008 年感动中国的特别奖授予全体"中国人"。组委会认为 2008 年中国经历了太多悲怆和喜悦，在抗震救灾等事件中，中国人用坚韧、勇敢、智慧向中国和世界交出了满意的答卷。十多亿中国人万众一心，众志成城，向世界展示了令人震撼的民族力量。2015 年，习近平总书记指出："我们 13 亿多人民就是一个大家庭，全国各族人民就是一个大家庭，一方有难、八方支援。只要大家一条心，有党和政府支持，有全国人民支援，再大的坎都能迈过去。"

2008 年，我在原济南军区机关工作，很荣幸成为军区抗震救灾政治工作指挥组成员，参与见证了这场波澜壮阔的抗震救灾斗争。在这场大救援行动中，人民解放军十万大军奋战汶川，其中原济南军区部队就出动了45000多名官兵。这是历史上最大的一次非战争军事行动，原济南军区部队在多个战线发挥了排头兵作用。军区首长动情地讲，在抗震前线遍地是英雄，人人有故事。

原济南军区铁军师英雄战士武文斌在参加抗震救灾的过程中，因连续奋战、过度劳累突发疾病牺牲。他的父亲武中林是一名老兵，在参加完爱子的送别仪式后，来不及擦干泪水，就穿起儿子留下的迷彩服，加入抗震救灾的队伍中，继续儿子未完成的使命。"山崩地裂之时，绿色的迷彩撑起了生命的希望，他树起了旗帜，自己却悄然倒下，在那灾难的黑色背景下，他26岁的青春，是最亮的那束光。"这是感动中国组委会授予武文斌的颁奖词。

如果说泸定桥的铁索见证了人民子弟兵的善战，那么四川省彭州市新兴镇的这座索桥，则见证了人民子弟兵的爱民深情。2008年6月的一天，一场强雷阵雨过后，索桥下边水流湍急。为了保证学生的安全，原济南军区某旅教导队的官兵用自己的身躯铺成"人桥"，让放学的学生从自己的身上踩过。

部队回撤后，受抗震救灾英雄精神的激励，我利用一个多月的时间完成了反映原济南军区抗震救灾

作者2008年出版的《遍地英雄》被多家纪念馆收藏

思想政治工作的长篇调查报告《遍地英雄》的写作，由人民武警出版社出版，这也是当时全国最快出版的抗震题材图书之一。这本书被下发到原济南军区团级以上单位，被军区首长作为礼物赠送给解放军四总部和国家机关领导，后被人民武警出版社评为"首届基层官兵最喜爱的图书"一等奖，被5·12汶川特大地震纪念馆收藏。

抗震救灾斗争的重大胜利再一次证明，社会主义中国具有强大的发展活力，人民是推动中国社会发展进步的真正动力，人民军队是保卫人民的钢铁长城，中国共产党是中国特色社会主义事业的坚强领导核心。我国社会主义制度的优越性、中华民族的优秀品质、人民军队的政治本色、中国共产党的坚强领导，是我们国家和民族的显著优势。

2024年5月，在四川汶川特大地震已经过去整整16年时，我再次踏访了北川、汶川等多个地震纪念地。在北川新县城、汶川县映秀镇，当年的废墟如今早已变成青山绿水，当年满目疮痍的灾区，已焕发出新的活力。我真切见证了灾后恢复重建和大灾之后加快发展的"中国奇迹"，这里的变化之大、发展之快，令人震撼。

那些曾在地震中受过伤，却从累累伤痕中生出力量的人们，让我们看到了中国人压不弯的脊梁。

他叫郎铮，当年3岁的他在担架上向救他的解放军战士敬礼，成为感动国人的"敬礼娃娃"。2023年，他在高考中取得了637分的好成绩，被北京大学录取，他希望通过自己的努力为国家作贡献。从"敬礼娃娃"成长为如此优秀的青年，郎铮以梦为马，不负韶华。

他叫程强，当年送别解放军时，他高举着"长大我当空降兵"的牌子。2013年，他参军入伍，后来通过努力成为"黄继光班"第38任班长。如今的他一路前行，追梦在强军兴军的路上。

习近平总书记指出:"中华民族历史上经历过很多磨难,但从来没有被压垮过,而是愈挫愈勇,不断在磨难中成长、从磨难中奋起。"新时代新征程,大力弘扬抗震救灾精神,能使我们克服前进道路上的艰难险阻,创造出无愧于时代、无愧于历史、无愧于人民的业绩,为实现中华民族伟大复兴作出更大的贡献。

筑梦太空

这注定是个载入史册的时刻：2003年10月15日9时，我国培养的第一代航天员杨利伟乘坐神舟五号载人飞船，从甘肃省酒泉卫星发射中心进入太空。在在轨飞行14圈，历时21小时23分后，神舟五号载人飞船于10月16日在内蒙古主着陆场成功着陆。

当杨利伟在太空中举起鲜艳的五星红旗时，全世界为之震惊，中华民族千年的飞天梦实现了！中国成为世界上继俄罗斯和美国之后，第三个能独立开展载人航天活动的国家。

时光如白驹过隙，21年弹指一挥间。据中国载人航天工程办公室消息，在载人飞船与空间站组合体成功实现自主快速交会对接后，神舟十八号航天员乘组从飞船返回舱进入轨道舱。北京时间2024年4月26日5时4分，在轨执行任务的神舟十七号航天员乘组顺利打开"家门"，欢迎远道而来的神舟十八号航天员乘组入驻"天宫"。随后，两个航天员乘组拍下"全家福"，共同向牵挂他们的全国人民报平安。这张"全家福"很快"刷屏"网络。

星空浩瀚无比，探索永无止境。从1992年中国载人航天工程正式立项，到2024年神舟十八号发射成功，经过几代航天人的接续奋斗，我国航天事业走出了一条具有中国特色的发展之路。如今，中国已昂首屹立于世界航天大国之列。

2016年12月20日,习近平总书记在会见天宫二号和神舟十一号载人飞行任务航天员及参研参试人员代表时强调,我们注重传承优良传统,发扬特别能吃苦、特别能战斗、特别能攻关、特别能奉献的载人航天精神,彰显了坚定的中国特色社会主义道路自信、理论自信、制度自信、文化自信,为坚持和发展中国特色社会主义增添了强大精神力量。

2024年初夏时节,我来到海南参观文昌航天发射场,探寻中国载人航天工程的辉煌历程,致敬在浩瀚无垠宇宙中乘风破浪、无私奉献、敢于牺牲的航天英雄们。

海南省文昌市是一个美丽的滨海城市,如今已成为中国航天的新门户。在这里,我第一次近距离感受到火箭发射的震撼。当巨大的火箭冲破大气层,直刺苍穹,我真切感受到了无数航天人的辛勤付出和坚定信念。

来到发射中心外围的游客观摩区域,首先映入眼帘的是巍峨的发射塔。它像一座庄严的纪念碑,矗立在天地之间,见证着中国航天事业的一次次飞跃。我和一支由年轻人组成的研学团队站在塔下,瞬间感受到了一种无

中国文昌航天发射场

形的力量，那是大国重器的威严，也是国家实力的象征。

在解说员的引领下，我们先后参观了发射中心的九天馆、问天馆、揽月馆和中国空间站模型区，看到了那些精密的仪器和复杂的系统。游客们都被这种对技术的追求和对完美的执着深深打动了，更加懂得科技进步对于一个国家发展的重要性。

在文昌航天科普中心，解说员给我们生动讲解了中国载人航天一路走来的巨幅历史画卷。从最初的"两弹一星"到如今的载人航天、深空探测，每一步都凝结着无数航天人的心血和汗水。

60多年前，面对国家经济落后、工业基础和科技力量薄弱、技术人才奇缺、物资严重匮乏等重重困难，航天人白手起家、艰苦创业，发扬拼搏精神，克服各种艰难险阻，以自信、自立、自强打破国外技术封锁。从那时开始，无论是在"死亡之海"塔克拉玛干沙漠，还是在"魔鬼城"罗布泊和海拔5000米以上的"生命禁区"，都有着他们的足迹。他们夜以继日地工作，忍受着常人难以想象的困难，终于在河西走廊上建起能够担负载人航天任务的东风航天城，并突破众多技术难关，研制开发出神舟系列飞船。

吃下常人吃不了的苦，是载人航天人的真实写照。解说员动情地向我们介绍，1998年1月5日，由14名预备航天员组成的我国第一个航天员大队正式成立。等待他们的，是长达5年的艰苦训练。在基础理论学习阶段，航天员要学58门课程，共3000多个学时。在进行号称"魔鬼训练"的超重耐力训练时，离心机以每小时100千米的速度旋转，人坐在里面要承受8个大气压的压力，相当于8个人压在自己身上，整个过程令人头晕目眩、呼吸困难，面部肌肉都被拉扯得变了形……航天英雄杨利伟，就是在这样的训练中脱颖而出的。

我国首位执行载人飞行任务的载荷专家、"85后"航天员桂海潮，6岁时曾是躺在山坡上放牛"牧星"的孩子。他艰苦训练，历经重重考核，练就过硬本领。在刚开始进行转椅训练时，他冒虚汗、恶心、头晕，后来每天他都练习20分钟的"打地转"，训练成绩最终达到一级。他在水下反复练习四五个小时，衣服都被汗水浸透了，连手套里都是汗，体验到"手握不住筷子的感觉"……2024年4月18日，桂海潮被授予"英雄航天员"荣誉称号。

2024年4月24日，"中国航天日"主场活动启动仪式在湖北武汉举行。英雄航天员聂海胜说，航天员要经历千锤百炼，最具挑战性的是超重耐力训练，一旦训练不达标，将无缘下次任务。英雄荣誉的背后，是比任何工作都艰苦的付出。

勇于攀登、敢于超越的进取意识，是一代代航天人顽强拼搏、不懈奋斗的血性担当。2008年9月27日，神舟七号航天员翟志刚在浩瀚太空留下中国人的第一个足印，他让五星红旗在太空徐徐飘展的一幕成了中国人永远的记忆。然而，一年后，翟志刚在接受央视记者采访时，道出了这一历史时刻背后惊心动魄的生死考验。原来就在他准备出舱时，轨道舱频频响起火灾报警声。面对在太空中最害怕发生的事故，翟志刚毫不犹豫地选择出舱。他说："无论发生什么情况，我们都要完成任务，让五星红旗高扬在太空。"

其实，这样的意外

游客参观中国空间站模型

并不是第一次。2000年12月，神舟二号发射的前10天，火箭意外被撞。年过六旬的总指挥黄春平、总设计师刘竹生亲自爬上11层平台，一层一层仔细查看。4天之后，一份长达50余页的报告《碰撞后火箭受损结果分析及处理措施》有理有据地给出了"可以正常发射"的结论。2001年1月10日，火箭把神舟二号飞船成功送上太空。

2017年7月2日，中国文昌卫星发射中心，点火指令下达，长征五号火箭腾起的巨大尾焰照亮夜空。几分钟后，一级飞行曲线突然下降，指控大厅的气氛瞬间凝固。问题出在哪里？研制团队开始探索。为了从上万条数据线索中找到问题原因，研制团队尝试了无数个方法，仅复飞计划就按下过两次"暂停键"。最终，研制团队仅用了28天就拿到原本需要半年生产周期的试验产品；又经过3个多月的艰苦奋战，2020年5月5日，长征五号B火箭首飞成功。

游客参观文昌航天发射场展览

我国航天事业起步晚、基础薄，相比美俄有着数十年的差距。中国载人航天工程该走怎样的发展道路？工程首任总设计师王永志说："我们要横空出世，一起步就要赶超到位。"正是凭着这股勇于攀登、敢于超越的进取意识，中国航天人用11年的时间走完了发达国家航天界几十年走过的历程，把极少数大国才有能力研究制造的载人航天系统奇迹般地变成了现实。

在中国载人航天工程的发展过程中,航天人胸怀大局、默默奉献的初心和追求体现得淋漓尽致。航天人始终把个人理想与国家前途命运紧紧连在一起,汇聚成中国航天人特别能战斗的磅礴力量。

一名香港青年学生在"时代精神耀香江"之仰望星空话天宫活动中曾这样问杨利伟:"我想请问您,您觉得航天员这个职业最酷的地方是什么?""在太空中,当我向全世界展示中国国旗时,那一刻,我觉得我是最酷的。"杨利伟说。

载人航天是航天人怀着"铺路石"的初心,用生命不断探索的神圣事业。在酒泉卫星发射中心东风革命烈士陵园,长眠着700余位为祖国航天事业牺牲的烈士,他们以"死在戈壁滩,埋在青山头"的坚定信仰,托举起中国载人航天事业的辉煌成就。

我们或许知道世界第一个进入太空的苏联航天员加加林,但不知道是谁培养了他。在一次访谈节目中,记者问航天员系统总设计师黄伟芬:"没人知道您的名字,您觉得亏吗?"她说:"不亏。在航天事业中,注定需要我们这些托举英雄上天的'无名英雄'。"

"在茫茫的人海里,我是哪一个,在奔腾的浪花里,我是哪一朵。在征服宇宙的大军里,那默默奉献的就是我,在辉煌事业的长河里,那永远奔腾的就是我……"这是歌曲《祖国不会忘记》中的一段歌词。新中国成立以来,一代又一代奋斗者隐姓埋名,扎根大漠深山,奉献着智慧与汗水、鲜血与生命。他们用自己的青春和生命的芳华,换来了祖国山河无限壮丽、人民生活富足安宁。他们当中,有许许多多像邓稼先、林俊德、程开甲、于敏、黄旭华那样大家耳熟能详的典型人物,但更多的是像黄伟芬这样"干惊天动地事,做隐姓埋名人"的无名英雄。

"星空浩瀚无比，探索永无止境，只有不断创新，中华民族才能更好走向未来。"在海南文昌，当地友人告诉我，近年来，文昌航天旅游火爆出圈，特别是在有发射任务时，当地宾馆更是一房难求。国之重器背后，是一代代航天人的使命与担当，也是新时代新征程全社会对载人航天精神的追寻与敬仰。学习载人航天精神，就要怀揣梦想、砥砺前行，不断学习新知识、掌握新技能，为实现中国式现代化贡献力量。

第四章　惊天动地

党的十八大以来，中国特色社会主义进入了新时代，在以习近平同志为核心的党中央的坚强领导下，中华民族以不可阻挡的步伐迈向伟大复兴。在这一过程中传承弘扬、锻造形成的脱贫攻坚精神、劳模精神、丝路精神等一系列伟大精神，是我们党从胜利走向胜利的宣言书。

"洞见"十八洞村

仲夏时节，武陵山区，满目苍翠，景色宜人。驱车从长沙出发，大约经过5个小时，我来到了精准扶贫首倡地湖南省湘西土家族苗族自治州花垣县十八洞村，探寻并触摸这个千年苗寨从深度贫困到乡村振兴的有效衔接，从封闭保守落后到文明开放自信的历史性跨越。

关于十八洞村这个名字的来历，宣讲员施群翠告诉我，村子里有18个溶洞，且洞洞相连，所以被称为十八洞村。沈从文曾经这样描述像湘西、像十八洞村一样的边寨："他们用另一种言语，用另一种习惯，用另一种梦，生活到这个世界一隅，已经有了许多年。"但是因为山高路险、交通闭塞、土地贫瘠，世代生活在这里的苗家人饱受贫困之苦，一代代人只能艰难地守着自家的一亩三分地，勉强度日。

山路弯弯，昔日通往十八洞村蜿蜒曲折的泥泞小路，如今早已被高品质的水泥路代替。无疑，是精准扶贫率先打通了这条路，也打开了十八洞村脱贫致富的大门。村委会里的精准扶贫首倡地十八洞村精准脱贫之路展览，真实记录了十八洞村惊天动地的变化，一块块穿越时光的展板书写着脱贫攻坚的湘西样本。我驻足凝视一位大爷双手数着钱、脸上乐开了花的大幅照片，不禁为之动容，这或许就是中国实现全面脱贫后广大农民幸福生活的真实写照。2013年十八洞村人均年收入仅1668元，2021年的人均年收入达到了20167元。这看得见的"真金白银"是脱贫的"硬核"力量。

十八洞村人是幸福的,他们会永远记得那个特殊的日子——2013年11月3日。据村民回忆,那天上午,村里还被秋雨笼罩着,但到了午后,秋阳突然照暖了整个梨子寨。习近平总书记下车后,沿着梨子寨前的一条长长的斜坡走进村寨,不停地同乡亲们挥手致意。总书记首先来到石拔专老人家,和石拔专夫妇围坐在火炉边亲切地拉起家常,像久别回家的亲人。总书记询问她有什么困难、有什么打算,又细心地看了她家的谷仓、床铺、灶房、猪圈,勉励他们增强信心,在党和政府的关心下,用勤劳和智慧创造美好生活。

这不平凡的一天,更是彻底改变了石拔专一家的命运。她家被县里列为精准扶贫对象,纳入了低保户,政府还帮助她家种了几亩榉树苗和梨树苗,开了个小商店,日子一天比一天红火。2019年,石拔专一家还去北京参观了天安门,参加了庆祝中华人民共和国成立70周年大会。如今,每天都有来自全国各地的游客来她家参观、与她合影,她总是全心配合,从不收取客人一分报酬。

沿着总书记的足迹,我走进了石拔专家,映入眼帘的便是那张摆放在屋子正中间的总书记与石拔专夫妇促膝谈心的照片。石拔专挂着那招牌般的微笑对我说:"总书记是我们全村的恩人,我们都想念他,希望他保重身体,期盼他有机会再来村里走走看看。"

拾级而上,十八洞村的另一个"网红打卡地"就是村民施成富家的前坪,那是当年总书记与乡亲们座谈的地方。小小的地坪,成了中国精准扶贫的启航地,更是人类减贫史上的重要地标。在刻有"精准扶贫"的石碑旁,几拨佩戴党徽的党员学习团队正在组织主题党日活动,重温精准扶贫重要论述。伫立石碑右侧,倚栏远眺,沟壑纵横,深谷幽幽,那一刻,我读懂

作者看望十八洞村村民石拔专

了这个镶嵌在山脊上的古老山寨千百年来对摆脱贫困、走出大山的渴望。

在村民施成富家时，几位年轻的女子正忙碌地将当地的特产打包邮寄。她们一边干活，一边同我热情地打招呼，脸上绽放着花一样的笑容。驻村工作队干部侯桂清告诉我，过去因为贫穷，村里有不少光棍汉，如今日子好了，好媳妇自然娶了进来。石红丽就是嫁到十八洞村的媳妇，她在省里投放的文化扶贫项目中找到了做一名优秀茶艺师的人生目标。拥有这方烟火，何愁心中梦想。

放眼远望，清一色的小青瓦、木框架、榫卯结构的苗族民居，与绿意葱茏的峰峦相互映衬，生机盎然。十八洞村抓住了国家扶持贫困地区发展乡村旅游的机遇，大力发展乡村旅游，村里面貌焕然一新。过去高低不平的坡地，现在已建起了漂亮的游客休闲亭，随着游客越来越多，不少村民在这里摆摊做风味小吃，这也成了他们增收的渠道。我原计划回县城用午餐，但既然来到了十八洞村，也想为当地旅游做点贡献，不仅品尝了苗家美食，还带回了

十八洞村村口

几份土特产。依托精准扶贫，2021年到十八洞村旅游的游客有40多万人，老百姓不出家门就能吃上"旅游饭"。

精准扶贫，风起十八洞，吹遍了大江南北。站在村顶的大槐树下，我想起了远在湖北老家农村任驻村第一书记的哥哥。我给他打电话时，他正在组织村里党员干部过组织生活，得知我在十八洞村时他很是激动。我们临时动意，组织了一堂云上微党课。我用手机镜头对着这个全新的苗寨，讲述了十八洞村从一个深度贫困的苗乡，变成全国小康示范村寨的历程，也告诉他们，一个个贫困村的脱胎换骨，都是无数扶贫工作的缩影，是党的精神的生动实践，是最精彩的中国故事。

英雄的城市　英雄的人民

"武汉不愧为英雄的城市，武汉人民不愧为英雄的人民。通过这次抗击疫情斗争，武汉必将再一次被载入英雄史册！"2020年3月12日《人民日报》用这样激动人心的话赞许武汉。

2020年3月10日，在抗击新冠肺炎疫情的关键时刻，习近平总书记专门赴湖北省武汉市考察疫情防控工作，看望慰问奋战在一线的医务工作者、解放军指战员、社区工作者、公安干警、基层干部、下沉干部、志愿者和居民群众。总书记强调，在这场严峻斗争中，武汉人民识大体、顾大局，用自己的实际行动展现了中国力量、中国精神，全党全国各族人民都为武汉人民而感动、而赞叹。

2023年5月21日，我专程来到湖北省武汉市档案馆，参观抗击新冠肺炎疫情武汉保卫战专题展陈，重温这场惊心动魄、气壮山河的伟大抗疫斗争。

"生命重于泰山。疫情就是命令，防控就是责任。"我久久凝视展览大厅滚动播

抗击新冠肺炎疫情武汉保卫战专题展陈

放的文字:"2020年1月,百年来人类最严重的流行传染病新冠肺炎疫情突然袭击武汉。危急之际,习近平总书记亲自指挥,亲自部署,迅速打响了疫情防控的人民战争、总体战、阻击战,铸就了'生命至上、举国同心、舍生忘死、尊重科学、命运与共'的伟大抗疫精神。"

解说员动情地说,当病毒袭来,一个个白衣天使、科技人员、解放军将士、党员干部迎难而上,他们同时间赛跑,与病魔较量,逆行的背影成了抗疫前线最美的风景。

每当灾难来临,人民解放军总是冲锋在前。除夕夜,来自人民军队的300多名医务工作者,告别爱人、告别孩子、告别战友,从多个方向出发驰援武汉。

"我是一个有着25年工作经历和15年党龄的党员。为了起到一个党员的模范带头作用,尽到一个医务工作者治病救人的应有职责,我自愿报名申请加入医院的各项治疗病毒性肺炎的治疗活动,不计报酬,无论生死!"当驰援武汉防控新冠肺炎疫情的命令传来,空军军医大学西京医院神经外科副主任医师胡世颉第一时间报了名。除夕的4点50分,胡世颉在奔赴武汉前给父亲发了这样一条微信:"爸,我被抽调抗病毒去了。"他在请战书上郑重地写下自己的承诺:"不管什么时候,我都是一名人民军医,我的战位请组织放心。"

陆军军医大学医疗队的女兵刘丽,是第一批驰援武汉、直接奔赴金银潭医院的军队医护人员之一。她脸上被压出深深压痕的照片,让全网为之动容,原来防护服里的每一张面孔,都有着这样深深的压痕。

刘丽后来告诉采访她的记者,她买了大年三十那天早上最早的航班机票,准备去外地看望父母和女儿,就想在女儿早上醒来的时候能突然发现妈妈到身边来了。结果在机场刚过安检,就接到了医院要开赴武汉的电话。

面对前方的登机口,作为军队的一名医护人员,她明白现在应该到更需要自己的地方去。

从机场出来以后,她就给妈妈打了一个电话,说现在医院有一点事,这几天过了以后,马上去看他们。因为不想让家人担心,她说了一个善意的谎言,结果媒体发出了那张她脸上带着压痕的照片。事情瞒不住了,她就告诉父母,放心吧,自己一定能平平安安回来。

"没什么特殊情况,不要去武汉。"疫情蔓延时,中国工程院院士、耄耋之年的钟南山向公众发出紧急呼吁,自己却"逆行"冲往防疫最前线。钟南山是坐在高铁的餐车上急匆匆地赶到武汉的,他在餐车小憩的照片"刷屏"网络:满脸倦容,眉头紧锁,闭目养神,身前是一摞需翻看的文件……

抗疫期间,钟南山始终冲在前线,始终如铁人般拼命:4天内奔走武汉、北京、广州三地,长时间研究、开会、远程会诊、接受媒体采访,甚至在飞机上研究治疗方案。

在抗击疫情的战斗中,钟南山用自己的行动,诠释了医者仁心、学者大义,被授予"共和国勋章"。同样为抗疫作出重大贡献的张伯礼、张定宇、陈薇也被授予"人民英雄"国家荣誉称号。

在抗疫中更多的是平凡英雄,24岁女孩甘如意就是他们中的优秀代表。她历经4天3夜,骑行300多公里,从老家荆州返回武汉工作,让国人感动。疫情初发时,甘如意刚从武汉回到老家荆州过年,后来得知疫情严重,她心急如焚,迫切想返回工作岗位,为抗疫贡献一份力量,果断决定骑自行车回武汉。她说,疫情来了,医护人员就要像战士一样必须冲到一线。

在抗疫期间,全国各地的医疗队在第一时间奔赴湖北、奔赴武汉,涌现了许多人间大爱,谱写了一曲曲抗疫中生动的赞歌。山东省在抗疫期间举全省之力对口支持湖北省黄冈市，先后派出了 5 批医疗队，在前线奋战了 57 天，前方后方"搬家式救援"，展现出山东人民对湖北人民的大爱精神和众志成城、共克时艰的自觉担当。山东的奉献，黄冈人民铭记心中。送别时分，黄冈市民扶老携幼走上街头，挥泪送别返程的山东医疗队员。如今，两地还保持着非常亲密的兄弟情谊。

作为武汉人，我的很多亲友当时都战斗在抗疫一线，他们同样是这场抗疫斗争中的英雄。疫情发生后，我在联勤保障部队九六〇医院工作的弟弟夏清林奉命出征，参与组建火神山医院，并被火线任命为保障部部长，荣立三等功，《解放军报》用大篇幅报道了他的事迹。我在武汉市东西湖区工作的二哥夏柏林，始终下沉社区一线，受到区政府的表彰。

2020 年 3 月 5 日，在武汉大学人民医院东院，复旦大学附属中山医院

作者参观《英雄战疫》专题展陈

援鄂医疗队队员、"90后"医生刘凯在护送已住院近一个月的87岁老人王欣做CT的途中停下来，一起欣赏了一次久违的日落。时隔半年，9月4日，他们在武汉大学人民医院东院重逢，重现携手看夕阳的温馨一刻。温暖的画面，令人动容。

武汉胜则全国胜。通过3年的努力，英雄的中国人民创造了人类文明史上人口大国成功走出疫情大流行的奇迹，谱写了气壮山河的英雄史诗，彰显了伟大抗疫精神的强大力量，铸就了民族复兴的历史丰碑。

2023年春天，武汉大学默默关掉了赏樱预约通道，专门迎接当年援鄂医疗队的医护人员。他们在迎宾板上写了这句话：3年前为我们不惧风雪，3年后我赠你明媚春天。

绿水青山就是金山银山

浙江省湖州市安吉县高铁站的站名正下方，镶嵌着安吉名士、清朝末年"海派"大书法家吴昌硕书写的气势非凡的红色大字"安且吉兮"。这4个字如天上霞光，魅力四射。

"安且吉兮"最早出自《诗经》中的"岂曰无衣七兮？不如子之衣，安且吉兮"，意为舒适又漂亮，用来形容安吉人杰地灵，看得见山，望得见水。我们不得不佩服古人的智慧，连留给后人的地名都是那么具有诗情画意。

2022年深秋，之江大地山峦含黛、层林尽染。我慕名来到"绿水青山就是金山银山"理念的发源地——浙江省湖州市安吉县余村。

为了方便此行采访，我在高铁站出站口叫了出租车。司机老王是当地人，今年60岁，身材微胖，浓眉大眼，性格开朗。老王一路侃侃而谈，对安吉，特别是余村的历史变迁如数家珍，许多话题也说到了我的心坎里。

出租车飞驰在宽广的公路上，远山青翠，近水碧蓝，一个个新农村的时代样本从我眼前欢快地掠过。老王说，这些都有赖于党和政府的好政策，农民富了，农村美了。约1个小时后，我们来到了余村，并相约同行。

矗立在村口的高高石碑上，"绿水青山就是金山银山"十个红色字样依然醒目，喜迎八方来客。沿着习近平总书记的足迹，我亲身感受了余村10多年来的发展新貌：群山翡翠，竹海绵绵，一座座新建的农家住宅错落有致，来自全国各地三五成群的游客和一队队前来参加主题党日活动的党

"绿水青山就是金山银山"石碑

员干部穿行其间，在追寻真理之光照耀的红色之旅中，感悟余村如何将旅游业与生态农业、农耕体验、休闲度假和文体健康等有机融合，以旅游带动产业，以产业支撑农业，彰显"绿水青山就是金山银山"理念在乡村的生动实践。

走进余村党群服务中心，正对门处挂着一幅习近平同志2005年视察余村的巨幅照片，和一段记录了关于"绿水青山就是金山银山"最早出处的文字。照片下方是一个展柜式橱窗，展陈的是以"贡献占比大比拼，虎虎生威擂台赛"为题的2003年余村重点工作项目领办表，表中显示的年度18项工作，名称、要求、完成时间、领办人和当前工作完成情况十分清晰。凝视着这幅19年前的照片，我心潮澎湃，心情久久不能平静。当年在余村，习近平同志创造性地提出"绿水青山就是金山银山"的重要理念，用一句话解决了这个曾困扰浙江多年的发展难题。从此，"绿水青山就是金山银山"成为浙江绿色发展的风向标，我国东部经济强省的生态文明建设也从余村翻开了新篇章。

在老王的引导下，我们随一支研学团队走进了余村电影院，和他们一起观看了习近平同志提出"两山"理论的专题纪录片《绿水青山就是金山银山》。

多年前，因发展"石头经济"，余村的山变成了"秃头光"，水变成了"酱油汤"。痛定思痛的村民们决定换种活法，相继关停矿山和水泥厂，摸索如何发展"美丽经济"。

2005年8月，处在转型十字路口的余村，迎来了时任浙江省委书记的习近平同志。那天，习近平下车后顾不上擦汗，就在村委会召开座谈会，并让时任余村党支部书记的鲍新民第一个发言。看到省委书记没有一点架子，鲍新民紧张的心情随即放松下来："村里刚刚关了矿山、水泥厂，开始着手复绿复耕。"说到此处时，习近平马上关切地询问："今后村民收入靠什么？""以前一年好几百万元的村集体经济收入就只剩下20来万元，村里老百姓也无处打工了。"鲍新民声音低了些，显得有些彷徨，"我们也在想办法，村里有几户人家也办了农家乐，收入还不错，看来以后要靠生态旅游、农家乐，靠着青山吃青山了。"

听到鲍新民的发言，习近平给予了肯定："这个就是高明之举。"他接着说："既然要'生态立县'，总是有所为、有所不为，而不是什么都要。不要以环境为代价，去推动经济增长，因为这样的增长不是发展。反过来讲，为了使我们留下最美好的、最宝贵的，我们也要有所不为，也可能甚至会牺牲一些增长速度，这就是要在经济结构上，舍去一些严重污染环境的高能耗产业……一定不要再去想走老路，迷恋过去那种发展模式。"习近平即兴对在场的同志说了这番话："绿水青山就是金山银山。我们过去讲既要绿水青山，也要金山银山，其实绿水青山就是金山银山。"

几天后，习近平在《浙江日报》"之江新语"专栏发表《绿水青山也是金山银山》一文指出："如果能够把这些生态环境优势转化为生态农业、生态工业、生态旅游等生态经济的优势，那么绿水青山也就变成了金山银山。"2006年3月,习近平又在"之江新语"专栏撰文,阐释了人们对于绿水青山与金山银山之间关系的认识的三个阶段:第一个阶段是用绿水青山去换金山银山;第二个阶段是既要金山银山,但是也要保住绿水青山;第三个阶段是认识到绿水青山可以源源不断地带来金山银山,绿水青山本身就是金山银山。一次次深入浅出的阐释,讲清了道理,也指明了方向。

岁月如梭,2020年3月一个春雨绵绵的日子,习近平总书记时隔15年再次来到余村考察。看到村里的变化后,他欣慰地说:"余村现在取得的成绩证明,绿色发展的路子是正确的,路子选对了就要坚持走下去。"

在余村东西走向的村级主干道上,春林山庄农家乐的招牌格外醒目。午饭时分,不大的院子里坐满了南来北往的游客。在司机老王的引荐下,我和老板潘春林亲切交流起来:"潘老板生意好啊?""今年的生意特别好!"潘春林虽然个子不高、身板单薄,但目光有神、言语清晰。他告诉我,自己原先是矿山里的拖拉机手,当年矿山关停后,他拿出全部

作者通过网络给山东省济南市某文化传媒公司党员代表讲微党课

家当，并借钱开办农家乐。他曾在《新民晚报》前后3年不定期"广而告之"自家农家乐，每次刊登广告，至少能招来大半个月的客源。仅用了2年时间，他就还清了所有欠款，并走上了农家乐品牌经营的路子，带动周边村民一起致富。他高兴地告诉我："从靠山吃山，到富山养山，我们真正体会到绿水青山就是我们的幸福靠山。"

美丽中国从这里开始。通过多年的绿色发展，余村实现了从"卖石头"到"卖风景""卖故事""卖模式"的转变。原本泥泞的村路被平坦开阔的"两山绿道"取代，坑坑洼洼的矿山摇身变为"遗址公园"，复垦后的水泥厂旧址也被改建成了五彩田园。2021年，余村因其丰富的文化资源和自然资源，以及在可持续发展方面的努力，从75个国家的170个申请乡村中脱颖而出，成功入选首届联合国世界旅游组织最佳旅游乡村。绿水青山已是当地百姓的幸福靠山。

在与余村干部群众的交流中，我了解到，余村的蝶变有两个根本因素：一是坚定不移沿着"绿水青山就是金山银山"的理念走下去；二是抓住了青春的力量，让乡村更加年轻化。

陈喆是余村"全球合伙人"之一，他在由水泥厂改造而成的乡村图书馆里开起国漫主题文创店。文创店不仅卖咖啡，还把上海美术电影制片厂的IP（知识产权）引入余村。陈喆希望让国漫与绿水青山相结合，找到赋能乡村的更多可能性。在余村，一年有多达260场的文化社群活动，以及宽敞的青年创业空间、"大自然工位"、数字游民公社等，让陈喆这样的青年带着电脑就能实现"旅居式办公"。

余村党支部书记汪玉成介绍，为了持续拓宽"绿水青山"向"金山银山"的转化通道，安吉进一步将3个乡镇的24个行政村"打包"发展"大余村"建设，形成以点带面、片区联动、整体提升的生动局面。陪同我的司机老王一路上也做了介绍，他说当地老百姓都非常支持这样的决策，并对搭乘时代发展的列车充满了期待。

或许是一种巧合，余村本就有座山，名为青山，藏着金矿，只不过成色太差，村里"开青山、挖金矿"的路没走通。但是，真理伟力让余村圆了梦。如今，余村成立"两山"旅游公司，建起矿山遗址公园，他们按照总书记指引的方向，坚定不移变靠山吃山为养山富山。2022年村集体经济达到了1305万元，村民人均收入达到了64863元。

余村只有4.86平方公里的面积，在浙江1.9万多个村中是普通的一员，但余村注定是中国发展历史中不平凡的存在。"绿水青山就是金山银山"理念在安吉正式提出，凝结着习近平同志广泛深入调查研究的心血，是基于对浙江省情深刻认识和深思熟虑的思想成果，充满了唯物辩证法的思想光辉。一个村庄的巨变，让我们感悟到了真理指引下，一个国家的选择和一个民族崭新的未来。

劳动者是美丽的

有人说，劳动者的美，是浓烟滚滚中挺身而出化上的"烟熏妆"，是烈日灼阳下潜心工作烙下的"日晒红"，是汗水洒落时专注坚守留下的"汗渍白"……用再美的语言称赞劳动者都不为过，每一个劳动者都是我们身边最美的人。

与时代同行，令人感悟最深的是劳动者的奉献和担当。无论是在社会主义建设时期，还是在改革开放新时代，劳模精神、劳动精神、工匠精神都是以爱国主义为核心的民族精神和以改革创新为核心的时代精神的生动体现，是鼓舞全党全国各族人民风雨无阻、勇敢前进的强大精神动力。

2024年4月30日下午，我来到山东港口青岛港集团青岛前湾集装箱码头有限责任公司参观学习，与一线劳动者一起感受劳动的平凡与伟大，领悟我国一流水平的现代化港口的发展变化。在青岛港集团党群工作部负责人焦兰坤等人的陪同下，我首先参观了位于青岛港前湾集装箱码头职工候工区的许振超技

作者参观许振超技能大师工作室

能大师工作室。

　　大师工作室的解说员向我们介绍，许振超1950年1月8日出生于一个贫穷的工人家庭，18岁那年，只上了一年半初中的他，成为一名普通工人。在青岛港，许振超从一名普通码头工人成长为"学习型、知识型、创新型"的当代产业工人的杰出代表，荣膺"100位新中国成立以来感动中国人物"，并作为践行工匠精神的优秀代表，被授予"改革先锋"称号。许振超无疑是个传奇，大师背后的故事和精神，值得我们学习和传承。

　　大师之大，在于勤奋。1984年，青岛港组建集装箱公司，许振超被选为第一批桥吊司机。第一次接触这种高技术含量设备，面对二三百页的手册、密密麻麻的外文，许振超感到了压力。他买了一本英汉词典，挨个查询单词，把单词抄在本子上随身携带，有空就反复背、反复练，很快成了业务骨干。

　　大师之大，在于担当。1990年，港口一台桥吊的控制系统出现故障，如果请外国工程师维修，需要高达4.3万元人民币的维修费。当许振超通过不同渠道向外国专家请教时，却一次次吃了"闭门羹"。许振超向领导发誓："一定要争口气，学会自己修桥吊。"为了攻克这门技术，许振超着魔似的钻研攻关，先后倒推了不同型号的12块电路模板，绘制的电路图纸有近一米厚。

　　大师之大，在于情怀。许振超常说："我靠的就是永不满足的拼劲和学习上不服输的韧劲，只有这样，才能把自己锤炼成'能工巧匠'。"他不仅用4年时间攻克了各类桥吊控制系统的难关，还让技术参数和设备性能大幅度提升。这套模板图纸后来成为桥吊司机的技术手册，成了青岛港集装箱桥吊排障、提效的"利器"。

大师工作室不大，分展示区、工作研讨区、实训区3个区域。全国五一劳动奖章获得者、许振超直属弟子、振超精神传承者郭磊向我们介绍了工作室展示的装箱轮胎吊"油改电"模型、无动力装车模型、装车机模型、减速器模型等教学模具，讲解了门机模拟操作实训系统，钢丝绳探伤仪器等设施设备在实现生产技术攻关，新技术应用以及新项目、新产品的开发与技能人才培养的有机结合，这些都为今天发展新质生产力奠定了坚实的基础。

工作室至今仍保留着许振超的办公室，陪同我参观的公司领导激动地说，许振超1994年加入中国共产党时，曾深情回顾自己入行时亲朋好友的嘱托："好好干，当一个好工人！"几十年来，他坚守初心，孜孜以求，挺起码头工的脊梁，立足本职担当作为，终成产业大师。

他们还介绍，当许振超技能大师工作室获得人力资源和社会保障部批准之后，许振超对打造工匠精神更加关注。他带领团队围绕码头安全生产需求，开展科技攻关，推进互联网战略，持续破解安全生产难题，完成了"集装箱岸边智能操作系统"，在世界上率先实现"桥板头无人"，解决了集装箱桥板头作业人机交叉的风险问题。他带领团队打造的"48小时泊位预报、24小时确报"服务品牌，每年节约燃油1.26万吨，成为青岛港的又一金字招牌。

许振超就是靠着这种永不满足的拼劲和学习上不服输的韧劲，把自己锤炼成"能工巧匠"。从业几十年，他始终践行执着专注、精益求精、一丝不苟、追求卓越的工匠精神，在平凡的岗位上做出不平凡的业绩，展现了一代大师"肩扛千斤，谓之责；背负万石，谓之任"的炽热情怀。

在大师工作室研讨区，我有幸与工作人员就如何学习许振超精神，做一名新时代的追光者进行了交流座谈。在交流中，我谈到，作为集中彰显劳动精神、劳模精神、工匠精神的青岛港口，应发挥"红蓝融合"理念，更好赋能新质生产力发展的优势。随着中国特色社会主义现代化建设飞速发展，我们越来越需要大量有知识、有技能的人才。特别是随着科技爆发式变革、人工智能的出现，我们必须用全新的思维审视自己，不断勤奋努力、敢于拼搏奉献，才能紧跟时代发展步伐。在场的几位青年工人纷纷谈到，一定要学习许振超"干就干一流，争就争第一"的精神，努力成为像他一样为国家、为社会作出贡献的人。

随后，我们来到山东港口集团青岛港"连钢创新团队"诞生地青岛港全自动化集装箱码头。2013年，"连钢创新团队"组建。2021年9月19日，由"连钢创新团队"自主研发的全球首创自动化桥吊"一对多"监控系统顺利完成上线测试。2020年8月31日，山东港口集团青岛港"连钢创新团队"被授予"齐鲁时代楷模"称号。2020年12月30日，中共中央宣传部授予山东港口集团青岛港"连钢创新团队""时代楷模"称号。

作为创新团队带头人的张连钢动情地说："刚开始没经验，想到欧洲的自动化码头参观，可人家都不让下车拍照。我们鼓足一口气，就是要自立自强，建设中国人自己的自动化码头。""拼命干不一定干好，不拼命干肯定干不好！"正是在这种精神的指引下，他带领团队攻克一个个难关，实现软硬件设备全部国产化，并把

"时代楷模""连钢创新团队"展览

相关技术推广到"一带一路"沿线国家。

青岛港自动化码头科技创新教育基地设计新颖别致，一楼的"群英荟萃"展馆，全方位、全过程、全景式展现了海港儿女的百年奋斗历程，展示了山东港口阔步迈向世界一流海洋港口的金色未来。

我们在一片荣誉展区驻足。从"金牌工人"许振超到"时代楷模""连钢创新团队"，再到一大批先模群体，山东港口群英荟萃，人才辈出，先后有32人获得国家级荣誉，1048人获得省部级荣誉。在这片育人成才的沃土上，广大海港职工传承劳模精神、劳动精神、工匠精神，唱响"工人伟大、劳动光荣"的主旋律。随行人员介绍，在32个国家级荣誉获得者中，有80%是农民出身的工人，他们用劳动赢得国家认可，为国家作出了贡献。正如当年一位领导所讲："不管是种地的、扛包的、军营的、院校的，只要愿意干、好好干、尽职尽责地干，人人都会大有作为，人人都能成长成才。"

展馆用大篇幅展示了"连钢创新团队"在习近平新时代中国特色社会主义思想的指引下，艰难起步、自主创新，建设全自动化集装箱码头的历程，记录了新时代世界领先、国内一流的创新实践，体现了山东港口职工勇挑重担、敢于争先的责任担当。

在全自动化集装箱码头和空轨设备作业的操作现场参观平台，一边是气势恢宏的人工码头，一边是十分繁忙的现代化无人智能码头。16台蓝色自动化桥吊矗立在茫茫雾海中，娴熟地伸开臂膀，抓起自动化导引车上的集装箱，让每一个参观者深受震撼。在2020年世界移动通信大会上，"连钢创新团队"赢得了这样的评价："青岛港自动化码头作为全球首个5G智慧码头，为世界5G应用奠定了基石！"

劳动谱写时代华章，奋斗创造美好未来。许振超作为劳模精神、劳动精神、工匠精神的典型代表，爱岗敬业、创新创造、默默奉献，生动诠释

青岛港全自动化集装箱码头

了产业工人的大家风范。我们要以最美劳动者为榜样，积极投身以高质量发展推进中国式现代化的火热实践中，实现人生价值和梦想追求。

告别青岛港码头的那一刻，天空突然放晴，桥吊隐约在空中画出一道优美的弧线。起起落落的集装箱，分明是一面面高高飘扬的"中国智造"的旗帜。

海上丝绸之路从这里出发

丝绸之路不仅是一个地理名词，更是一段跨越千年的历史，一个承载着文化、商贸与友谊的传奇。1000多年前，先辈们怀着友好交往的朴素愿望，开辟出联通亚欧非的丝绸之路，架起了东西方和平合作的桥梁。

2013年9月7日和10月3日，国家主席习近平在访问哈萨克斯坦、印度尼西亚期间先后提出共同建设"丝绸之路经济带"与"21世纪海上丝绸之路"两大倡议，简称"一带一路"倡议。共建"一带一路"倡议，旨在传承丝绸之路精神，携手打造开放合作平台，为各国合作发展提供新动力。

从长安到罗马，从泉州到麦加，古丝绸之路绵亘万里，延续千年，积淀了以"和平合作、开放包容、互学互鉴、互利共赢"为核心的丝路精神。

2022年3月8日，我驱车来到福建省泉州市，开启了追寻跨越千年历史文化的海上丝绸之路之旅。次日，在离泉州20多公里的石狮市，我参观了福建省世茂海上丝绸之路博物馆。

博物馆毗邻世茂摩天城，是世茂集团和故宫博物院共同建设的大型综合类博物馆。博物馆设计风格独特，参照了闽南大厝三合院及四合院的形式，以红砖白石砌墙垒院，并传承自春秋以来的"高台榭、美宫室"建筑风尚，营造椭圆形的高台基座，让人过目不忘。

踏入博物馆的大门，我仿佛回到了那个帆影重重、商贾云集的时代。

福建省世茂海上丝绸之路博物馆

解说员介绍，海上丝绸之路作为丝绸之路的一个分支，1913年由法国东方学家沙畹首次提出。中国境内海上丝绸之路主要由广州、泉州、宁波3个主港和其他支线港组成，是当年我国东部经海上航行到达欧洲和非洲的重要交流路线。古代海上丝绸之路也被称为"海上陶瓷之路"和"海上香料之路"，分为南海航线和东海航线。1991年，在联合国教科文组织对我国"海丝"进行综合考察过程中，泉州因"海丝"历史文化遗存丰富多元脱颖而出，被认定为海上丝绸之路的起点。

在导游的带领下，我在博物馆依次参观了海上丝绸之路展厅、丝路山水地图数字展厅。"穿越丝路之旅——《丝路山水地图》数字艺术展"通过打造沉浸式视觉盛宴，比如"中欧专列"数字模拟有关站点风土人情及国家地域文化，让人耳目一新、流连忘返。博物馆展示了"一带一路"倡议在亚欧非及世界各国互利合作中作出的重要贡献：共建"一带一路"倡议提出10多年来，拉动近万亿美元投资规模，形成3000多个合作项目，为共建国家创造42万个工作岗位，让将近4000万人摆脱贫困，使各国获得更多发展机会，成果更好惠及民生。

在博物馆，我被一幅巨大的航海图吸引。它详细标注了古代海上丝绸之路的航线：从泉州港出发，穿越南海、印度洋，直至东非、阿拉伯半岛。

这幅航海图不仅展示了古代中国人民的航海技术，更体现了他们的对未知世界无限好奇和冒险精神。

博物馆设置了一段模拟古代海船的展区，置

林銮渡以唐代航海家林銮命名。当年郑和下西洋的船队曾停靠这里，是研究海上丝绸之路的重要实物资料

身其中，我仿佛听到了海浪拍打船身的声音，感受到了船只在波涛中前行的颠簸。这让我更加敬佩那些古代的航海家们，他们在茫茫大海上，凭借着简陋的船只和有限的导航工具，开辟出一条条通往世界的航线，为中国乃至世界的经济文化交流作出了巨大贡献。

在这条丝绸之路上，郑和是一个无法被遗忘的名字。他是明代伟大的航海家，曾七下西洋，开创了中国航海史上的奇迹。他率领庞大的船队，穿越茫茫大海，与沿途各国建立了友好的外交关系，推动了东西方文化的交流与商贸的往来。每当提及郑和，我的心中都充满敬仰与钦佩。

在参观过程中，我不断被展品背后的故事打动。那些精美的瓷器不仅是工艺品，更是古代中国与世界交流的桥梁。这些瓷器沿着海上丝绸之路传播到世界各地，成为中国文化的使者。位于雅加达的印度尼西亚国家博物馆内，珍藏着8000余件中国瓷器文物，向人们讲述着中国和印度尼西亚的文化交流和海上丝绸之路发展兴盛的故事。

据《汉书·地理志》记载，早至公元前1世纪，中国与东南亚各国就多有来往。在汉代广为流行的香料"鸡舌香"正是原产自印度尼西亚群岛的植物"丁香"。古籍中的记载与一件件出土文物相互印证，勾勒出一条始于中国东南沿海，贯穿整个东南亚、南亚地区的海上丝绸之路。海上丝绸之路不仅是一条商贸通道，更是一条文化交流的纽带，展现了中华民族开拓进取、包容并蓄的精神风貌。这种精神力量，不仅激励着我们不断探索未知领域，也推动着我们在全球化的大背景下，加强与世界各国的交流与合作。

作为海上丝绸之路的起点，泉州见证着中国与共建国家实现发展繁荣、交流互鉴的过程，在"一带一路"倡议中具有独特的历史地位。陪同我的当地从事融媒体行业的友人老吴告诉我，泉州是福建省的三大中心城市之一，被列入国家"一带一路"倡议的21世纪海上丝绸之路先行区后，经济社会飞速发展。石狮这座小城也从过去单纯的渔港，发展成为国际化的商贸城市。

2023年12月8日，我再一次来到泉州，适逢由文化和旅游部、福建省人民政府主办的第五届海上丝绸之路国际艺术节在这里举行。来自43个国家和地区的52个艺术团体，1600多名艺术家、专家学者、国际友人和媒体记者发出了共同的声音："浩瀚的太平洋把我们紧紧连在一起，我们一衣带水，唇齿相依。"由多国艺术家共同演绎的《美美与共》把活动推向高潮，让我们看到了多元文化的融合，真切感受到海上丝绸之路精神的时代光芒。

"开放是人类文明进步的重要动力，是世界繁荣发展的必由之路。"今天，我们追寻海上丝绸之路的足迹，重温那段辉煌的历史，就是要与世界各国携手共进，书写新的丝路传奇，在构建人类命运共同体的伟大实践中，彰显大国大党的全球视野、天下情怀和时代担当。

"大国重器"竞风流

在这个风起云涌的新时代,"大国重器"代表着国家实力与科技进步,是凝聚民族精神和国家自信的生动体现。近年来,寻访"大国重器",成为爱国主义教育和红色文化旅游的新潮流。

2024年春天,我先后来到山东舰停泊地、青岛港、国家深海基地和港珠澳大桥参观,探寻"大国重器"及背后的故事。

3月21日,我来到南海某海域山东舰的停泊地。我国首艘国产航空母舰如同海上巨霸,静静地停靠在港口,展现出无与伦比的雄姿。

站在甲板上,我仿佛能感受到它散发出的强大力量,那是国家海军力量的象征,也是国家综合实力的体现。陪同我参观的是基地的李中校参谋,他精心为我讲述了山东舰的建造历程和性能特点。作为一名有着36年军龄的老兵,我的心中充满了自豪与敬佩。

驻足凝视大气多元的山东舰舰徽,李参谋介绍,舰徽上的军徽和三蓝两白浪花取自于海军元素,舰艇围绕地球航行的图案,体现出首艘国产航母舰员"人民海军忠于党,舰行万里不迷航"的政治特质。以地球为背景,航母纵横大洋,寓意着人民海军担负的使命和任务,同时也体现出航母部队的决心和意志。将蓝色的橄榄枝围绕在地球之外的圆环之中,体现出中国海军热爱和平、维护和平的大国责任。舰徽上方的"忠诚、勇毅、精武、制胜"八个字,则是船员们永远坚守的舰训。金色的缆绳和水兵的飘带构成的圆环,体现出首艘国产航母上舰员英勇顽强、拼搏奋进的无畏精神。

山东也是我的第二故乡,我对"家乡舰"的山东元素自然有着一份特殊的感情。李参谋细心地指着飘带上装饰的暗纹告诉我,这是取自新石器时代山东泰安大汶口文化中的水波纹图样,既体现了首艘国产航母部队承载着中华民族几千年来面海而生、向海图强的夙愿和责任,又映衬出山东是我国东部沿海人口大省、经济大省、文化大省、驻军大省、兵员大省、拥军大省,沂蒙精神发源地、全国唯一以省命名的革命老区的特质。我想,这些应当也是首艘国产航母以"山东"命名的应有之义吧。

在山东舰上,我见到了山东籍战士小张,我们畅谈了人民海军走向深蓝、向海图强的使命责任。"老乡"遇老乡,小张既开心,又激动。他深情回顾了一年多前自己执行任务时的情景。

2023年4月,在东部战区组织的环台岛战备警巡和"联合利剑"演习中,海军山东舰如开山巨斧,划开一望无际的深蓝海面。飞行甲板上,数架歼-15飞机整齐列阵、蓄势待发。这是山东舰首次赴台岛以东海域开展远海训练,充分展示了我军远海作战能力,向"台独"分裂势力释放出强烈的震慑信号。当时,小张身着红色马甲,亲手推着导弹车,熟练地为即将起飞的战机挂弹。那一刻,他为自己是山东舰的一员而感到自豪。

小张告诉我,他

山东舰女兵

的家乡是革命老区临沂，他从小听着淮海战役的故事长大。每当推着导弹车为战鹰挂弹，他的脑海中总会浮现出淮海战役中，几百万家乡人民推着独轮车输送弹药、粮食，转运伤员的情景。回望初心，从信仰的山路到希望的田野，再到阔步远海大洋，他用行动彰显了忠诚干事的底色。

在山东舰一处图书阅览室前的宣传栏上，我认真阅读了记录了革命战争年代，沂蒙军民在党的领导下不畏艰苦、浴血奋战，用汗水、鲜血和生命培育形成了"水乳交融、生死与共"的沂蒙精神的文字。沂蒙精神历久弥新，如今已走进大海深处，也融入山东舰全体官兵的血脉之中。这方流动的国土，无疑是山东人的骄傲。

战舰擎梦，奋进深蓝。2024年4月23日，在人民海军成立75周年前夕，我应海军战友邀请来到山东青岛港3号码头，参加了海军举行的军营开放相关活动。

在青岛港3号码头，贵阳舰、石家庄舰、可可西里湖舰和洪泽湖船以挂满旗的礼仪欢迎来自全国各地的参观者。在活动现场，海军官兵还展示了打绳结、旗语等海军基础科目，让公众在互动体验中加深对海军的了解。

我随着参观人流登上了贵阳舰。贵阳舰，舷号"119"，是我国自行设计建造的052D型导弹驱逐舰，集成了多种新型的武器装备，是本次舰艇开放活动的焦点。贵阳舰满载排水量近7000吨，于2019年2月加入人民海军战斗序列。据军事专家介绍，贵阳

舰艇开放活动

舰信息化程度高、隐身性能好、电磁兼容性强，主要担负编队区域防空、对海作战等使命任务。入列以来，贵阳舰先后执行了庆祝人民海军成立70周年多国海军活动、航母编队训练等重大任务。2020年9月，贵阳舰执行第36批亚丁湾护航任务，全程历时184天，曾创造人民海军舰艇海上执行任务不靠满港休整的远航纪录。

海军开放日的一幅照片使无数人泪目：一个小男孩靠在军舰上，脸上洋溢着幸福笑容。这一刻，我不禁想起1937年的上海，在日本轰炸的废墟中，一个同样年纪的小男孩在号啕大哭。二者形成了鲜明的对比，令人百感交集。富国才能强军，军强才能国安。今天的世界并不太平，勿忘国耻才能不让历史重演。

"融进大海，我是浪花一朵；洒向夜空，我是星星一颗；岁月静好，我是底色；清澈的爱，献给我的祖国，请党放心，强军有我。"一首《强军有我》，唱出了新时代革命军人的职责和担当。他们一如眼前整齐排列的舰船，正在接受人民的检阅。

2024年4月20日，我有幸来到国家深海基地，目睹了"大国重器""蛟龙号"的风采。

国家深海基地位于山东省青岛市即墨区鳌山卫的"鳌头"，远远望去，它静静地面对着广袤的黄海，前方一道大坝将大海划开，两侧的草岛和柴岛两岛环抱，把一片静谧的小海湾揽入怀中。深海基地项目在国内史无前例，是继俄罗斯、美国、法国和日本之后，世界上第5个深海技术支撑基地，将建成面向全国，多功能、全开放的国家级公共服务平台，对维护中国的海洋安全和海洋权益具有长远的战略意义。作为我国深海科考的核心载体，"蛟龙号"以其卓越的性能和先进的技术，为我国深海探索立下了赫赫战功。

2012年6月，中国第一艘深海载人潜水器"蛟龙号"在马里亚纳海沟成功下潜7062米，创造了世界同类作业型载人潜水器最大下潜深度纪录，标志着中国海底载人

"蛟龙号"模型

科学研究和资源勘探能力达到国际领先水平。相关工作人员介绍，2023年，我国"蛟龙探海"成果频出："大洋号""大洋一号""深海一号"船完成大洋4个航次调查任务，"曼塔号""洞察号"等一批拥有自主知识产权的"探海利器"协同作业……特别是当年7月，"蛟龙号"载人潜水器抵达"曼塔号"2022年作业站点，评估扰动后的环境恢复状况，不断推动深海绿色采集技术改进与完善，助力大洋科考形成"多个海域、多种资源、多船作业"的海上调查格局。

在青岛期间，我应邀参加了一次以科学家和青年学生为主要参会人员的"蛟龙探海"报告会。报告会分享了2023年12月17日，科考团队搭乘"深海一号"科考船，赴大西洋执行85天远洋科考任务，探索未知的深海奥秘的神奇之旅。海洋是国家的蓝色疆土，是资源的重要宝库，"蛟龙探海"报告让在场的青年学子对我国强大的海洋实力和科学家勇敢无畏的探索精神惊叹不已。

大国重器"蛟龙号"乘风破浪，一路前行。站在它旁边，我仿佛能感受到它下潜深海时的那种气魄。这不仅是科技的结晶，更是国家深海探索能力的象征。

波光粼粼的伶仃洋上，游客们欢声笑语不断，拍照"打卡"忙个不停。2023年12月15日，港珠澳大桥正式向公众开放，月接待游客约3.3万人次，成为大湾区旅游的热门打卡项目。

2024年2月29日，我追寻着当年"春天的故事"，来到大湾区深圳、珠海等地参观，游览港珠澳大桥，领略国家工程的风采。

港珠澳大桥旅游线路地处香港、珠海、澳门三地口岸之间，位于海关监管区和口岸限定区域内。整个游览分坐车观桥和游览海中人工岛（蓝海豚岛）。游客从港珠澳大桥珠海公路口岸出发前往蓝海豚岛，全程游览时间约2个小时。

解说员为我们深情讲述了港珠澳大桥建设的故事。2018年10月24日上午9时，港珠澳大桥正式通车。自此，从香港到珠海、澳门仅需30分钟车程。这是国家意志、国家战略的又一力作，引起全球关注。港珠澳大桥是世界上最长的跨海大桥，拥有世界上最长的海底沉管隧道，被英国《卫报》评为"新世界七大奇迹"之一。

港珠澳大桥

其实，港珠澳大桥从酝酿到建成通车长达30多年时间。早在20世纪80年代末，为加快珠海经济特区及珠三角区域发展战略的推进，珠海市提出了"打通对外开放通道，建设一座连接珠海与香港的伶仃洋大桥"的设想，经过多年反复调研认证，于 2002 年向中央政府提出修建港珠澳大桥的建议。

2003 年 8 月，国务院批准开展港珠澳大桥项目前期工作，并同意成立由香港特别行政区政府作为召集人，粤港澳三方组成"港珠澳大桥前期工作协调小组"，启动前期相关准备工作。2006 年，经国务院批准，由国家发展改革委员会牵头成立了港珠澳大桥专责小组，负责项目前期工作中的重大问题协调。2009 年 10 月 28 日，国务院常务会议正式批准港珠澳大桥工程可行性研究报告，这标志着港珠澳大桥进入实质性实施阶段。

然而，整个港珠澳大桥工程中最核心，也是难度最大的是外海沉管隧道的安装技术，此前，我们国家在这方面是零基础。是购买技术还是自主研发？这是绕不过的难题。当时韩国有一座巨济大桥，大桥的沉管隧道技术来自荷兰的一家公司。于是，港珠澳大桥项目经理、总工程师林鸣带队赴韩国釜山，但当提出看看他们的设备时，对方拒绝了。无奈之下，他们只能求助荷兰公司，但荷兰公司只提供技术，且漫天要价。我们只剩下一条路，那就是"自强不息、自我研发、自主掌握核心技术"。

功夫不负有心人，2013 年 5 月 2 日，我国自主研发的第一节沉管成功诞生，并顺利安装就位。这在有着 130 多年历史的荷兰公司看来，是不可能完成的事。

2018 年 10 月 23 日上午，中共中央总书记、国家主席、中央军委主席习近平出席了在广东珠海举行的港珠澳大桥开通仪式。他指出，港珠澳大桥的建设创下多项世界之最，非常了不起，体现了一个国家逢山开路、遇水架桥的奋斗精神，体现了我国综合国力、自主创新能力，体现了勇创世界一流的民族志气。这是一座圆梦桥、同心桥、自信桥、复兴桥。媒体报道，截至 2024 年 4 月 27 日 16 时，经港珠澳大桥珠海公路口岸出入境的车辆突破 1000 万辆次。在加速粤港澳互联互通的同时，港珠澳大桥联通国内国际双循环的作用日益凸显。

参观"大国重器"是一次难忘的经历，它让我们更加坚定了对祖国的热爱和信心。"大国重器"不仅展示了我国在科技、军事、工业等领域的强大实力，更彰显了中华民族自强不息、勇攀高峰的精神风貌。我们有理由相信，在未来的日子里，中国将继续在世界舞台上展现出更加璀璨的光芒。

附 篇

精神的力量

伟大事业孕育伟大精神，伟大精神推动伟大事业。

毛泽东曾指出："人是要有一点精神的，无产阶级的革命精神就是由这里头出来的。"他还列举了一个生动的例子："锦州那个地方出苹果，辽西战役的时候，正是秋天，老百姓家里很多苹果，我们战士一个都不去拿。我看了那个消息很感动。在这个问题上，战士们自觉地认为：不吃是很高尚的，而吃了是很卑鄙的，因为这是人民的苹果。"在苹果的诱惑面前，战士们战胜了由饥饿带来的生理和心理欲求，这就是精神的力量。

在百年奋斗征程中，我们党不仅团结带领人民创造了历史伟业，还绘就了以伟大建党精神为源头的中国共产党人精神谱系。2021年9月29日，中共中央批准了中共中央宣传部梳理的第一批纳入中国共产党人精神谱系的伟大精神，包括建党精神、井冈山精神、苏区精神等。这是我们党在领导人民进行革命、建设和改革的过程中锻造形成的宝贵精神财富，彰显了中华民族和中国人民长期以来形成的伟大创造精神、伟大奋斗精神、伟大团结精神、伟大梦想精神，集中体现了党的坚定信念、根本宗旨、优良作风，凝聚着中国共产党人艰苦奋斗、牺牲奉献、开拓进取的伟大品格。其核心要义概括地讲就是：理想信念是根本支柱，对党忠诚是本质要求，艰苦奋斗是主题主线，牺牲奉献是昂扬基调，创新创造是高尚品格，为公为民是政治本色。

一个初创时只有50多名党员的政党，何以发展成为拥有9900多万名党员、领导着14亿多人口大国、具有重大全球影响力的世界第一大执政党？何以引领中华民族欣欣向荣，以不可阻挡的步伐迈向伟大复兴？

2021年7月1日，在庆祝中国共产党成立100周年大会上，中共中央总书记、国家主席、中央军委主席习近平用坚定的目光追溯回望历史巨轮的雄壮启航："一百年前，中国共产党的先驱们创建了中国共产党，形成了坚持真理、坚守理想，践行初心、担当使命，不怕牺牲、英勇斗争，对党忠诚、不负人民的伟大建党精神，这是中国共产党的精神之源。"这三十二个字浓缩了百年精华，揭示了历史真谛，深刻阐明了"中国共产党为什么能"的精神密码。伟大建党精神像一块巨大的基石，凝聚成中国共产党与生俱来的红色基因，成为其不同于其他政党的精神标识。

中国共产党历史展览馆

党的十八大以来，习近平总书记高度重视发扬伟大革命精神，高度重视精神力量的激发和培育，反复强调，中国共产党的伟大革命精神，无论过去、现在还是将来，都是我们党和国家的宝贵精神财富。这些年来，人们越来越认识到，中国共产党人精神谱系在社会主义精神文明建设中，挖掘了更多更新的理论成果，为中国式现代化注入了强大的精神力量。

一

天下至德，莫大于忠。1921年，中共一大决定，"承认本党党纲和政策"以及"愿成为忠实的党员者"，是入党的两个基本条件。之后，党的二大延续这一要求，并不断深化对党忠诚的教育。

习近平总书记对中国共产党人精神谱系作出了原创性重大贡献。他不仅确定了新时代党的精神的基本内容，结合新时代要求不断概括出新的精神形态，而且不断回望和总结历史，对其他历史阶段的精神内容作出新的重要论述。比如，认定和概括了红船精神、苏区精神、抗战精神、抗美援朝精神、焦裕禄精神等，提出了中国共产党人精神谱系的概念。

文化立心铸魂，思想定向领航。党的十八大以来，习近平总书记始终高扬精神之旗，多次在不同场合强调"走得再远、走到再光辉的未来，也不能忘记走过的过去，不能忘记为什么出发"，"红色基因就是要传承。中华民族从站起来、富起来到强起来，经历了多少坎坷、创造了多少奇迹，要让后代牢记，我们要不忘初心，永远不可迷失了方向和道路"，"人民有信仰，国家有力量，民族有希望"，"物质富足、精神富有是社会主义现代化的根本要求"。这些重要论述贯穿着辩证唯物主义和历史唯物主义的世界观、方法论，体现了人民领袖对革命、对历史、对人民的厚重情怀和卓越的政治智慧。在这些重要论述指引下学习党的革命精神，更能加深

作者参观中国共产党历史展览馆

对习近平新时代中国特色社会主义思想的认识和理解。让真理的味道、思想的力量、领袖的魅力入脑入心入魂，转化为强国有我、复兴有我的实干担当。

从2022年初开始，我用近3年时间，走进中国共产党人精神谱系发源地的一百多个红色地标。一个个信仰坚定、对党忠诚的共产党人的光辉形象，以及他们坚贞不屈的伟大精神，在我的脑海里变得更加鲜活起来。

方志敏就义前说："敌人只能砍下我们的头颅，绝不能丝毫动摇我们的信仰！"

刘胡兰在敌人铡刀面前坚贞不屈、视死如归，怒问敌人："我咋个死法？"

江姐面对敌人的严刑拷打，始终坚贞不屈："毒刑拷打，那是太小的考验。竹签子是竹子做的，共产党员的意志是钢铁！"

革命先辈们用鲜血和生命谱写了"忠诚印寸心，浩然充两间"的壮美史诗。

党的事业，人民的事业，是靠千千万万党员的忠诚奉献而不断铸就的。我们要以革命先烈和时代楷模为榜样，学习党和国家的宝贵精神财富，用实际行动表达对党的赤胆忠心。

在追寻初心之源的万里征程中，我走进著名的西安交通大学钱学森图书馆参观学习，与青年学生座谈交流，触摸钱学森对党和国家的忠诚大爱，重温一代追梦者、信仰者以身许国的激情燃烧的岁月，感悟科学家精神的时代光芒。

钱学森是享誉海内外的杰出科学家和我国航天事业的奠基人，中国科学院、中国工程院资深院士。他在取得杰出成就，具有"抵得上5个师兵力"的身价时，突破重重阻力从美国回到了祖国怀抱。他动情地说："我的事业在中国，我的成就在中国，我的归宿在中国。"

他多次谈到自己一生中三次激动的时刻，其中之一就是加入中国共产党。他常说："一切成就归于党，归于集体。""我作为一名科技工作者，活着的目的就是为人民服务。如果人民最后对我的工作满意的话，那才是最高奖赏。"

钱学森始终坚信"外国人能搞的中国人也能搞"。1955年初冬，刚刚回国的他就到哈尔滨军事工程学院参观。当时任院长的陈赓大将问他："钱先生，中国人自己搞导弹行不行？"钱学森坚定地回答道："有什么不能的？外国人能造出来的，我们中国人同样能造出来。难道中国人比外国人矮一截不成？"

1960年，当"东风一号"导弹研制到最关键的时候，苏联撤走全部专家。聂荣臻元帅急切地问钱学森："你觉得我们的事业还能继续下去吗？"钱

西安交通大学钱学森图书馆

作者应邀到山东省退役军人事务厅作报告

学森同样坚定地说："能，当然能。"在苏联撤走专家的83天后，"东风一号"导弹发射成功。钱学森坚定的自信，源自他坚定的信仰和忠诚。

2023年3月2日下午，我应邀走进山东省退役军人事务厅，以"真理之光照亮精神印记之旅"为题，作了长达2个多小时的宣讲发言。在交流这次红色追光之旅的初衷时，我动情地讲："人还是应当有点精神，唯热爱可抵岁月漫长，不能人退休了让思想也退休了，应当老有所为，尽心尽力为社会做点贡献，以实际行动践行'老兵永远跟党走'的誓言。"

初夏时节，海风温柔，夜色宁谧。我应邀走进山东大学青岛校区讲堂，以"中国共产党一路走来"为题，与青年学生进行了交流。

青年强，则国家强。青年一代有理想、有担当，国家就有前途，民族就有希望。在新的征程上，到处都是青春的足迹、青春的奉献。在讲述脱贫攻坚精神、抗疫精神、新时代北斗精神时，我列举了一组"硬核"数据：截至2021年，47万名"三支一扶"人员、数百万参与"三下乡"社会实践的青年学生，为脱贫攻坚和乡村振兴提供新助力；北斗卫星团队核心人员平均年龄36岁，量子科学团队平均年龄35岁，中国天眼FAST研发团队平均年龄仅30岁……

一个个青春、活泼、自信的身影，彰显出他们踔厉奋发、砥砺前行的坚定意志。

二

初心是一个人最初的信念、目标和理想。

"不忘初心"最早见于唐代白居易的《画弥勒上生帧记》:"所以表不忘初心,而必果本愿也。"只有始终牢记初心,才能实现最初的情怀和抱负。

初心是新时代的大主题,党的十九大把"不忘初心、牢记使命"作为中国共产党的时代主题。习近平总书记指出,中国共产党人的初心和使命,就是为中国人民谋幸福,为中华民族谋复兴。

行走在祖国大地一个个实践"不忘初心、牢记使命"的精神坐标上,我更加深刻地体会到,中国共产党人的初心和使命体现在党领导革命、建设、改革的伟大实践中,更体现在广大党员干部的政治觉悟、意志品质、思想道德和工作作风中,不是一阵子的事,而是一辈子的事。

张桂梅是云南省丽江市华坪女子高级中学党支部书记、校长,她扎根边疆教育一线40多年,致力于山区教育事业的发展,推动创建了中国第一所公办免费女子高中。自2008年建校以来,她帮助2000多名女孩走出大山,实现大学梦。她说:"我没有存款,没有房子,也没有家庭,但我有一颗火热的心,我的心里有党、有祖国、有人民、有学校、有千千万万的孩子们。"张桂梅献身教育事业,为大山里的女孩点燃希望,用实际行动践行了自己的初心。新时代新征程,我们要学习传承张桂梅身上爱党爱国的崇高信念、攻坚克难的坚定意志和无私奉献的高尚情操,在本职岗位上建功立业。

不忘初心,方得始终。对于一个政党、一个人而言,最难得的是历经沧桑而初心不改、饱经风霜而本色依旧。切不可走得太快、走得太远，忘记了自己为什么出发，忘记了自己走过的路。我们要坚守初心，不辱使命，一往无前，去实现自己的价值追求。

从一个农家子弟，成长为人民解放军的大校军官，我很知足，也很感恩。回望初心，我不禁想起那块挂在老家老屋门前30多年的"光荣人家""光荣军属"牌匾及背后的家国情怀故事。

"当兵为什么光荣？光荣因为责任重。"在我参军离家的前夜，父母与我促膝长谈。父亲说："一人参军，全家光荣。你穿上了军装，是咱们全家的光荣，光荣人家该做什么，不该做什么，要时刻记在心里。""儿行千里母担忧。你一人在外，平安就是对我们最好的孝顺。我们不指望你大富大贵、光宗耀祖，但必须精忠报国，给父老乡亲争光，给咱家门前的光荣牌争光。"

30多年来，我一直记着父亲的话。每年回家探亲时，我总是要回到老屋，多看几眼门前那块代表着光荣和梦想的牌匾。

我的父亲没有什么文化，但他一直是我的人生导师，教会我很多为人处世的道理。小时候，他教给我"吃得苦中苦，方为人上人"，"吃苦就是吃补"的朴素道理；我到部队后，他教育我"宁可亏待自己，也不愧对他人""吃亏是福报"；在我提了干，特别是

2019年，作者回家探亲时和母亲在一起

担任领导职务后，他更是教导我"小心驶得万年船""家风是家运"的普遍规律。

在我的军旅生涯中，父亲写给我的家书至少有100封。想起当年的"两地书，父子情"，如今的我依然激动不已。我就是在这样的家庭教育中一天天、一年年长大成人的。这些年，我们家两代人中先后有5人参军入伍，有的还在现役岗位，有的投身地方经济建设。"光荣人家"的荣誉在新时代又赋予我们家新的内涵。

一块小小的牌匾，塑造了一个家庭的家风，造就了一个家族的兴旺，这无疑是精神的力量、初心的力量。

2023年7月，"闪闪的红星"讲师团亮相济南。这是我退出现役后最先参加的社会公益性组织。讲师团是经退役军人事务部思想政治和权益维护司、国家退役军人服务中心等单位联合批准，由济南市委宣传部、济南市退役军人事务局指导和主管的公益宣讲团队，由原济南军区退役的"老政工"组成，我有幸担任了宣讲团副团长。不久后，我被山东省委讲师团聘为宣讲专家成员。

习近平总书记指出，新时代坚持和发展中国特色社会主义，需要大批能把马克思主义中国化讲好的人才，讲人民群众听得懂、听得进的话语，让党的创新理论"飞

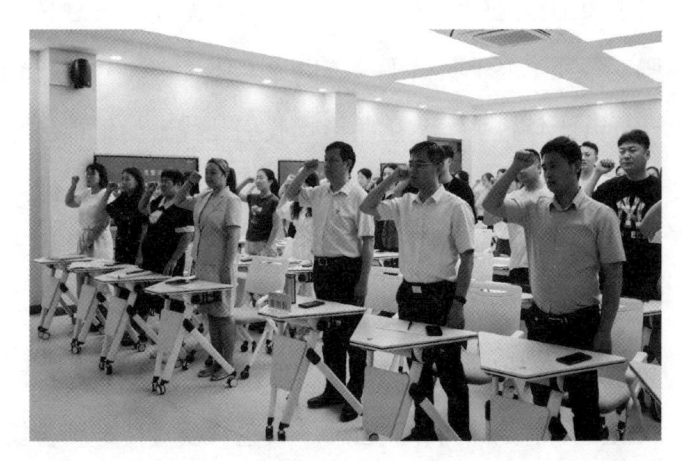

2024年7月1日，作者参加山东协和学院主题党日活动，宣讲党的精神

入寻常百姓家"。这些年来，我一直以传承红色基因、弘扬红色文化为主题，努力讲好中国故事、中国共产党故事、新时代故事，内心非常满足踏实。

三

人无精神则不立，国无精神则不强。党的伟大精神和光荣传统是我们的宝贵精神财富，是激励我们奋勇前进的强大精神动力。

中国共产党人精神谱系深深融入党和人民的血脉之中，为实现民族独立、人民解放、国家富强、人民幸福，中华民族站起来、富起来、强起来提供了强大精神动力。

重读《陪读夫人》，书里讲的一段故事让我十分感动。身居美国的母亲为了让儿子学汉语，讲起了"草原英雄小姐妹"的事迹。当儿子听到小姐妹为保护公社的羊被冻成重伤时，他突然发问："妈妈，她们这样做，国家会付给她们很多钱的，是吗？我们老师说，工作就该有报酬啊！"

母亲思考良久，语重心长地告诉儿子："最好的奖励是全国小朋友都学习她们，都能受到一种崇高的精神感染。为了国家利益，个人牺牲一下是值得的。这种能塑造人心、提升民族品格的意义，能用区区几个钱买到吗？"儿子终于明白了："世界上还有一种工作是不能计算报酬的。"

几十年过去了，这些影响我们几代人的精神已经成为人类精神文明的经典。在物欲横流的时代，这样的经典榜样只有融入中华民族优秀传统精神品格中，才能净化和壮大我们民族的力量。

在精准扶贫首倡地湘西十八洞村，我在与村委会党员干部代表的座谈交流中，同他们分享了在脱贫攻坚中谱写新时代青春之歌的黄文秀的故事。黄文秀生前是广西壮族自治区百色市委宣传部副科长、派驻乐业县新化镇百坭村第一书记。2019年6月17日，她从百色市返回乐业县的途中遭遇山洪，因公殉职，年仅 30 岁。

黄文秀从北京师范大学哲学学院硕士研究生毕业后，本可以留在北京工作，但她坚定地说："我是从广西的贫困山区出来的，我想回去建设家乡，把希望带给更多的父老乡亲。"黄文秀牺牲后，同事们在整理她的遗物时，发现她的书桌上放着一本《红星照耀中国》。驻村一年多来，这本讲长征故事的书成了她的精神寄托，她把扶贫路走成了自己的长征路。

"一个人，燃尽了青春，把爱与希望种在无数人心中……你赋予的力量，再艰难的道路，我们继续着真诚……"至今还有不少人动情地传唱这首为哀悼黄文秀而创作的歌。斯人已去，但她留给了人间最美的生命壮歌和精神力量。我们要以黄文秀为榜样，用自己的力量为国家、社会、人民作贡献。

2023 年 10 月 9 日，我来到中部战区陆军第八十三集团军某旅"杨根思连"，与连队官兵分享我的追光故事，交流杨根思"三不怕精神"的时代内涵。

1950 年 11 月 29 日清晨，在朝鲜长津湖下碣隅里东南面小高岭，奉命坚守的是中国人民志愿军第九兵团第二十军五十八师一七二团三连。在敌人猛烈的炮火攻击下，连长杨根思率部打退了敌人的 8 次进攻。战斗的最后一刻，他抱起

作者走进中部战区陆军第八十三集团军某旅"杨根思连"作报告

仅剩的一包炸药，纵身冲向敌群，与敌人同归于尽。

"不相信有完不成的任务，不相信有克服不了的困难，不相信有战胜不了的敌人。"这是杨根思生前说过的话，他也用生命捍卫了这"三个不相信"。1951年，志愿军总部为杨根思追记特等功，追授"特级英雄"荣誉称号，杨根思生前所在连同年被命名为"杨根思连"。2024年5月27日，中共中央宣传部授予"杨根思连""时代楷模"称号。

中国共产党在改革开放实践、探索和发展中国特色社会主义事业这一特定的历史时期中，形成了解放思想、实事求是，开拓创新、勇于担当，开放包容、兼容并蓄的精神品格。它深刻昭示我们，改革开放是当代中国发展进步的必由之路，是实现中国梦的必由之路。

2023年底，我来到粤港澳大湾区，在我国改革开放的最前沿参观学习。在英雄辈出、灿若星河的广州、深圳、东莞，我聆听了多位"大佬"在改革大潮中英勇搏击的奋斗故事。

在位于广东省东莞市松山湖的华为终端总部，让人耳目一新的不是耗资百亿打造的欧洲小镇，而是华为有关负责人的一席话："华为在全国都没有专门展示企业发展历程的博物馆，只有关于最新产品和服务的陈列馆。"作为一家不断追求创新的企业，华为一直提醒自己向前看。

华为创始人、总裁任正非，1944年10月出生于贵州省安顺市镇宁县，是一位神秘低调的总裁。在他的带领下，华为挺进世界500强，成为全球第一大电信设备供应商。令人难以置信的是，带领华为取得如此辉煌成就的任正非，个人持股却不到1%。

在华为参观学习时，关于创新的话题让我印象尤为深刻。华为把创新视为生命，始终保持高度清醒。他们小到一支笔、一根绳，大到一台机器、一套设备，乃至一整套运行流程、管理制度，都保持不断创新和提升的空间。任正非曾幽默地讲："我们国家高科技创新与西方国家还有很大的差距，要谦虚向人家学习，科技领先不是烹制鱼香肉丝那么简单，要是那样我们领先美国几十年了。"

华为集团某生活服务中心咖啡厅

在一次高端技术人才使用工作组对标会上，任正非发表了一番引人深思的讲话。在讲话中，他与大家探讨了他的"人才观"，着重强调了"储备人才，不储备美元"的企业战略。漫步欧洲小镇，陪同我参观的友人说，我们在这里随便见到的员工都是从"985"名校毕业的，现在更是要从世界50强大学中招聘人才。

我们随机走进园区的一个咖啡馆，午休间隙的华为员工正三三两两，或品尝咖啡，或认真阅读，享受着他们特有的生活空间。任正非的"一杯咖啡吸收宇宙能量"的企业管理理念体现在每一个细节处，这也启示我们，干事业要稳定低调，只埋头做事，不夸夸其谈，更不能站在时代和年轻人的对立面。

在大湾区参观学习期间，媒体发布了华为高管高唱《中国男儿》的视频，瞬间引爆网络。面对管理层，任正非掷地有声地讲："100多年前的中国男儿都要当民族脊梁，我们今天这样一个举足轻重的高科技企业，特别是我们的企业干部，更要有这种志气、这种豪情、这种骨气。"

"中国男儿，天之骄子吾纵横……"华为以一首100年前的歌曲作为企业战歌来激励员工，是一种血性文化的体现。在历史的伟大跨越中，我们无疑更加需要这样的改革先锋。

2024年5月23日下午，中共中央总书记、国家主席、中央军委主席习近平在山东省济南市主持召开企业和专家座谈会并发表重要讲话。这场开在基层、面向基层的座谈会，是改革设计者、决策者与改革落实者、受益者的对话，彰显了举国上下对进一步全面深化改革的共识和决心。

历史川流不息，精神代代相传。今天，我们讲好精神谱系故事，必须学懂弄清我们党一路走来，能够战胜一切强大敌人、一切艰难险阻，取得举世瞩目的伟大成就，靠的就是一代又一代共产党人敢于担当、英勇斗争。越是接近目标，越需要付出更加艰巨、更为艰苦的努力，越需要增强人民力量，越需要有敢于亮剑的民族精神。

（本文系作者在山东省退役军人事务厅、山东大学、山东司法警官职业学院、济南出版社、中共济源市委党校、中部战区驻豫某旅等20多个单位作专题讲座的发言提纲，收录此书时进行了整理。）

追光播火，一路向前

毕华明

"七一"前夕，一场专题报告会在山东省济南市举行，主讲人是退役军人夏宗长。他结合自己去年寻访多个红色旧址的经历，分享对革命精神的感悟，诠释中国共产党人精神谱系"是什么"以及在新时代新征程该"怎么做"。台下的听众表情专注，不时低头做笔记。

报告会结束，夏宗长走出会场，时间已近正午，炽热的阳光下，他胸前的党徽醒目鲜红。

2021年底，夏宗长从河南省商丘军分区副司令员的岗位退休，一直琢磨"趁着有时间、有精力，还得为党干点事情"。

那一年，电视剧《觉醒年代》热播，许多红色景区成为热门"打卡地"，游客们在一处处红色地标回望革命岁月，感悟初心使命。从军36载，有着丰富思想政治工作经验的夏宗长，决定追寻红色足迹，弘扬革命精神。

2022年3月，春寒料峭，夏宗长从泉城出发，寻访了嘉兴、延安、井冈山、于都、古田、遵义、西柏坡等多个红色地标。在一次次精神洗礼中，夏宗长愈发感到,作为一名党员、一名老兵,自己有责任把红色基因传承发扬好。

在"红船精神"诞生地浙江省嘉兴市的南湖,在通往湖心岛的"南湖水上课堂"游船上,导游得知眼前的老同志是一名有着30多年党龄的老兵,便邀请他讲授一堂"微党课"。夏宗长没有推辞,接过话筒和游客们分享了自己的军旅故事和这次追寻之旅的初衷,赢得游客的阵阵掌声,也开启了他用红色故事教育人、激励人、鼓舞人的"播火"之路。

得知夏宗长来到精准扶贫首倡地湖南省湘西土家族苗族自治州花垣县十八洞村,在湖北老家任驻村第一书记的夏宗长的哥哥,请他给村里的党员干部上了一堂"云上微党课"。夏宗长用手机镜头对准这个全国小康示范村寨,边走边讲解,用生动的场景讲述十八洞村摆脱贫困、迈向乡村振兴的故事,鼓励屏幕那头的党员干部用好党的好政策,带领村民们一起奋斗。

脚下沾有多少泥土,心中就沉淀多少真情。每到一处,夏宗长都四处走访,拜访老兵和专家学者,捕捉生动的素材。一路走、一路记、一路想,一个个感人肺腑的故事,对党的革命精神和创新理论的全新感悟在他的笔下流淌,不断丰富着他的宣讲素材。

在探访红色旧址的途中,夏宗长讲了10余堂党课,每一次都结合不同受众的特点调整授课内容。"我希望能让党的创新理论和群众的日常生活同频共振,把党'想说的'和老百姓'想听的'紧密结合起来。"夏宗长说。与此同时,他还开通短视频账号,在新媒体平台积极开展红色宣讲活动。

"追光"千山万水,"播火"一路前行。今年4月以来,夏宗长受邀走进山东省济南市的多所机关、院校和军营作报告近20场。夏宗长说,即使退休了,也要为社会做一些力所能及的事情,"追光播火,我要继续前行"。

(原载于《解放军报》2023年7月29日)

新征程上的播火老兵

李 岩

金秋时节，地处中原大地的河南省许昌市山青水碧。

"十一"长假刚过，一场别开生面的专题报告会在驻军某部举行，主讲人是山东省委讲师团专家库成员、河南省商丘军分区原副司令员夏宗长，一位有着36载军旅生涯的老兵。

"走过千山万水，加班加点收集红色故事，疲惫时的难耐、寂寞时的孤独，并非如想象中的'诗和远方'那般美好，但作为一名老兵、老党员，我觉得自己有责任和使命做好这件事情！"讲台上，夏宗长讲起他退休后历时一年跨越28个省（自治区、直辖市），行程3万多公里寻访100多个红色旧址，搜集大量红色故事的经历时难掩激动。

2021年底，夏宗长退休。尽管身份转变了，但他一直想着"趁着有时间、有精力，还得为党干点事情"。那一年，电视剧《觉醒年代》热播，国内许多红色景区成为热门"打卡地"，这也触动着夏宗长的心弦。

2022年3月，54岁的夏宗长用自己多年的积蓄作为经费，独自一人从泉城济南驱车出发,开启了历时一年多时间的红色旧址寻访之路。首站是"红船精神"诞生地浙江省嘉兴市的南湖。在"南湖水上课堂"游船上,导游现场邀请他讲授一堂"微党课"。夏宗长接过话筒和游客们分享了自己的军旅故事和这次追寻之旅用红色故事教育人、激励人、鼓舞人的初衷,赢得游客的阵阵掌声。每到一处,夏宗长都四处走访,拜访老兵和专家学者,捕捉生动的素材。一路走、一路记、一路想,一个个感人肺腑的故事在他的笔下涓涓流淌,不断丰富着他的宣讲素材。

在探访红色旧址的途中,夏宗长讲了10余堂党课;在拜访老兵和学者期间,夏宗长收集整理了大量不同时期的红色故事。此外,他还受邀走进山东省济南市的多家机关、院校和军营作报告近20场,同时开通短视频账号在新媒体平台上积极开展红色宣讲活动……在夏宗长的努力下,越来越多的红色故事被记录下来,在群众中口口相传。

得知夏宗长在湖南省湘西土家族苗族自治州花垣县十八洞村寻访,在湖北省老家任驻村第一书记的哥哥,请他给村里的党员干部上一堂"云上微党课"。夏宗长用手机镜头对准十八洞村这个全国小康示范村寨,边走边讲解,用生动的场景讲述村子摆脱贫困、迈向振兴的故事,鼓励屏幕那头的党员干部用好党的好政策,带

领村民们一起奋斗致富。

追光播火，初心如磐。一次次红色寻访、一次次精神洗礼、一场场演讲报告，见证着老兵夏宗长矢志传承红色基因、发扬红色传统的责任感和使命感，书写了"把红色江山世世代代传下去"的生动实践。为了不负使命，夏宗长想得最多的是"还能为党做些什么，还能为群众做些什么"。

正如他说的那样，这是一名老兵的初心使命。

（原载于《中国民兵》2023 年第 11 期）

夏宗长：矢志追光和播火

毕华明

"中国共产党人的初心和使命，体现在党领导革命、建设、改革的伟大实践中，更体现在广大党员干部的政治觉悟、意志品质、思想道德和工作作风中，不是一阵子的事，而是一辈子的事。"

2023年"七一"前夕，退役大校夏宗长应邀为山东省司法行政系统作专题报告。他以"3万公里追寻中国最宝贵精神"为题，用亲身体验弘扬以伟大建党精神为源头的中国共产党人精神，分享忠诚为民、奉献担当的真切感悟。

行程3万公里，追寻初心之源
——触摸红色坐标 聆听历史回声

2021年底，夏宗长从河南省商丘军分区副司令员的位置上退休。刚退下来的时候，他还真有些不太适应。他想，自己才50岁出头，还有很长的路要走，不能"佛系"，更不能"躺平"。于是，他决定找准目标，重

夏宗长：矢志追光和播火

文/图 | 毕华明

"中国共产党人的初心和使命，体现在党领导革命、建设、改革的伟大实践中，更体现在广大党员干部的政治觉悟、意志品质、思想道德和工作作风中，不是一阵子的事，而是一辈子的作为。"

今年七一前夕，退役大校夏宗长应邀到山东省司法行政系统作专题报告。他以"三万公里追寻中国最宝贵精神"为题，用亲身体验弘扬以伟大建党精神为源头的中国共产党人精神谱系，分享忠诚为民、奉献担当的真切感悟。

行程3万公里，追寻初心之源
——触摸红色坐标 聆听历史回声

2021年底，夏宗长从商丘军分区副司令员的职务上退休。刚退下来的时候，他还真有些不太适应。他想，自己才50岁出头，还有很长的路要走，不能"佛系"，更不能"躺平"。于是，他决定找准目标，重整行装再出发。

习近平总书记在党的二十大报告中进一步强调，弘扬以伟大建党精神为源头的中国共产党人精神谱系，用好红色资源。于是，夏宗长把新的人生目标定格在寻访100个党的精神的坐标上，追寻初心之源。

2022年3月初，春寒料峭。夏宗长满怀激情，从泉城出发，开始奔走在一个又一个红色精神坐标之间。中国革命圣地、共产党人的红色灯塔。夏宗长站在宝塔山上极目远眺，坐在南泥湾革命旧址倾听民声，驻足延

被红旗渠纪念馆收藏。2010年秋天，夏宗长第二次来到红旗渠，寻找精神动力，在"充电"中打牢服务基层的思想。夏宗长最近一次去红旗渠，是作为一名老党员的初心所[...]"问渠哪得清如许"在《解放[...]深刻诠释了在新时代奋进追梦的前[...]

宣讲数十场，传播时代声音
——军魂依然闪耀 老兵再[...]

示范村寨，和乡村党员干部共同聆听领袖与人民心连心、复兴路上奔小康的激越赞歌。

每一次寻访，每一堂党课，都让夏宗长的

寻访了南湖、延安、井冈山、古田、瑞金、遵义、西柏坡、红旗渠、大庆油田等红色精神坐标。晨曦中、暖阳下、雾岚前、余晖里，夏宗长都留下了虔诚的履痕，飒爽的身姿追随着革命先辈的光荣历程。

他先后走进15个红军长征纪念馆、革命旧址和红军长征著名的战斗遗址，用脚步感受长征精神。在跋涉中，夏宗长对长征精神是我们党、我们民族不断攻坚克难、从胜利走向胜利的信念之源、力量之源、精神之源，有了更加透彻的理解。"长征是宣言书，长征是宣传队，长征是播种机。"他要追随革命先辈，当好宣传者和播种机。

收集千个故事，留下精神印记
——发掘生动素材 传承红色经典

夏宗长一路走、一路想、一路记，用心解读红色基因的精神密码，灵魂一次次受到洗礼。

在重走长征路期间，他先后拜访了11位红军后代和专家学者，以敏锐的视角捕捉生动的素材。一个个感人肺腑的故事在他的笔下流淌，一张张鲜活的面孔在他的眼眶闪过，一次次情不自禁流下的热泪浸透纸背。"远征者的足迹虽然早已被岁月磨平，但这昔人世间最长的生命壮歌，将永远凝聚在党和国家的精神坐标上！"夏宗长认为，自己有责任有义务做好红色经典的记录者和传播者。

寻访过程中，他收集记录了1000多个不同时期的红色故事，经过挖掘、整理、精心谋篇布局，形成了一篇篇具有感染力的文章。对于红旗渠，夏宗长着墨尤多。他曾3次走进红旗渠，每一次都有新的收获。

早在1990年暑期，夏宗长辗转千余公里独闯太行山区林县，采写了长篇纪实《寻访红旗渠》，被多家媒体发表、转载，刊载的报纸

整行装再出发。

习近平总书记在党的二十大报告中进一步强调，弘扬以伟大建党精神为源头的中国共产党人精神谱系，用好红色资源。于是，夏宗长把新的人生目标定格在寻访100多个党的精神的红色坐标上，追寻初心之源。

2022年3月初，春寒料峭。夏宗长满怀激情，从泉城济南出发，开始奔赴一个个红色精神坐标。延安，中国革命圣地、中国共产党人的红色灯塔。夏宗长站在宝塔山上极目远眺，坐在南泥湾革命旧址倾听民声，驻足延安革命纪念馆细细揣摩。"走得再远，都不曾忘记从哪里出发；走到哪里，都能感受到那温暖的目光。坚守初心，追梦不止，只为忠诚永在……"夏宗长在延安即兴写下的一首短诗，成为他传播中国最宝贵精神的火种。每到一处革命圣地，他都身入心入，零距离触摸，感悟其精神内核。

在党的一大会址南湖、中国革命的摇篮井冈山、八一南昌起义纪念塔、红岩革命纪念馆、遵义市红军烈士陵园……夏宗长像一名小学生，俯首膜拜。

在江西省瑞金市的沙洲坝，他一边品尝红井水，一边说："党把我从农家子弟培养成为军队师职干部，我的感恩之情就像红井水一样永不干涸。"

在辽宁省抚顺市的雷锋连，他用心感悟雷锋精神的时代内涵："一滴水只有放进大海里才能永远不会干涸，一个人只有当他把自己和集体事业融合在一起的时候才能最有力量。"

走进黑龙江省大庆市的铁人王进喜纪念馆，他感受到了铁人"有条件要上，没有条件创造条件也要上"、"宁肯少活20年，拼命也要拿下大油田"的英雄气概。

在一年多的时间里，夏宗长先后来到28个省（自治区、直辖市），行程近 3 万公里，寻访了南湖、延安、井冈山、古田、瑞金、遵义、西柏坡、红旗渠、大庆等红色精神坐标。晨曦中、暖阳下、余晖里，都有着夏宗长虔诚的身影，他飒爽的身姿始终追随着革命先辈的光荣历程。

他先后走进 15 个红军长征纪念馆、革命旧址和红军长征著名的战斗遗址，用脚步感受长征精神。在跋涉中，夏宗长对"长征精神是我们党、我们民族不断攻坚克难、从胜利走向胜利的信念之源、力量之源、精神之源"有了更加透彻的理解。"长征是宣言书，长征是宣传队，长征是播种机。"他要追随革命先辈，当好宣传者和播种机。

收集千个故事，留下精神印记
——发掘生动素材 传承红色经典

夏宗长一路走、一路想、一路记，用心解读红色基因的精神密码，灵魂一次次受到洗礼。

在追光之旅中，他先后拜访了 11 位红军后代和专家学者，以敏锐的视角捕捉生动的素材。一个个感人肺腑的故事在他的笔下流淌，一张张鲜活的面孔在他的眼前闪过，一次次情不自禁流下的热泪浸透纸背。"远征者的足迹虽然早已被岁月磨平，但这首人世间最长的生命壮歌，将永远凝聚在党和国家的精神坐标上！"夏宗长认为，自己有责任有义务做好红色经典的记录者和传播者。

在寻访过程中，他收集记录了 1000 多个不同时期的红色故事，经过挖掘、整理，精心谋篇布局，形成了一篇篇具有感染力的文章。对于红旗渠，夏宗长着墨尤多。他曾 3 次走进红旗渠，每一次都有新的收获。

早在 1990 年暑期，夏宗长就辗转千余公里独闯太行山区林县，采写了长篇报告文学《寻访红旗渠》，被多家媒体发表、转载，刊载文章的报纸被红旗渠纪念馆收藏。2010年秋天,夏宗长第2次来到红旗渠,寻找精神动力,在"充电"中打牢服务基层的思想。夏宗长最近一次去红旗渠,是一名老党员的初心所使。他撰写的《问渠那得清如许》在《解放军报》发表,深刻诠释了新时代奋进追梦的前行力量。

宣讲数十场,传播时代声音
——军魂依然闪耀 老兵再谱新篇

江南三月,草长莺飞。南湖红船,静泊碧波。小小红船承载千钧,播下了中国革命的火种,开启了中国共产党的跨世纪奋斗历程。

嘉兴南湖是夏宗长红色之旅的第一站。当他坐上通往湖心岛的"红船水上课堂"游船,导游听说面前这位老同志是名有着35年党龄的老兵时,主动把10分钟的微党课时间交给了他。夏宗长没有推辞,拿起话筒,和游客们一起分享参观研学的心得体会,生动讲述了戍边英雄的故事。大家的掌声在红船上方回荡。

红色之旅伊始,就注定这不是一次孤单的旅行。夏宗长用红色故事和革命精神教育人、激励人、鼓舞人,行一路,讲一路。2022年初夏,夏宗长来到"两百个将军同一个故乡"的湖北省黄冈市红安县,以一名老兵的身份,为县退役军人事务局和鄂豫皖苏区革命烈士纪念园职工上了一堂"学习老区精神,致敬革命先烈"的党课。2022年中秋节,夏宗长沿川藏公路来到甘孜州泸定桥。面对奔腾不息的大渡河,他站在铁索桥旁和妻女视频连线,正在上大学的女儿听得眼眶发红,表示要和爸爸一起走好自己的新长征路。他先后5次到延安参观学习,多维度、全方位掌握延安精神,并通过个人新媒体平台学习宣传党的革命精神和创新理论。在精准扶贫首倡地湖南省湘西土家族苗族自治州花垣县十八洞村,夏宗长给村民们上了一堂"云上微党课"。他用镜头对准这个全国小康示范村，和乡村党员干部共同聆听领袖与人民心连心、复兴路上奔小康的激越赞歌。

每一次寻访，每一堂党课，都让夏宗长的精神得到升华。他用红色、远方、苦旅、甜味4个关键词总结了3万公里的寻访旅程和刻骨铭心的感悟。追光者，自带光芒。从2023年春天开始，他应邀走进机关、院校和军营，宣讲学习贯彻习近平新时代中国特色社会主义思想，大力弘扬中国共产党人精神谱系。

2023年3月2日下午，在山东省退役军人事务厅机关礼堂，夏宗长以"真理之光照亮精神印记之旅"为题授课。从学悟内涵要义、追逐时代光芒、弘扬情怀担当3个方面，对中国共产党人精神谱系"是什么"和新时代新征程"怎么做"进行了深刻诠释。

追光千山万水，播火一路前行。夏宗长退休不退志，离岗不离党，用心用情用力讲好党的百年奋斗重大成就和历史经验故事，为党和国家的事业作出了新贡献。

（原载于《雷锋》杂志2023年第11期）

后　记

习近平总书记强调，不忘初心，牢记使命，就不要忘记我们是共产党人，我们是革命者，不要丧失了革命精神。

2022年早春时节，我重整行装出发，沿着"红色足迹"，开启了一个人追寻中国共产党人精神发源地的追光之旅。历时近3年时间，我自驾行程5万多公里，走过了全国30个省（自治区、直辖市），深入了100多个重要红色纪念地，采访了200多位专家学者、革命后代、老战士和当地群众，收集整理了近千个党史故事，拍摄了近万幅影像，"沉浸式"学习感悟精神的力量和时代光芒。

追光路上，我把红色江山当课堂，把英雄史诗作教材，先后在党的一大会址嘉兴南湖红船、大别山精神发源地湖北红安、四渡赤水纪念馆、王杰生前所在部队、精准扶贫首倡地湖南湘西十八洞村等地作了10多场宣讲。山东《中学时代》杂志从2022年第7期开始，开辟"精神印记"专栏，参与中共中央宣传部组织的"青少年期刊讲党史"活动，以每期3个页码的篇幅连载我的追光故事，受到中共中央宣传部有关部门的肯定。《解放军报》《中国民兵》《雷锋》等媒体也对我的事迹进行了大篇幅报道。老兵永远跟党走，传承红色基因，赓续红色血脉，是使命情怀，更是责任担当。

把建党100多年来在革命斗争、艰苦创业、改革开放和新时代所培育、锻造的伟大革命精神进行系统梳理，用简朴的形式、鲜活的语言、独特的视角讲好中国故事、中国共产党故事和新时代故事，让穿越时空的追光之旅在爱国主义教育和实践中与不同群体，特别是广大青年朋友同频共振，使红色基因渗透血液、浸入心扉，并非易事。为此，我在写作本书时试图通过纪实性、嵌入式的方式，从实地走进一个个红色纪念地切入，将理论阐释、感情体验、价值引导融为一体，以期让读者朋友在一个个或家喻户晓或鲜为人知的红色故事中受到精神洗礼。

"人无精神则不立，国无精神则不强"，红色基因就是要传承。我们处在今天这样的伟大时代，必须增强文化认同和历史认同，弄清"我是谁、我姓什么、从哪儿来、到哪儿去"的问题，自觉心怀国之大者，为实现中华民族伟大复兴贡献力量。我想，这正是一名追光者所传递的跨越时空、历久弥新的精神力量，这一路光芒，如宇宙般永恒。

在"一个人的长征"的过程中，我历尽千辛万苦。每一个关心支持过我的人，即便是一缕春风，在我心中也堪比整个春天，我将铭记这份温暖和感动。本书的出版得到山东省革命老区建设促进会领导、中国退役军人关爱青少年公益项目"闪闪的红星讲师团"、山东天时伟业老战士宣讲团、济南出版社领导专家和诸位好友的大力支持帮助。在调研采访的过程中，我得到了全国多家党史重要纪念馆和当地友人的倾情帮助，在写作中也参考了一些纪念馆展出和讲解的资料，得到了有关专家朋友的热心指点。在此，一并表示深深的感谢！

2024年5月，习近平总书记在山东考察时强调，要"保护和运用好红色资源，大力弘扬沂蒙精神，推动红色基因代代相传"。90年前的长征，红军的胜利来自于心中坚定的信仰；今天我们继续走在这条铺满鲜血和理想的道路上，如果要想走好、一直走下去，走向中华民族实现伟大复兴的那一刻，我们除了"继承和传承"，没有其他的选择。您做好准备了吗？我是要坚持走下去的。在今后的追光之旅中，期待得到您更多的指点与帮助，也期待与您分享这份幸福与快乐！由于水平有限，本书难免存在问题和不足，敬请朋友们批评指正！

夏宗长
2024年7月1日